Maja von Vogel
Henriette Wich

1, 2, 3 – Skandal!

Kosmos

Umschlagillustration von Ina Biber, München
Umschlaggestaltung von Friedhelm Steinen-Broo, eSTUDIO CALAMAR

Unser gesamtes lieferbares Programm und viele
weitere Informationen zu unseren Büchern,
Spielen, Experimentierkästen, DVDs, Autoren und
Aktivitäten findest du unter **kosmos.de**

Weitere Bände dieser Reihe siehe S. 285

Gedruckt auf chlorfrei gebleichtem Papier

© 2015 Franckh-Kosmos Verlags-GmbH & Co. KG, Stuttgart
Alle Rechte vorbehalten
ISBN 978-3-440-14614-9

Redaktion: Natalie Friedrich
Produktion: DOPPELPUNKT, Stuttgart
Printed in Germany/Imprimé en Allemagne

1, 2, 3 – Skandal!

Gefährliche Fracht 7

VIP-Alarm 147

Henriette Wich

Gefährliche Fracht

Gefährliche Fracht

Clubsitzung mit Hindernissen	9
Schock beim Tierarzt	19
Sonderwünsche	30
Der etwas andere Zoo	40
Lockvogel im Leopardenkleid	50
Ein verführerisches Angebot	65
Kalte Füße	72
Nächtliches Abenteuer	85
Stolpersteine	95
Sinas Geständnis	106
Der Überläufer	112
Schmuggler im Anflug	121
Hetzjagd am Flughafen	131
Ein Herz für Tiere	140

Clubsitzung mit Hindernissen

Eigentlich kam Franzi so gut wie nie ins Schwitzen, nicht mal wenn sie mit Kim und Marie auf Verbrecherjagd war. Doch heute lief ihr der Schweiß in Strömen übers Gesicht. Kein Wunder, sie hatte ja auch die halbstündige Strecke von zu Hause bis zum *Café Lomo* in der Innenstadt in einem Wahnsinnstempo zurückgelegt und nur die Hälfte der Zeit dafür gebraucht. Auf der Zielgeraden war sie so schnell mit ihren Inlinern unterwegs gewesen, dass sie kurz vor dem Café zweimal eine Laterne umarmen musste, bevor es ihr endlich gelang, zum Stehen zu kommen.

»Kannst du nicht aufpassen?«, schimpfte ein älterer Mann, den sie bei ihrem waghalsigen Bremsmanöver angerempelt hatte.

»'tschuldigung!«, keuchte Franzi. »Kommt nicht wieder vor.« Schnell quetschte sie sich an dem Mann vorbei und stieß die Tür zum *Café Lomo* auf. Ein Schwall warmer Heizungsluft kam ihr entgegen und brachte ihren Kopf, der ohnehin bereits knallrot war, erst richtig zum Glühen. Franzi blieb stehen, um zu verschnaufen und sich im Lokal umzusehen. Da entdeckte sie auch schon Kim, die ihr hektisch zuwinkte. Franzi rollte zur Sofaecke hinüber, dem Lieblingsplatz der drei !!!, und ließ sich neben Marie in die weichen Polster fallen. »Hallo zusammen!«

»Es ist vierzehn Minuten nach drei«, sagte Kim und tippte verärgert auf ihre Armbanduhr. »Das Clubtreffen war für Punkt drei Uhr angesetzt.«

»Ich weiß, ich weiß!«, stöhnte Franzi, während sie ihre Inliner abschnallte und erleichtert ihre heiß gelaufenen Füße ausstreckte.

»Muss das sein?« Marie rückte ein Stück weg von ihr und rümpfte die Nase. »Also ich dusche nach dem Sport immer. Und falls du es noch nicht wissen solltest: Es gibt erstklassige Fußsprays.«

»Danke für den tollen Tipp!«, sagte Franzi. Sie hatte schon eine giftige Bemerkung auf den Lippen, verkniff sie sich dann aber doch lieber, weil sie keinen Streit anfangen wollte. Ein bisschen Körpergeruch musste ihre Freundin schon aushalten. Schließlich ertrug sie auch umgekehrt Maries intensive Parfüms und ihren Tick, sich jeden Tag von Kopf bis Fuß zu stylen und zu schminken.

Kims vorwurfsvoller Blick erinnerte Franzi an ihr eigenes schlechtes Gewissen. »Tut mir leid, dass ihr warten musstet«, sagte sie zerknirscht.

Normalerweise war Zuspätkommen Maries Part, die ihre tausend Termine von Aerobic über Schwimmen bis Schauspiel- und Gesangsunterricht manchmal nur schwer mit den Treffen der Detektivinnen koordinieren konnte.

Zum Glück war Kim nie lange böse. »Schwamm drüber!«, sagte sie. »Hauptsache, du bist jetzt da.«

»Wir haben dir schon mal eine Cola bestellt.« Marie schob ihr gnädig ein volles Glas zu, in dem zwei Eiswürfel schwammen.

Dankbar griff Franzi danach und stürzte es in einem Zug hinunter. Danach ging es ihr gleich viel besser. Sie hielt sich das leere, aber immer noch eisgekühlte Glas an die Innenseite ihrer Handgelenke und spürte, wie sich ihr Puls langsam beruhigte und die Hitze aus ihrem Körper wich.

Marie warf ihre langen blonden Haare schwungvoll nach hinten. »Na, wie sieht's aus? Ist euch in den letzten beiden Wochen was Verdächtiges aufgefallen? Irgendein neuer Fall in Sicht?«

Kim schüttelte den Kopf. »Seit dem Valentinstag ist absolut tote Hose.« Allein beim Gedanken an den letzten Fall, der mit ihren Eltern zusammenhing, liefen Kim kalte Schauer über den Rücken. Sie hatte dabei weit über die eigene Schmerzgrenze gehen müssen und hoffte, dass sie so was nie wieder durchstehen musste.

»Bei mir gibt's leider auch nichts Neues«, sagte Franzi, obwohl das nicht ganz der Wahrheit entsprach. Ihre Neuigkeiten waren alles andere als schön und auch der Grund, warum sie zu spät gekommen war, aber sie wollte jetzt lieber nicht darüber reden. Schnell drehte sie sich nach der Kellnerin um und bestellte ein großes Glas Leitungswasser, weil sie immer noch einen Riesendurst hatte.

Marie drehte inzwischen eine Haarsträhne um ihren Finger und seufzte. »Schade! Ich könnte ein bisschen Ablenkung gut gebrauchen, seit ich wieder solo bin.«

Kim warf ihr einen besorgten Blick zu. »Immer noch Liebeskummer?« Es war gerade mal vier Wochen her, dass Marie sich von ihrem Freund Holger getrennt hatte. Die Fernbeziehung der beiden hatte auf Dauer leider nicht gehalten.

»Nein«, sagte Marie. Unter ihrem sorgfältig aufgetragenen Rouge breitete sich eine leichte Röte aus. »Das Schlimmste hab ich hinter mir. Und zum Glück gibt es ja noch Adrian …«

Kim konnte sich ein Grinsen nicht verkneifen. »Vor anderthalb Monaten hat sich das aber noch ganz anders angehört. War Adrian da nicht der schreckliche neue Nachbar, der auf deinen armen Nerven herumgetrampelt ist?«
»Hab ich das wirklich gesagt?«, fragte Marie gespielt überrascht. »Ich kann mich gar nicht mehr erinnern. Du etwa, Franzi?«
»Wie? Was?« Franzi war mit ihren Gedanken ganz woanders gewesen und hatte nur mit halbem Ohr den Namen Adrian aufgeschnappt.
Die drei !!! hatten Adrian bei ihrem letzten Fall kennengelernt und Marie hatte sich sofort in den coolen Schauspielschüler verknallt. Die Sache hatte einen großen Vorteil, aber leider auch einen großen Nachteil. Der Vorteil war, dass Adrian nur ein Stockwerk tiefer im selben Haus wie Marie in einer WG wohnte und sie jederzeit bei ihm vorbeischauen konnte. Der Nachteil war, dass er schon achtzehn war – also viel zu alt für Marie.
»Siehst du, Franzi kann sich auch nicht erinnern!«, sagte Marie triumphierend und Kim grinste wieder.
Endlich brachte die Bedienung das Wasser und Franzi nahm ein paar tiefe Schlucke. Hoffentlich fragten Kim und Marie sie nicht auch nach der Liebe. Das hätte ihr jetzt gerade noch gefehlt.
Leider schien Kim heute Gedanken lesen zu können. »Und wie läuft's bei dir und Benni?«
»Wie soll's schon laufen?«, murmelte Franzi. »So wie immer. Wir sind Skaterkumpel, nicht mehr und nicht weniger.«
Auch das war nicht die ganze Wahrheit. Seit dem Valentins-

tag spürte Franzi wieder ein Kribbeln im Bauch, wenn sie Benni traf. Und seither wusste sie auch, dass es ihr absolut nicht egal wäre, wenn er nach ihr wieder eine neue Freundin hätte. Zum Glück sah es momentan nicht danach aus, aber das konnte sich natürlich jederzeit ändern.

Marie und Kim tauschten vielsagende Blicke und Franzi wechselte schnell das Thema: »Können wir jetzt mal wieder über den Detektivclub reden? Ich dachte, das ist ein Clubtreffen.«

»Ist es auch.« Kim, die gerade noch verliebt an ihren Freund Michi gedacht hatte, mit dem es seit dem Valentinstag wieder wunderbar lief, schaltete sofort auf Profi-Detektivin um und holte ein abgegriffenes Heft aus ihrer Tasche. Geschäftig blätterte sie in ihrem Detektivtagebuch für unterwegs, das sie neben dem Computertagebuch führte. Als Kopf der drei !!! notierte sie akribisch alle Details der Ermittlungen. Im Laufe der Zeit hatte sich einiges angesammelt. Bald würde sie ein neues Heft kaufen müssen.

»Also …«, fing Kim an. »Wir sollten unbedingt endlich unseren Gutschein für den Detektiv-Workshop bei der Polizei einlösen. Sonst verfällt er womöglich noch.«

Marie lachte. »Das würde Kommissar Peters uns garantiert nicht antun. Dazu haben wir ihm schon viel zu oft geholfen.«

»Stimmt«, musste Kim zugeben.

Kommissar Peters, ein guter Freund von Maries Vater, war ziemlich stolz auf die Arbeit der drei !!!. Das konnte er auch sein, schließlich hatten Kim, Franzi und Marie bereits 16 Fälle gelöst und ihm handfeste Beweise zur Ergreifung der Täter geliefert.

»Wann findet denn der nächste Workshop statt?«, fragte Marie.
Kim fischte ein Blatt Papier aus ihrem Detektivtagebuch. »Warte ... Ah, hier steht's: übernächstes Wochenende. Das würde bei mir gut passen. Und bei euch?«
»Ich hab leider meinen Terminkalender nicht dabei«, sagte Marie. »Könnte aber schwierig werden. Mein Vater dreht bald in Italien und hat mir ein Luxus-Wochenende in Rom versprochen.«
Franzi seufzte leise. Manchmal wünschte sie sich heimlich, auch den berühmten Fernseh-Kommissar der Vorabendserie *Vorstadtwache* als Vater zu haben, der seiner Tochter jeden Wunsch von den Augen ablas. Da konnte ihr eigener Vater mit seiner kleinen Tierarztpraxis am Stadtrand nicht mithalten. Andererseits hatte Marie es nicht leicht, weil ihre Mutter bei einem Autounfall ums Leben gekommen war, als Marie erst zwei Jahre alt gewesen war.
»Gib uns bitte so bald wie möglich Bescheid«, sagte Kim. Dann drehte sie sich zu Franzi um. »Und was ist mit dir?«
Franzi zuckte mit den Schultern. »Weiß noch nicht ...« Im Moment hatte sie ganz andere Sorgen als den Detektiv-Workshop.
Kim verdrehte die Augen. »Ihr macht es mir echt schwer! Bitte klärt das bald, ja? Gut. Dann können wir zum nächsten Punkt übergehen. Was haltet ihr davon, wenn wir ...«
Weiter kam sie nicht, weil plötzlich zwei Jungen auf den Tisch der Detektivinnen zustürmten.
»Ihr seid doch die drei !!!, oder?«, fragte der Kleinere, ein blonder Wuschelkopf, der ungefähr neun Jahre alt war.

»Ihr seid die berühmten Detektivinnen, stimmt's?«, fragte sein braunhaariger Freund.
Beide Jungen starrten Kim, Franzi und Marie mit großen Augen an und platzten fast vor Aufregung.
Kim musste kichern. »Kann schon sein. Aber warum wollt ihr das wissen?«
Der Blonde sah sie bewundernd an. »Wir hätten gern ein … äh … ein … ein …« Er wusste nicht mehr weiter.
Da sprang sein Freund für ihn ein: »Könnt ihr uns ein Autogramm geben? Bitte!«
Marie zog ihre linke Augenbraue hoch. Nach außen hin tat sie ganz cool und ließ sich nicht anmerken, wie sehr sie die Aufmerksamkeit der kleinen Fans genoss. »Ihr platzt hier einfach so rein. Seht ihr nicht, dass wir gerade mitten in einem wichtigen Gespräch sind?«
»Doch …«, nuschelte der Blonde und trat von einem Fuß auf den anderen, während sein Freund ein enttäuschtes Gesicht machte.
Kim schwankte zwischen Mitleid und Sorge. Bisher hatten die drei !!! immer ziemlich ungestört ermitteln können. War das jetzt vorbei? Waren sie zu berühmt geworden? Schließlich siegte doch das Mitleid. »Jetzt, wo ihr schon mal da seid …«, sagte Kim. Lächelnd griff sie nach einer Papier-Serviette, kritzelte ihren Namen darauf und schob die Serviette Franzi zu, die auch unterschrieb.
Am Schluss setzte Marie ihren schwungvollen Namenszug auf die Serviette. »Na, seid ihr jetzt zufrieden?«, fragte sie.
Die Jungen strahlten von einem Ohr zum andern und riefen wie aus einem Mund: »Jaaa!«

Der Blonde presste die Serviette wie einen Schatz an seine Brust. »Danke!«

»Gern geschehen«, sagte Franzi. »Woher habt ihr eigentlich von uns gehört? Habt ihr den letzten Artikel in der Zeitung gelesen?«

Der Braunhaarige schüttelte den Kopf. »Nö. Ben und Lukas haben in der Klasse erzählt, wie toll ihr seid und wie viele Fälle ihr schon gelöst habt.«

Kim schnappte nach Luft. »Ihr meint doch nicht etwa meine kleinen Zwillingsbrüder?«

»Doch«, sagte der Blonde. »Genau die. Ben und Lukas haben uns auch den Tipp gegeben, wo wir euch am besten erwischen können. Zweimal waren wir schon im *Café Lomo,* und heute hatten wir endlich Glück.«

»Danke noch mal für die Autogramme!«, sagte sein Freund. »Tschüss!«

Genauso schnell, wie sie gekommen waren, stürmten die Jungen wieder davon.

»Das glaub ich jetzt einfach nicht«, sagte Kim. »Daheim strecken mir meine lieben Brüder dauernd die Zunge raus und nennen mich Planschkuh, und in der Schule prahlen sie plötzlich mit mir.«

»Tja«, meinte Marie. »Scheint so, als ob sie doch ziemlich stolz auf ihre große Schwester sind. Freu dich doch! Ich wünschte, ich hätte auch Geschwister.«

»Sag das nicht!« Franzis Gesicht verdüsterte sich schon wieder. Als sie heute bei ihrer sechzehnjährigen Schwester Chrissie ihren Kummer hatte loswerden wollen, hatte die nur gemeint: »Ach, das wird schon, Kleine!« Stefan war zwar netter gewesen, hatte ihr aber auch nicht weiterhelfen können.

Kim sah sie besorgt an. »Was ist denn eigentlich los mit dir, Franzi? Du bist die ganze Zeit schon so mies drauf. Ist irgendwas passiert?«

Franzi schluckte. Merkwürdigerweise schaffte Kim es immer, den Nagel auf den Kopf zu treffen. »Hmmm ...«, machte Franzi, weil sie nicht wusste, wie sie anfangen sollte. Da rückte Marie auf dem Sofa näher. »Erzähl schon! Spuck es aus.«

Plötzlich konnte Franzi ihren Kummer keine Sekunde länger zurückhalten. »Polly geht es nicht gut!«, platzte sie heraus. »Seit gestern hinkt sie wieder ganz stark, viel schlimmer als früher.« Polly hatte zwar schon immer leicht gehinkt, war aber trotzdem fröhlich auf dem Hof herumgehüpft. Jetzt konnte sie auf einmal kaum noch laufen.

»Das ist ja schrecklich!«, sagte Kim. »Was fehlt denn deinem armen Huhn?«

Franzi hob hilflos die Schultern. »Wenn ich das bloß wüsste! Vielleicht hab ich mich in letzter Zeit nicht genug um sie gekümmert.«

»Das glaub ich nicht«, widersprach Marie sofort. »Du tust doch alles für deine geliebten Tiere.«

Franzi schniefte. »Eigentlich schon, ja ...«

Ein Leben ohne Polly und ohne ihr Pony Tinka konnte Franzi sich überhaupt nicht vorstellen. Die beiden Tiere waren ihr so ans Herz gewachsen, dass es ihr gut ging, wenn es ihren Lieblingen gut ging, und schlecht ging, wenn sie krank waren.

»Mach dir keine Sorgen!«, versuchte Kim ihre Freundin zu trösten. »Polly wird bestimmt bald wieder gesund.«
Franzi musste noch stärker schniefen. »Ich glaub nicht ...«
Plötzlich schlug Marie mit der Hand auf den Tisch. »Ich hab's! Geh doch mit Polly zu deinem Vater. Er als Tierarzt kann ihr sicher helfen.«
Franzi starrte Marie verblüfft an. »Ich bin so doof! Warum bin ich da nicht selbst drauf gekommen? Vielleicht weil er gestern den ganzen Tag auf einem Tierarztkongress war. Ich muss sofort zu ihm!« Sie sprang auf und schnappte sich ihre Inliner, doch plötzlich biss sie sich auf die Lippen. »Äh ... Ich will das Clubtreffen nicht so einfach abbrechen, aber kommt ihr heute vielleicht auch ohne mich zurecht?«
»Klar!«, sagte Kim. »Ich drück dir die Daumen. Du wirst sehen, es wird alles wieder gut.«
Und Marie grinste breit. »Kein Problem! Wer zu spät kommt, kann auch früher gehen!«

Schock beim Tierarzt

Das Wartezimmer der *Tierarztpraxis Winkler* war rappelvoll. Als Franzi mit Polly auf dem Arm die Tür aufmachte, fauchte eine Katze mit einer weißen Binde an der linken Pfote sie empört an.
Polly gackerte ängstlich und flatterte mit den Flügeln. »Ruhig, ganz ruhig«, sagte Franzi und strich ihrem Huhn sanft über den Kopf. »Das Kätzchen tut dir nichts. Das ist auch krank, weißt du?«
Langsam beruhigte Polly sich wieder. Franzi begrüßte die Tierbesitzer und setzte sich auf den letzten freien Platz, der zum Glück weit genug weg von der Katze war. Sie griff nach einer Tierzeitschrift und stellte sich auf eine längere Wartezeit ein. Vordrängeln wollte sie sich nicht, das hätte ihr Vater bestimmt nicht gut gefunden.
Kurz darauf streckte Herr Winkler seinen Kopf zur Tür herein und rief gut gelaunt: »Der Nächste, bitte!«
Die Besitzerin der kranken Katze stand auf und ging auf ihn zu. »Guten Tag, Herr Doktor! Ich bin ja so froh, dass Sie kurzfristig einen Termin für uns hatten. Meiner Mucki geht es leider überhaupt nicht gut.«
»Das ist doch selbstverständlich«, sagte Herr Winkler. Dann entdeckte er Franzi und zog überrascht die Augenbrauen hoch. »Du hier? Was ist denn mit Polly?«
»Sie hinkt seit gestern ganz schlimm«, sagte Franzi und merkte, wie ihr die Tränen in die Augen schossen. »Sie kann sich kaum noch auf den Beinen halten.«

Herr Winkler runzelte die Stirn. »Hmm ... Klingt nach was Ernstem.« Er drehte sich zu der Frau mit der Katze um und lächelte entschuldigend. »Würde es Ihnen was ausmachen, wenn Sie noch einen ganz kleinen Augenblick warten? Ich fürchte, ich muss mich zuerst um den Notfall hier kümmern.« Die Katzenbesitzerin war zwar alles andere als begeistert, seufzte aber resigniert. »Na gut! Es dauert ja sicher nicht lange, oder?«

»Ganz bestimmt nicht«, versicherte Herr Winkler. Dann winkte er Franzi und Polly ins Sprechzimmer hinein.

Erleichtert drückte sich Franzi an ihm vorbei. Hinter sich hörte sie noch das halblaute, verärgerte Murmeln von ein paar anderen Tierbesitzern. Normalerweise wäre ihr das peinlich gewesen, aber heute machte es ihr nichts aus. Zärtlich drückte sie Polly an sich und flüsterte ihr ins Ohr: »Hab keine Angst! Papa macht dich wieder gesund, versprochen!« In Wirklichkeit hatte sie selber schreckliche Angst, versuchte aber so tapfer wie möglich zu sein. »Danke, Papa!«, flüsterte sie.

Herr Winkler nickte. »War doch klar. Na, dann wollen wir uns die kleine Patientin mal ansehen.« Nachdem er sich die Hände desinfiziert und dünne Gummihandschuhe angezogen hatte, nahm er Franzi das Huhn ab und legte es auf den Untersuchungstisch. Sein Griff war so geübt und sicher, dass Polly gar nicht erschrak und ganz stillhielt. »Seit gestern hinkt sie, sagst du? Und auf welchem Bein? Ah, ich seh schon. Hier tut es weh, Polly, stimmt's?« Das Huhn zuckte zusammen, als der Tierarzt ihr rechtes Bein berührte.

»Hast sie sich was gebrochen?«, fragte Franzi.

Herr Winkler tastete behutsam Pollys krankes Bein ab und schüttelte den Kopf. »Nein, ich glaube nicht. Es steht kein Knochen heraus. Den würde ich sofort fühlen.«
»Was kann es dann sein?« Franzi wurde immer unruhiger. »Irgendein schlimmer Virus, der ihr Bein lähmt?« Davon hatte sie mal in einer Tierzeitschrift gelesen. Der Besitzer einer Hühnerfarm hatte sämtliche Hühner töten müssen, weil der Virus hochansteckend war und sich rasend schnell ausbreitete.
»Nein«, sagte Herr Winkler. »Dann würde es ihr noch viel schlechter gehen. Ich tippe eher darauf, dass sie sich das Bein verdreht hat. Es ist leicht angeschwollen, siehst du?«
Franzi beugte sich über Polly und nickte. »Ja, stimmt. Und was kann man dagegen machen?«
»Nicht viel«, antwortete ihr Vater. »Das braucht einfach Zeit und viel Geduld, bis es von selber wieder abschwillt. Mach dir keine Sorgen! In ein, zwei Wochen ist Polly wieder gesund.«
Franzi fiel ein Riesenstein vom Herzen. »Wirklich?«, fragte sie, weil sie es noch nicht glauben konnte.
»Wirklich«, wiederholte er und lächelte ihr aufmunternd zu. »Hältst du sie bitte kurz? Ich muss was aus dem Arzneischrank holen.«
»Klar!« Liebevoll legte Franzi die Hände auf Polly und drückte sie sanft auf den Untersuchungstisch.
Herr Winkler holte inzwischen ein kleines braunes Fläschchen. »Ich gebe Polly jetzt ein paar Tropfen gegen die Schmerzen.« Er öffnete den Schnabel des Huhns und flößte ihr mit einer Pipette das Schmerzmittel ein.

Wieder zuckte Polly zusammen, aber als Franzi sie streichelte, entspannte sie sich.
»Du bist eine ganz Brave!«, lobte Herr Winkler die Patientin. »So, bald bist du erlöst. Du bekommst nur noch eine Salbe, damit die Entzündung schneller zurückgeht.« Er griff zu einer Tube und drückte eine weiße Paste heraus. Dann rieb er Pollys rechtes Bein vorsichtig damit ein. Polly hatte kaum Zeit, sich zu wehren, da war die Behandlung auch schon vorbei. Herr Winkler strich dem Huhn über den Kopf und lächelte. »Jetzt hast du es überstanden. Gute Besserung, Kleine!«
Franzi nahm Polly wieder auf den Arm. »Kann ich noch irgendwas für sie tun?«
Ihr Vater räumte die Arzneimittel weg und zog sich die Handschuhe aus. »Ja. Sorg dafür, dass sie ein paar Tage in ihrem Käfig bleibt und sich ausruht. Über frisches Wasser und Körner und ein paar Streicheleinheiten freut sie sich bestimmt. Ich besuche sie natürlich auch jeden Tag und du kannst mir dann dabei helfen, sie mit der Salbe einzureiben.«
»Mach ich!«, sagte Franzi glücklich.
Herr Winkler wusch sich ausgiebig die Hände am Waschbecken und trocknete sie anschließend ab. »Du hast mir heute übrigens auch schon ganz toll geholfen. Sag mal, hättest du vielleicht Lust, noch ein bisschen hierzubleiben, wenn du Polly in den Käfig zurückgebracht hast? Meine Assistentin musste heute nämlich leider früher weg und deine Mutter hat keine Zeit.«
»Ich?« Franzi wuchs vor Stolz gleich ein paar Zentimeter. So ein Angebot hatte ihr Vater ihr bis jetzt noch nie gemacht.

»Klar helf ich dir! Bin sofort wieder zurück.«
»Danke!«, rief Herr Winkler ihr hinterher.
Franzi stürmte freudestrahlend durchs Wartezimmer und trug Polly über den Hof zu einem Schuppen, in dem ihr Käfig stand. »Käfig« war leicht untertrieben für den geräumigen kleinen Stall, der im Winter direkt am Fenster stand. Im Sommer durfte Polly natürlich draußen frei herumlaufen, aber Mitte März war es noch zu kalt dafür.
»Hab ich's dir doch gesagt«, flüsterte Franzi ihrem Huhn ins Ohr. »Mein Papa macht dich wieder gesund!«
Polly gackerte zufrieden, als Franzi sie in ihren vertrauten Stall setzte, noch ein paar frische Körner in den Napf streute und das Wasser auffüllte. Polly trank sogar gleich ein paar Schlucke. Franzi sah ihr dabei zu und verriegelte dann sorgfältig die Tür.
»Jetzt muss ich leider los, aber vor dem Abendessen komme ich auf jeden Fall noch zu dir«, versprach sie, warf Polly eine Kusshand zu und verließ den Schuppen. Sie war so froh und erleichtert, dass sie den ganzen Rückweg zur Praxis vor sich hin pfiff. Und wem hatte sie das alles zu verdanken? Wieder mal ihren besten Freundinnen! Was würde sie bloß ohne die beiden machen?
Als Franzi zurück ins Wartezimmer kam, hatte sich der Raum bereits deutlich geleert. Die Frau mit der Katze war weg und auch der rothaarige Junge, der einen Käfig mit einem Meerschweinchen dabeigehabt hatte. Dafür war der Besitzer eines Kanarienvogels neu dazugekommen.
»He, vordrängeln gilt nicht!«, beschwerte er sich prompt.
Franzi ließ ihre Hand an der Tür zum Sprechzimmer noch

mal los und drehte sich lächelnd um. »Keine Sorge! Ich bin die Assistentin von Doktor Winkler.«
Bevor der verblüffte Mann nachfragen konnte, ob sie dafür nicht noch ein bisschen zu jung sei, war Franzi bereits weg.
»Ah, schön, dass du kommst!«, begrüßte ihr Vater sie. Er saß hinter seinem Schreibtisch und stellte gerade ein Rezept für das kranke Meerschweinchen aus.
Der rothaarige Junge stopfte das Rezept in seine Hosentasche, schnappte sich seinen Käfig und verabschiedete sich.
Franzi ging inzwischen zum Kleiderschrank und holte sich einen weißen Kittel heraus. Wenn sie heute schon assistieren sollte, dann wollte sie auch so professionell wie möglich aussehen.
Herr Winkler zwinkerte ihr zu. »Der Kittel steht dir richtig gut! Du solltest später auch Tierärztin werden und meine Praxis übernehmen.«
»Vielleicht«, sagte Franzi. Sie wollte es sich noch offenhalten, ob sie mal Tierärztin oder doch lieber Detektivin wurde.
»Soll ich schon mal den nächsten Patienten hereinrufen?«, fragte sie.
»Ja, mach das«, sagte ihr Vater.
Mit energischen Schritten ging Franzi zur Tür und rief ins Wartezimmer hinein: »Der Nächste, bitte!«
Ein Mann mit einem Dackel auf dem Arm stand auf und kam auf sie zu. Obwohl sein Herrchen ganz langsam ging, winselte der Dackel bei jedem kleinen Schaukeln vor Schmerz laut auf.
Franzi spürte, wie eine Welle Mitleid in ihr hochstieg. »Bald geht es dir besser, Kleiner!«, redete sie dem Dackel gut zu.

Dann wandte sie sich an den Besitzer, einen sympathischen Mann Mitte dreißig mit kurzen braunen Haaren und einem offenen Blick hinter der schmalen, rechteckigen Brille. »Wie heißt denn Ihr armer Liebling?«
»Emilio«, antwortete der Mann.
Franzi lächelte. »Ein schöner Hundename!« Dann bat sie den Mann ins Sprechzimmer hinein.
Herr Winkler kam vom Waschbecken herüber und begrüßte Herrchen und Hund. »Guten Tag, Herr Haverland! Bitte legen Sie Ihren Hund hier auf den Untersuchungstisch.«
Der Dackel bellte laut, als er das kalte Aluminium unter sich spürte, und blinzelte ängstlich in das grelle Licht der Deckenlampe.
»Alles wird gut, Emilio!«, sagte Franzi und half ihrem Vater, den zitternden Hund festzuhalten.
»Was fehlt ihm denn, Ihrem Emilio?«, fragte Herr Winkler.
Herr Haverland seufzte. »Als ich vor einer halben Stunde im Park mit ihm Gassi gegangen bin, kam plötzlich ein riesiger schwarzer Hund auf uns zugeschossen. Er hat sich sofort auf meinen Emilio gestürzt und ihn angegriffen. Emilio hat gekämpft wie ein Löwe und sich tapfer gewehrt, aber es hat ihm nichts genützt. Der andere Hund hatte ihn schon gebissen. Es ging alles so schnell, ich konnte meinem armen Emilio nicht helfen.«
»Ja, das muss schlimm für Sie gewesen sein«, sagte Herr Winkler. »Hundekämpfe kommen leider ziemlich häufig vor. Meistens passiert ja zum Glück nichts, aber manchmal geht es eben doch nicht ohne Verletzungen ab. Dann wollen wir uns den Biss mal genauer ansehen.« Er beugte sich über

den Hund, und Franzi musste Emilio noch fester halten, weil er anfing zu treten und zu kratzen.

Herr Winkler drehte Emilio auf die andere Seite und jetzt konnte auch Franzi es deutlich sehen: Unter dem rechten Ohr des Dackels war alles rot! Verkrustetes und frisches Blut quoll aus einer offenen, faustgroßen Stelle im braunen Fell. Franzi musste kurz wegsehen und die Luft anhalten. Eigentlich hatte sie sonst kein Problem damit, Blut zu sehen, aber das hier war ganz schön heftig. Zum Glück funktionierten ihre Hände trotzdem weiter. Es gelang ihr, Emilio gleichzeitig sanft und sicher festzuhalten, während ihr Vater die Bisswunde untersuchte.

Nach einer Weile richtete er sich auf und seufzte. »Ich fürchte, die Wunde muss genäht werden.«

Herr Haverland schluckte. »Verstehe.«

Franzi spürte, wie der Boden unter ihren Füßen zu schwanken anfing.

»Keine Sorge«, sagte Herr Winkler. »Mit örtlicher Betäubung geht das ganz schnell. Aber eine Frage habe ich vorher noch: Sind Sie wirklich sicher, dass Emilio von einem Hund gebissen wurde?«

Herr Haverland räusperte sich. »Ja, klar. Warum fragen Sie?«

»Ich weiß nicht.« Herr Winkler zögerte. »Ich habe schon viele Bisswunden gesehen, aber diese hier ist ungewöhnlich groß und der Abdruck der Zähne irritiert mich. Normalerweise hätte ich vermutet, dass er von einem anderen Tier stammt, von einem Reptil vielleicht.«

Herr Haverland schüttelte den Kopf. »Nein, ganz bestimmt nicht! Ich würde Ihnen den schwarzen Mistköter ja gern vorbeibringen, der meinem Emilio das angetan hat, aber leider ist er gleich weggerannt, der Feigling.«

»Soso«, sagte Herr Winkler.

Franzi merkte ihrem Vater an, dass er dem Hundebesitzer nicht recht glaubte. Und plötzlich spürte sie selbst ein seltsames Kribbeln im Bauch. Sie wusste, dass es verrückt war, aber trotzdem wurde sie den Gedanken nicht los, der ihr durch den Kopf schoss: Könnte das etwa ein neuer Fall für die drei !!! sein?

Was dann passierte, geschah völlig automatisch. Franzi wechselte den Griff und hielt Emilio mit einer Hand fest, während sie mit der anderen in ihrer Hosentasche nach dem Handy kramte. Als sie es gefunden hatte, aktivierte sie den Fotomechanismus, richtete die kleine Kamera auf die Bisswunde des Dackels und drückte ab.

»Was soll denn das jetzt?«, rief Herr Haverland empört. »Ich will das nicht!«

Franzi lächelte verlegen und steckte das Handy schnell wieder weg.

Herr Winkler runzelte die Stirn. »Entschuldigen Sie bitte, Herr Haverland! So was wird nicht mehr vorkommen. Meine Assistentin wollte sicher nur aus rein wissenschaftlichem Interesse ein Foto machen. Sie können sich natürlich auf meine ärztliche Schweigepflicht voll und ganz verlassen.«

Der Hundebesitzer warf Franzi einen misstrauischen Blick zu, lenkte dann aber ein: »Na schön … Aber jetzt kümmern Sie sich bitte um Emilio. Ich will nicht, dass er noch länger leidet.«

»Selbstverständlich«, sagte Herr Winkler.

Franzi sah lieber nicht so genau hin, als ihr Vater erst nach der Spritze griff und danach mit seinen sterilisierten Instrumenten hantierte. Es dauerte aber zum Glück tatsächlich nicht lange, bis er die Wunde gesäubert, desinfiziert, genäht und mit Wundsalbe bestrichen hatte. Am Schluss kam noch ein dicker Verband drum herum. Emilio winselte anfangs noch vor Schmerz, aber sobald er die kühlende Salbe spürte, wurde sein Winseln leiser. Er zappelte auch nicht mehr so stark und ließ die Behandlung brav über sich ergehen.

»Toll haben Sie das gemacht!«, sagte Herr Haverland und wischte sich verstohlen ein paar Schweißperlen von der Stirn. Franzi war heilfroh, als sie Emilio endlich loslassen durfte und sein Herrchen sich wieder um ihn kümmerte.

»Emilio wird keine Schmerzen haben«, versicherte Herr Winkler. »Die Salbe enthält ein Schmerzmittel, das 24 Stunden wirkt. Morgen möchte ich Emilio aber unbedingt noch mal sehen.« Er räumte die Instrumente weg und warf die blutverschmierten Handschuhe in den Plastik-Treteimer. »Lassen Sie sich bitte von der Sprechstundenhilfe einen Termin geben.«

Herr Haverland nickte. »Natürlich! Ich kann Ihnen gar nicht sagen, wie dankbar ich Ihnen bin! Das werde ich Ihnen nie vergessen!« Schnell drehte er sich um und war auch schon verschwunden. Auf einmal schien er es ziemlich eilig zu haben.

Franzi starrte ihm hinterher, während in ihrem Kopf tausend Fragen herumschwirrten: Was hatte Herr Haverland zu verbergen? Warum hatte er gelogen? Und warum hatte er sich so aufgeregt, nur weil sie ein harmloses Foto geschossen hatte? Franzi kam nicht dazu, weiter über all diese offenen Fragen nachzudenken, weil ihr Vater sie bei den Schultern packte und sagte: »Kannst du mir bitte mal erklären, was das mit dem Foto sollte?«

Sonderwünsche

»Ach, gar nichts«, behauptete Franzi. »Ich fand die Bisswunde nur so interessant, da hab ich eben spontan mein Handy rausgeholt.« Sie hakte sich bei ihrem Vater unter und versuchte ihn mit einem charmanten Lächeln um den Finger zu wickeln. Leider gelang es ihr diesmal nicht wirklich.
Herr Winkler machte sich von ihr los und fuhr sich stöhnend durch die Haare. »Du hättest mich damit in richtig große Schwierigkeiten bringen können! Ist dir das überhaupt bewusst? Ich bin an meine ärztliche Schweigepflicht gebunden. Wenn ich sie verletze, riskiere ich meinen Job.«
»Ich weiß«, murmelte Franzi. »Tut mir leid, ich wollte dich nicht in Schwierigkeiten bringen, aber du hast doch selbst gesagt, dass der Abdruck der Zähne merkwürdig ist.«
»Stimmt«, musste Herr Winkler zugeben. »Aber das ist nur eine Vermutung, die ich nicht beweisen kann. Es kann genauso gut sein, dass ich mich getäuscht habe.«
»Aber theoretisch könnte der Biss von einem Reptil stammen, oder?«, hakte Franzi nach, der die Sache einfach keine Ruhe ließ.
Herr Winkler stöhnte wieder. »Theoretisch, ja. Trotzdem werde ich den Vorfall auf sich beruhen lassen. Die Hauptsache ist doch, dass der Dackel jetzt gut versorgt ist und bald wieder gesund wird.«
»Ja, schon …«, sagte Franzi gedehnt.
Da sah ihr Vater sie plötzlich prüfend an. »Kann es sein, dass du wieder irgend so eine gefährliche Detektiv-Aktion planst?«

»Ich? Nö!«, stritt Franzi ab und wich dem Blick ihres Vaters aus. »Ich hab gar nichts vor.« In Wirklichkeit überlegte sie fieberhaft, wie sie am schnellsten die Adresse von Herrn Haverland herausbekommen könnte.

Herr Winkler erriet leider, was in ihrem Kopf vorging. »Falls du mich bitten willst, dir die Adresse von Herrn Haverland zu geben: Vergiss es! Und versprich mir, dass du nichts Gefährliches unternehmen wirst, hörst du?«

»Jaja …«, sagte Franzi und verdrehte dabei die Augen. Was war bloß heute mit ihrem Vater los? Normalerweise war er viel cooler, wenn es um den Detektivclub ging. Er hörte sich schon fast wie Kims Mutter an. Frau Jülich machte sich auch ständig Sorgen deswegen. Es musste an der dummen Sache mit der ärztlichen Schweigepflicht liegen. Das war offenbar ein wunder Punkt von ihm.

»Keine Panik!«, versuchte Franzi ihren Vater zu beruhigen. »Ich mache schon nichts Verbotenes.« Sie nestelte nervös an ihrem Kittel herum und fragte zögernd: »Brauchst du mich noch? Ich würde gern noch mal nach Polly sehen.«

»Nein, du kannst ruhig gehen«, sagte Herr Winkler. »Den Rest schaffe ich auch alleine. Vielen Dank übrigens! Du warst sehr tapfer, obwohl ganz schön viel Blut geflossen ist.«

»Gern geschehen.« Erleichtert schlüpfte Franzi aus ihrem Kittel und hängte ihn in den Schrank zurück. Danach machte sie sich schnell aus dem Staub.

Sobald sie die Praxis verlassen hatte, lief sie hinüber zum Wohnhaus. Sie hatte Polly nicht vergessen, aber bevor sie ihr krankes Huhn besuchte, musste sie schnell noch in Ruhe mit Kim oder Marie telefonieren. Sie schnappte sich das Mobilteil aus der Station auf dem Flur, rannte in ihr Zimmer und sperrte ab, damit Chrissie nicht hereinplatzen konnte. Dann wählte sie mit zitternden Fingern Kims Nummer.

Sie hatte Glück. Gleich nach dem ersten Freizeichen ging ihre Freundin ran. »Hallo, hier ist Kim Jülich.«

Sofort sprudelte Franzi los: »Hi! Ich glaube, wir haben einen neuen Fall. Halt dich fest oder setz dich am besten hin. Es wird dich umhauen, was ich dir gleich erzähle.« In Kurzform berichtete sie von ihrem merkwürdigen Erlebnis in der Praxis und fügte am Schluss hinzu: »Mit dem Typen stimmt irgendwas nicht, das spüre ich genau. Wir sollten ihn auf jeden Fall beschatten und herausfinden, was mit ihm los ist.«

»Gute Idee!«, sagte Kim. An ihrer heiseren Stimme merkte Franzi, dass ihre Freundin das Jagdfieber gepackt hatte. »Weißt du, wo dieser Haverland wohnt?«

Franzi stöhnte. »Das ist leider das Problem. Mein Vater wollte die Adresse nicht herausrücken.«

»Hmmm …«, machte Kim. Ein paar Sekunden war Schweigen in der Leitung, dann rief sie: »Ich hab's! Es gibt doch sicher eine Patienten-Kartei in der Praxis deines Vaters. Da müssten alle Daten drinstehen, die wir brauchen.«

»Daran hab ich auch schon gedacht«, sagte Franzi. »Aber sei mir bitte nicht böse: Das kann ich nicht machen. Ich hab meinem Vater fest versprochen, dass ich nichts Verbotenes tue. Ich will ihn nicht hintergehen und sein Vertrauen missbrauchen.«

Kim seufzte. »Verstehe. Du hast natürlich recht, so was könnte ich auch nicht. Dann müssen wir eben im Internet recherchieren. Haverland ist zum Glück kein Allerweltsname wie Müller oder Meier. Es dürfte in unserer Stadt nicht viele Leute geben, die so heißen.«

»Das glaube ich auch nicht«, sagte Franzi. »Hast du Lust, das zu übernehmen?« Von den drei !!! war Kim die Expertin in Sachen Technik und Computer und war auch noch superschnell und gründlich.

»Klar!«, sagte Kim sofort.

Franzi war froh, dass sie sich auf diese Lösung geeinigt hatten, und legte nach ein paar kurzen Abschiedsworten auf. Danach gab sie nur noch schnell Marie per SMS Bescheid und spurtete anschließend in den Stall. Wenn sie es vor dem Abendessen noch schaffen wollte, bei Polly und bei ihrem Pony Tinka vorbeizuschauen, musste sie sich beeilen.

Der Rest des Abends verging wie im Flug. Nachdem sie sich überzeugt hatte, dass Polly sich gesund schlief, ritt Franzi noch eine kleine Runde auf Tinka. Danach war sie so müde, dass ihr schon beim Abendessen die Augen zufielen. Lustlos knabberte sie an einem Käsebrot herum und stand bald auf, um ins Bett zu gehen.

»Nanu?«, wunderte sich Frau Winkler. »Was ist denn heute mit dir los?«

»Typisch Pubertät!«, warf Chrissie spöttisch ein. »Da war ich auch müde ohne Ende. Wahrscheinlich hast du gerade einen Wachstumsschub. Ach, was ich dich sowieso fragen wollte: Hast du eigentlich schon deine Tage bekommen?«

Sofort sahen Stefan und ihre Eltern interessiert zu Franzi herüber. Am liebsten wäre Franzi im Boden versunken oder hätte ihre Schwester auf den Mond geschossen oder am besten beides, aber sie begnügte sich fürs Erste damit, Chrissie einen Vogel zu zeigen und ihr zuzufauchen: »Das würdest du wohl gern wissen, was?«

Herr Winkler räusperte sich, um die peinliche Situation zu überspielen. »Franzi hat einen anstrengenden Arbeitstag hinter sich. Unsere Tochter hat heute in der Praxis ausgeholfen und sich ziemlich unentbehrlich gemacht.«

Frau Winkler lachte. »Gut zu wissen! Dann werde ich da ja bald nicht mehr gebraucht!«

Ihr Mann protestierte heftig, doch das bekam Franzi schon nicht mehr mit, weil sie längst auf der Treppe in Richtung Bad war.

Eine halbe Stunde später, als Franzi gerade am Einschlafen war, hörte sie die halblauten Stimmen ihrer Eltern auf dem Flur. Franzi wollte sich schon stöhnend auf die Seite drehen und Ohrstöpsel in die Ohren stopfen, als plötzlich der Name »Haverland« fiel. Sofort war sie wieder hellwach und richtete sich kerzengerade im Bett auf.

»Haverland?«, wiederholte ihre Mutter. »Der Name kommt mir irgendwie bekannt vor.«

»Mir nicht«, sagte Herr Winkler. »Wie auch immer: Er hat sich ziemlich merkwürdig benommen und ich glaube einfach nicht, dass es ein Hundebiss …«

»Ha!«, unterbrach ihn seine Frau. »Jetzt ist es mir wieder eingefallen: Haverland, ist das nicht der Filialleiter vom Supermarkt am Schillerpark, wo wir immer unseren Großeinkauf machen?«

»Ja, du hast recht«, sagte Herr Winkler. »Ich erinnere mich. In der Praxis konnte ich ihn nur nicht richtig einordnen.«

Auf Franzis Gesicht breitete sich ein triumphierendes Lächeln aus. »Danke, Mama!«, murmelte sie und kuschelte sich unter die Decke. Jetzt musste sie aber wirklich dringend schlafen. Morgen wartete ein aufregender Tag auf sie!

»Wie spät ist es jetzt?«, flüsterte Marie.
Kim sah auf die Leuchtziffern ihrer Armbanduhr und flüsterte zurück: »18 Uhr, zehn Minuten und 34 Sekunden.«
»Dann könnte er aber langsam mal rauskommen aus seinem Supermarkt«, zischte Franzi. »Meine Beine frieren gleich ab.«
Die drei !!! kauerten hinter einer Kiefer am Rande des Schillerparks. Es war das perfekte Versteck, weil sie von dort den besten Überblick auf das Osttor, die dahinter liegende Geschäftsstraße und den Eingang des Supermarkts hatten.
»Vergiss die Beine!«, sagte Marie ungerührt. »Hauptsache, deine Perücke verrutscht nicht. Warte mal kurz.« Sie zupfte ein bisschen an Franzis blonder Lockenmähne, bis auch die letzte rote Haarsträhne darunter verschwunden war.
Kim beobachtete sie dabei und kicherte. »Keine Sorge. So erkennt dich Herr Haverland garantiert nicht wieder. Du siehst mindestens drei Jahre älter aus.«
»Der himbeerrote Lippenstift steht dir übrigens auch sehr gut«, sagte Marie anerkennend. »Du solltest dich ruhig öfter mal schminken.«
Franzi verzog das Gesicht. »Danke, kein Bedarf. Das ist mir viel zu aufwendig.«
»Ach was!«, sagte Marie. »Ich geb dir gern ein paar …«
»Pssst!«, zischte Kim plötzlich. »Es geht los!«
Sofort hörten Marie und Franzi auf zu reden und starrten

zum Supermarkt hinüber. Tatsächlich! Herr Haverland stand in der Glastür und schlug den Kragen seines grauen Wintermantels hoch. Er warf einen prüfenden Blick zum bewölkten Himmel hinauf. Als es anfing zu schneien, steckte er fröstelnd die Hände in die Manteltaschen. Dann gab er sich einen Ruck und marschierte los. Zielstrebig überquerte er die Straße und steuerte direkt auf die Detektivinnen zu. Franzis Herz setzte vor Schreck kurz aus. Hatte er sie etwa gesehen?
»Runter!«, zischte Marie und sofort duckten sich alle drei.
Franzi ging so schnell in Deckung, dass sie einen Kiefernzweig übersah. Sie bekam ihn voll ab und die harten Kiefernnadeln stachen ihr richtig fies ins Gesicht. Beinahe hätte sie vor Schmerz laut aufgeschrien, aber im letzten Moment biss sie die Zähne zusammen.
Herr Haverland war noch zehn Meter von ihnen entfernt, dann acht, dann fünf Meter. Jetzt ist es vorbei, dachte Franzi. Er hat uns gesehen und mich doch erkannt, trotz Perücke. Gleich wird er sich auf uns stürzen. Jede Sekunde wartete sie darauf und hielt den Atem an. Herr Haverland kam noch näher, doch plötzlich, drei Meter vor ihnen, bog er ab und lief zum gepflasterten Hauptweg hinüber.
»Pffft!«, machte Franzi, weil sie die Luft nicht länger anhalten konnte.
Und Kim ächzte: »Das war knapp!«
Marie rappelte sich als Erste wieder hoch. »Los, hinterher!«
Das war leichter gesagt als getan. Franzis Beine hatten sich in zwei Eisblöcke verwandelt. Wieder musste sie die Zähne zusammenbeißen, aber irgendwie ging es dann doch.

Die drei !!! verließen ihr Versteck und nahmen die Verfolgung auf. Bald hatten sie Herrn Haverland eingeholt und folgten ihm im sicheren Abstand von etwa zehn Metern. Er durchquerte auf schnellstem Weg den Schillerpark und rasch wurde klar, dass er in die Fußgängerzone wollte. Dort hatten die Geschäfte abends länger offen. Kim, Franzi und Marie mischten sich unter die dahinschlendernden Fußgänger und behielten ihren Verdächtigen dabei die ganze Zeit im Auge.
Herr Haverland ließ einen Handyladen, ein paar Boutiquen und einen Blumenladen links liegen, doch plötzlich verlangsamten sich seine Schritte. Vor einem Schaufenster mit üppiger grüner Dekoration blieb er stehen.
Die drei !!! stoppten in ein paar Meter Entfernung. Als Herr Haverland den kleinen Laden betrat, warteten sie kurz und pirschten sich dann ans Schaufenster heran.
Franzi entzifferte den Schriftzug über der Tür und pfiff durch die Zähne. »Wenn das mal kein Volltreffer ist: eine Zoohandlung!« Die grüne Deko entpuppte sich beim näheren Hinsehen als eine Reihe von Topfpflanzen. Dazwischen waren Käfige aufgestellt, in denen Meerschweinchen, Hamster und weiße Mäuse hin und her huschten.
»Der Laden ist ziemlich klein«, sagte Marie. »Vielleicht sollten wir doch besser nur zu zweit reingehen. Was meint ihr?«
Franzi nickte. »Du hast recht. Das ist unauffälliger. Ich warte draußen.«
»Okay«, sagte Kim und verschwand mit Marie im Inneren des Zoogeschäfts.
Der Ladenraum war vollgestellt mit Käfigen und Vogelbau-

ern. Ein farbenprächtiger Papagei kreischte lautstark zur Begrüßung: »Schöne Mädchen, schöne Mädchen!«
Marie musste lachen und warf dem Vogel eine Kusshand zu. Dann griff sie nach einer Broschüre über Katzen, zeigte sie Kim und sah sich dabei unauffällig um. Herr Haverland stand mit dem Besitzer des Ladens an der Kasse.
»Natürlich können wir Ihnen da weiterhelfen«, sagte der Besitzer. »Wie alt ist denn Ihre Tochter?«
»Sina ist jetzt acht«, antwortete Herr Haverland. »Ich wollte sie mit einem kleinen Tier überraschen, weil sie so gut in der Schule ist.«
Der Besitzer lächelte. »Verstehe. Hatten Sie an irgendwas Spezielles gedacht?«
»Einen Hund haben wir schon«, sagte Herr Haverland. »Und ein paar andere Tiere auch. Es sollte schon was Besonderes sein, irgendwas Exotisches vielleicht.«
Der Besitzer verschränkte die Arme vor der Brust. »Ah! Da sind Sie nicht der Einzige. Exotische Tiere werden zurzeit häufig nachgefragt.«
Herr Haverland räusperte sich. »Mag sein. Ich wollte mich einfach mal umhören, ob sie zufällig eine Riesenschlange, ein Reptil oder einen Frosch aus dem Regenwald dahaben.«
Der Besitzer runzelte die Stirn. »Oh! Ich fürchte, da muss ich Sie enttäuschen. Solche Tiere führen wir nicht. Aber schöne Papageien könnte ich Ihnen anbieten.«
»Nein danke, ich mag keine Vögel«, sagte Herr Haverland.
»Tja, tut mir leid«, sagte der Besitzer bedauernd. »Dann fürchte ich, kann ich Ihnen nicht weiterhelfen.«
Herr Haverland räusperte sich wieder. »Trotzdem vielen

Dank! Auf Wiedersehen.« Er drehte sich um und lief an Kim und Marie vorbei, die sich hinter ihrer Katzenbroschüre verschanzten. Die Tür fiel ins Schloss und weg war er.
»Und nun zu euch. Womit kann ich euch behilflich sein?«, fragte der Besitzer.
»Äh …«, machte Marie. »Wir müssen es uns noch mal überlegen.« Sie legte die Broschüre weg und zog Kim am Ärmel. Dann machten sie sich aus dem Staub.
Draußen wartete Franzi bereits ungeduldig auf sie. »Und, wie war's?«
»Sehr interessant«, sagte Kim. »Aber wo ist unser Verdächtiger?«
Franzi zeigte hinüber zum Taxistand. »Ist leider in ein Taxi gestiegen und ganz schnell weggefahren. Aber jetzt erzählt endlich! Was habt ihr beobachtet?«
»Erst musst du uns erzählen, woher die roten Kratzer in deinem Gesicht kommen«, sagte Marie. »Hast du dich etwa mit dem guten Herrn Haverland geprügelt?«
Franzi lachte. »Nein! Das ist ganz eine andere Geschichte.«

Der etwas andere Zoo

Detektivtagebuch von Kim Jülich
Freitag, 21:49 Uhr
Bin todmüde, muss aber trotzdem unbedingt noch schreiben. Die drei !!! haben wieder einen neuen Fall! Noch wissen wir zwar nicht, wohin genau uns die Ermittlungen führen werden, aber die Sache lässt sich jetzt schon ziemlich spannend an.
Hier die bisherigen Fakten:
Unser Hauptverdächtiger: Herr Haverland
Die Verdachtsmomente:
1. Emilio, der Hund von Herrn Haverland, weist eine äußerst merkwürdige Bisswunde auf. Vermutung von Franzis Vater: Sie stammt von einem Reptil. Herr Haverland streitet das zwar ab, macht sich aber mit seiner verharmlosenden Behauptung eines Hundebisses nur noch mehr verdächtig.
2. Herr Haverland interessiert sich allgemein für exotische Tiere, deren Besitz in Deutschland möglicherweise illegal sein könnte (müssen wir dringend recherchieren!).
3. Herr Haverland scheint seiner achtjährigen Tochter Sina jeden Wunsch von den Augen abzulesen. Anscheinend steht sie wie er auch auf exotische Tiere.
Und jetzt kommt das Beste: Franzi kennt Sina zufällig. Sie hat sie auf dem Reiterhof Himmelkron kennengelernt, als sie dort bei unserem vorletzten Fall eine Reitstunde genommen hat. Franzi hat gleich nach unserer Beschattungsaktion Sina gemailt und sie gefragt, ob sie Lust hätte, sich mit ihr zu treffen und über Pferde zu quatschen. Sina hat sofort zurückgemailt und

Franzi zu sich nach Hause eingeladen. Sie war total heiß auf das Treffen, weil sie nicht nur Pferdefan, sondern auch ein heimlicher Fan von unserem Detektivclub ist. Supergenial! Morgen wird Franzi Sina besuchen und kann sich in aller Ruhe in der Wohnung unseres Verdächtigen umsehen. Am liebsten würde ich auch dabei sein, aber das geht natürlich nicht, sonst würde Sina womöglich misstrauisch werden.
Marie und ich drücken Franzi aber auf jeden Fall ganz fest die Daumen und sind megagespannt, was sie berichten wird.

<u>Geheimes Tagebuch von Kim Jülich</u>
<u>Freitag, 22:18 Uhr</u>
Tut mir wirklich leid, Marie und Franzi! Auch ihr dürft dieses Tagebuch nicht lesen. Solltet ihr es trotzdem tun, ist es mit unserer Freundschaft aus und vorbei und den Detektivclub könnt ihr euch auch abschminken. Also überlegt es euch lieber dreimal!
Es ist echt zum Heulen: Da läuft es mal super zwischen Michi und mir, und dann muss ausgerechnet jetzt so was Blödes passieren! Michi hat eine fiese Grippe aufgeschnappt und liegt mit Fieber, Schnupfen und Husten im Bett. Natürlich wollte ich ihn sofort besuchen und mich um ihn kümmern, aber das hat er rigoros abgelehnt. Der Grund: Er möchte nicht, dass ich mich anstecke und auch krank werde. Einerseits ist das total süß von ihm, weil er damit zeigt, wie wichtig ihm meine Gesundheit ist. Andererseits sterbe ich jetzt schon vor Sehnsucht. Wir hatten so schöne Sachen fürs Wochenende geplant! Morgen wollten wir zusammen shoppen gehen und am Sonntag ins Kino. Das fällt jetzt alles ins Wasser. Schluchz, seufz, schnief!!!

Hoffentlich wird mich der neue Fall ein bisschen ablenken. Ansonsten muss ich Michi einfach ganz viele Gute-Besserungs-SMS schicken und fest an ihn denken.
Wenigstens noch eine gute Nachricht zum Schluss: Polly geht es nicht mehr ganz so schlecht. Die Salbe scheint zu wirken und das Bein ist schon etwas weniger geschwollen. Franzi ist total happy und ich freu mich natürlich für sie.

Kaum hatte Franzi bei Haverlands geklingelt, ertönte der Summer, und aus der Sprechanlage kam Sinas aufgeregte Stimme: »Hallo, Franzi! Wir sind im siebten Stock.«
»Alles klar«, sagte sie und betrat den Eingangsbereich des blauen Hochhauses. Franzi stieg in einen der beiden Aufzüge, der sie blitzschnell in den siebten Stock brachte.
Sina wartete bereits an der offenen Tür. Ihr blonder Pferdeschwanz wippte hin und her, weil sie keine Sekunde still stehen konnte. »Toll, dass du mich besuchst! Komm rein.« Plötzlich stutzte sie. »Was hast du denn da im Gesicht?«
Franzi winkte ab. »Ach, nur ein paar harmlose Kratzer.«
Neugierig ging sie in den schmalen Flur hinein. Überall an den Wänden hingen Fotos von Emilio aus glücklichen Tagen, in denen er ausgelassen an seinem Herrchen hochsprang.
Franzi zog ihren Anorak aus und hängte ihn an den Garderobenständer. Dann drehte sie sich lächelnd zu Sina um. »Ich freu mich auch, dass wir uns endlich mal wieder treffen. Hier, ich hab dir die Visitenkarte unseres Detektivclubs mitgebracht.«
»Danke!«, rief Sina. Begeistert las sie den Text laut vor:

Dann drehte sie die Visitenkarte um und stieß einen Schrei aus. »Cool! Da sind ja eure Autogramme drauf. Danke!«
»Gern geschehen.« Franzi wurde rot. Obwohl sie schon einige Autogramme gegeben hatte, konnte sie sich immer noch nicht daran gewöhnen, dass sie berühmt war, nicht so wie die großen Stars natürlich, aber immerhin …
Sina zeigte auf eine Tür auf der rechten Seite. »Magst du mein Zimmer sehen? Ich hab extra aufgeräumt.«
Franzi zögerte. Viel mehr als Sinas Kinderzimmer interessierte sie das Wohnzimmer. »Später«, sagte sie deshalb. »Können wir erst mal im Wohnzimmer abhängen?«
»Klar!«, sagte Sina. »Meine Eltern sind sowieso nicht da. Meine Mutter kauft ein und Papa ist mit unserem Dackel Emilio in der Tierarztambulanz.«
Sofort griff Franzi das Stichwort auf. »Was fehlt ihm denn?«
»Er wurde gebissen«, antwortete Sina. »Von einem bösen schwarzen Hund.« Sie nickte dreimal traurig zur Bekräftigung und ihr Pferdeschwanz wippte wieder hin und her.
»Armer Emilio!«, sagte Franzi, hakte aber nicht weiter nach, weil Sina sie ins Wohnzimmer führte.

An der Türschwelle blieb Franzi sprachlos stehen. Das war kein normales Wohnzimmer, das sah viel eher aus wie eine Zoohandlung. Auf Tischen und in jeder freien Ecke standen Käfige und Terrarien herum.
Franzi pfiff durch die Zähne. »Wow! Sind das alles eure Tiere?«
»Ja!«, sagte Sina stolz. »Die hat mein Papa gekauft. Er sammelt Tiere. Das ist sein Hobby. Soll ich dir unsere Tiere mal zeigen?«
Franzi nickte. »Unbedingt!«
Sina führte Franzi zu einer Art Aquarium. Im Grunde war es jedoch nur eine alte Plastikwanne, die mit trübem Wasser und ein paar Schlingpflanzen gefüllt war. Zwei giftgrüne Frösche schwammen in der braunen Brühe herum und glotzten Franzi mit ihren hervorquellenden Augen traurig an.
»Das sind Lupo und Mäxchen«, stellte Sina vor.
»Hallo, ihr zwei!«, sagte Franzi und beugte sich über die Wanne. Ein strenger Geruch nach fauligem Grünzeug und den Exkrementen der Tiere stieg ihr in die Nase. Besonders sauber war das Aquarium nicht.
Franzi wollte es sich genauer ansehen, doch Sina zog sie bereits weiter zu einem geschlossenen Terrarium, in dem eine knorrige Baumwurzel lag.
»Ich seh gar kein Tier«, sagte Franzi verwundert.
Sina grinste. »Guck noch mal genau hin!«
»Huch!«, rief Franzi, als sich die Baumwurzel plötzlich bewegte, weil ein länglicher brauner Körper mit gelben Flecken sich spiralförmig drum herumwand. »Das ist ja eine Riesenschlange!«

Sina lachte. »Er heißt Tiger, wegen der Flecken.«
Obwohl das Terrarium fest verschlossen war, wich Franzi lieber ein Stück zurück. Tiger fuhr nämlich gerade seine spitze Zunge aus und sah ziemlich hungrig aus.
»Komm!«, rief Sina. »Da drüben ist noch ein Tier.«
In einem Terrarium, das ebenfalls aus einer alten Plastikwanne gemacht war und halb mit grobkörnigem Sand, halb mit Wasser gefüllt war, räkelte sich ein schlankes, dunkelbraunes Reptil mit einem ausgeprägten Schuppenpanzer.
Franzi schluckte. »Ist das etwa … ein Krokodil oder so was?«
»Ich glaub schon«, sagte Sina. »Genau weiß ich es nicht. Da müsstest du Papa fragen. Wir nennen die süße Kleine Florentine. Es ist nämlich ein Mädchen.«
Trotz der Wärme, die das Terrarium ausstrahlte, lief Franzi ein eiskalter Schauer über den Rücken. Und obwohl die »süße« Florentine träge auf dem Boden herumlag, hatte Franzi das Gefühl, dass das Tier sie mit seinen starren Augen ganz genau beobachtete.
»Ein tolles Hobby hat dein Vater da«, behauptete Franzi. »Das sind ja richtig seltene Tiere. Wo hat dein Papa die denn her? Durfte er die einfach so kaufen, in der Zoohandlung?«
Sina nickte. »Natürlich! Das darf er. Jeder kann das, er muss nur das richtige Zoogeschäft finden.«
Franzi glaubte Sina kein Wort. Entweder war sie mit ihren acht Jahren wirklich so naiv und felsenfest davon überzeugt oder ihr Vater hatte ihr die Antwort eingetrichtert, falls jemand unangenehme Fragen stellen sollte.
Auch wenn sie es (noch!) nicht beweisen konnte, Franzi war sich so gut wie sicher: Diese exotischen Tiere hatte Herr Ha-

verland höchstwahrscheinlich illegal gekauft. Und er durfte sie vermutlich auch nicht einfach so in seiner Wohnung halten. Die professionellen Terrarien, die Franzi aus dem Zoo kannte, sahen anders aus, und solche gefährlichen Tiere gehörten bestimmt in die Hand eines erfahrenen Pflegers und nicht in die Obhut eines Laien!

Franzi legte Sina die Hand auf die Schulter und hakte noch mal nach: »Das klingt alles total spannend. Du weißt doch bestimmt, wo genau dein Papa die Tiere gekauft hat, oder?«

»Nö ... weiß ich nicht.« Sina machte sich los und wich Franzis prüfendem Blick aus. Es war ganz offensichtlich, dass sie etwas wusste, aber nichts erzählen durfte.

Franzi gab es auf. »Schade! Na ja, macht nichts. Vielleicht fällt es dir irgendwann ein, dann kannst du mich jederzeit anrufen.«

»Hmmm ...«, machte Sina. Das klang nicht gerade überzeugend. Schnell wechselte sie das Thema. »Und, welches Tier gefällt dir am besten?«

Franzi kratzte sich an der Stirn. »Schwierig. Eigentlich mag ich Pferde am allerliebsten, das geht dir sicher ähnlich. Aber von den Tieren hier in eurem Wohnzimmer gefällt mir am besten ... warte ... die kleine Florentine!«

In dem Moment schnellte der Kopf des Reptils in die Höhe und es sperrte sein Maul auf. Messerscharfe weiße Zähne blitzten Franzi entgegen. Franzi bekam beinahe einen Herzinfarkt.

»Brav, Kleine, brav!«, flüsterte sie.

Florentine verstand ihre Worte offenbar ganz falsch. Statt ihr Maul wieder zuzumachen, riss sie es noch weiter auf. Franzi war wie gelähmt. Doch dann handelte sie völlig instinktiv. Mit zitternden Fingern griff sie nach dem Handy in ihrer Hosentasche, holte es heraus und aktivierte den Fotomechanismus. »Knips!«, machte es und die Zähne des gefährlichen Tieres waren gespeichert.

Was in der nächsten Stunde passierte, bekam Franzi nur am Rande mit. Irgendwie schaffte sie es, Sina dazu zu bringen, ihrem Vater nichts von dem Schnappschuss zu erzählen. Danach verabschiedete sie sich so schnell wie möglich von ihr und radelte wie betäubt von dem schockierenden Erlebnis nach Hause. In ihrem Kopf wirbelten die Gedanken herum, aber sie konnte keinen einzigen davon richtig fassen.
Erst daheim an ihrem Schreibtisch ließ die Betäubung nach und sie konnte wieder einigermaßen klar denken. Und plötzlich wusste sie, was sie tun musste. Sie schaltete Computer und Drucker ein und stöpselte ihr Handy ans Netz. Zwei Minuten später hatte sie die Fotodaten geladen und konnte sie ausdrucken. Noch nie hatte sie so sehnsüchtig darauf gewartet, bis der Drucker endlich zwei farbige Fotos ausspuckte: Das erste Foto sah aus wie aus dem Gruselkabinett. Es zeigte in Großaufnahme die Bisswunde von Dackel Emilio. Das zweite Foto war mindestens genauso gruselig. Die Aufnahme der messerscharfen Zähne des merkwürdigen kleinen Krokodils wirkten so lebendig, dass Franzi den Eindruck hatte, sie würden jeden Augenblick nach ihr schnappen.
Franzi legte die beiden Fotos nebeneinander. Plötzlich war sie so aufgeregt, dass die Farben ineinander verschwammen und vor ihren Augen flimmerten. Dabei wollte sie es endlich

wissen: Hatte der Abdruck der Zähne in Emilios Wunde etwas mit dem Minikrokodil im Wohnzimmer von Herrn Haverland zu tun? Wurde Emilio nicht von einem Hund gebissen, sondern von der kleinen, »süßen« Florentine?

Franzi machte die Augen zu, presste ihre Hände an die Schläfen und versuchte, ihren Puls wieder auf Normalfrequenz herunterzubekommen. Erst als sie dreimal tief ein- und wieder ausatmete, gelang es ihr einigermaßen. Franzi öffnete die Augen und starrte erneut auf die beiden Fotos. Jetzt waren die Farben klar, aber die Umrisse des ersten Fotos blieben trotzdem unscharf.

»Mist!«, rief Franzi. »Ich hab's vermasselt!«

Kein Wunder, dass das Foto der Bisswunde verwackelt war und man den Abdruck der Zähne kaum erkennen konnte. Franzi war ja auch in der Praxis ihres Vaters nicht ganz bei sich gewesen. Kim und Marie wäre es vermutlich genauso gegangen, wenn sie so viel Blut gesehen hätten. Trotzdem ärgerte sich Franzi schwarz. Das perfekte Beweisstück in ihrem neuen Fall war wertlos. Dabei war sie so nah dran gewesen!

Aber schwarzärgern brachte sie leider nicht weiter. Sie durfte jetzt nicht aufgeben! Und plötzlich fiel Franzi ein, dass sie doch noch etwas ganz Wichtiges tun konnte. Es würde zwar nicht als Beweis für die Polizei reichen, aber es war zumindest ein Anfang.

Zwei, drei Mausklicks später hatte Franzi im Internet das krokodilartige Tier gefunden, das sie suchte. Auf den Fotos sah es genauso aus wie in Wirklichkeit, und was Franzi jetzt darüber las, jagte ihr den zweiten eiskalten Schauer an diesem Tag über den Rücken.

Brauen-Glattstirnkaiman
Bei dem Vertreter aus der Familie der Alligatoren handelt es sich um eine der kleinsten Krokodilarten der Welt, die in den dichten Regenwäldern des Amazonas lebt. Brauen-Glattstirnkaimane erreichen eine maximale Körperlänge von etwa 1,50 Metern bei den Männchen und etwa 1,20 Metern bei den Weibchen. Die Schnauze ist im Gegensatz zu seinen Verwandten sehr kurz und die Tiere besitzen einen hohen, fast hundeartigen Schädel. Weitere Merkmale sind die braunen Augen sowie das Fehlen eines knöchernen Grates zwischen den Augen, daher der Name der Gruppe. Insgesamt sind der Körper und auch der Schwanz stark verknöchert.
Vorsicht! Brauen-Glattstirnkaimane sind sehr gefährlich. Mit einem einzigen Biss können sie eine Hand abtrennen. Weil sie sehr aggressiv sind, gehören sie in Zoos und die Hände erfahrener Pfleger. Einfuhr und Besitz sind laut Artenschutzgesetz für den Laien verboten.

Lockvogel im Leopardenkleid

Franzi zündete eine Kerze an und betrachtete zufrieden den kleinen Tisch, den sie gerade für das Clubtreffen im Hauptquartier gedeckt hatte: In der Mitte prangte der duftende Kirschkuchen, eine superleckere Spezialität ihrer Mutter. Daneben standen die Thermoskanne mit Früchtetee und drei Tassen, und auf den Tellern lagen bunte Papierservietten. Franzi holte noch schnell Besteck aus dem Regal, dann war alles perfekt. Als sie ihren Blick abschließend durch den Raum schweifen ließ, musste sie grinsen. Bevor die drei !!! den alten Pferdeschuppen entrümpelt und zu ihrem Hauptquartier ausgebaut hatten, war es hier ziemlich ungemütlich gewesen. Jetzt gab es alles, was die Detektivinnen bei ihrer Arbeit brauchten: einen Bürocontainer mit abschließbarer Schublade für die Clubkasse und die Detektiv-Ausrüstung, einen Bollerofen für kalte Tage wie heute und eine alte Pferdekutsche mit hochklappbarem Verdeck. Dorthin zogen sich die drei !!! zurück, wenn sie absolut ungestört sein wollten.

Franzi warf einen Blick auf ihre Armbanduhr. Bis zum Clubtreffen hatte sie noch eine Viertelstunde Zeit, optimal für einen kurzen Besuch bei ihrem armen kranken Huhn.

Polly freute sich total, als Franzi zu ihr in den Stall kam. »Na, meine Kleine, wie geht es dir heute?«, fragte Franzi, während sie die Käfigtür öffnete und Polly zärtlich am Hals kraulte.

Polly hielt still und genoss die sanfte Berührung. Franzi sah sich inzwischen das kranke Bein an. Ihre Salbe hatte Polly

heute bereits bekommen und die Schwellung war deutlich zurückgegangen. Trotzdem hatte Franzis Vater gemeint, dass es wohl noch einige Tage dauern würde, bis Polly wieder richtig laufen konnte.
»Ein bisschen Geduld musst du noch haben«, sagte Franzi. »Meinst du, du hältst das aus?«
Polly flatterte kurz mit den Federn. Besonders glücklich war sie natürlich nicht über die langweilige Zeit im Käfig. Franzi redete ihr noch mal gut zu, dann musste sie zurück zum Pferdeschuppen.
Kaum hatte Franzi sich im Hauptquartier auf einen Stuhl fallen lassen, klopfte es auch schon an der Tür und Kim kam herein, wie immer superpünktlich. Ihre Wangen waren gerötet und ihre Augen blitzten erwartungsvoll.
»Hallo, Franzi! Hmmm …«, machte sie und streckte genießerisch die Nase in die Luft. »Sag bloß, deine Mutter hat wieder ihren sagenhaften Kirschkuchen gebacken?«
Franzi lachte. »Klar! Komm, setz dich, ich geb dir schon mal ein Stück, bis Marie da ist.«
»Da sag ich nicht Nein!« Kim schlüpfte aus ihrem Anorak und warf ihn zusammen mit Mütze und Handschuhen über die Stuhllehne. Dann machte sie sich über den Kirschkuchen her.
Franzi sah ihr amüsiert dabei zu. Sie kannte niemanden, der so scharf auf Süßigkeiten war wie Kim. Wenn Marie und Franzi sie damit aufzogen, behauptete Kim, sie brauche das als Nervennahrung, schließlich sei sie der Kopf des Clubs und trage die größte Verantwortung. Das stimmte natürlich, aber Franzi hatte den starken Verdacht, dass Kim bereits eine

Naschkatze gewesen war, bevor sie den Detektivclub gegründet hatte.

»Wo bleibt denn Marie?«, fragte Kim, nachdem sie auch noch den letzten Krümel von ihrem Teller gekratzt hatte.

Franzi zuckte mit den Schultern. »Keine Ahnung. Vielleicht konnte sie sich nicht von ihrem heiß geliebten Adrian trennen.«

Kim kicherte. »Gut möglich. Aber ich finde, Marie sollte sich endlich einen jüngeren Typen angeln, der auch wirklich zu ihr passt.«

»Was sollte ich tun?«, fragte Marie, die plötzlich hereingeschneit war, ohne dass Kim und Franzi es bemerkt hatten.

Kim wurde prompt rot und Franzi sagte schnell: »Ach, gar nichts … Bleib so, wie du bist!«

Marie warf ihre frisch geföhnten Haare mit einem lässigen Schwung nach hinten. »Lieb von euch, aber ab und zu brauche ich schon ein neues Styling. Wie findet ihr übrigens meine neuen Strähnchen?«

»Toll!«, sagte Kim. »Sieht richtig natürlich aus.«

Franzi verdrehte die Augen. »Nur zu eurer Erinnerung: Wir haben hier einen Detektivclub und keinen Schminkclub.«

»Sei doch nicht so spießig!« Marie schälte sich aus ihrem federleichten weißen Wintermantel und zupfte ihr rotes Strickkleid zurecht.

»Setz dich einfach, ja?«, sagte Franzi. Sie schenkte Tee ein und verteilte den Kuchen. Kim nahm gern ein zweites Stück und in den nächsten fünf Minuten breitete sich zufriedenes Schweigen aus.

Franzi war als Erste satt. »Also, kommen wir zum eigentli-

chen Grund unseres heutigen Treffens. Wir wissen jetzt also, dass Herr Haverland auf exotische Tiere steht und sie illegal kauft. Die große Frage ist nur, wo.«
»Richtig«, sagte Kim. »In der Zoohandlung hatte er ja neulich kein Glück. Das war anscheinend ein seriöser Besitzer, der sich auf solche unerlaubten Geschäfte nicht einlässt.«
Marie, die ihre Hände an der heißen Teetasse wärmte, nickte. »Also muss er seinen komischen Brauen-Glattstirnkaiman und die restlichen Tierchen woanders bezogen haben. Ich wette, da gibt es Tierbörsen oder so was, die sich auf solche Kundenwünsche spezialisiert haben. Wolltest du nicht ein paar Tierzeitschriften aus dem Wartezimmer deines Vaters abgreifen, Franzi?«
»Hab ich auch«, sagte Franzi. Ein Griff zum Bürocontainer genügte und sie hatte einen Stapel Zeitschriften in der Hand.
Kim klatschte in die Hände. »Also dann, Mädels, an die Arbeit!«
»Stopp!«, rief Marie. »Wir haben was ganz Wichtiges vergessen.«
Kim und Franzi sahen sie verwundert an.
»Na, unseren Powerspruch!«, sagte Marie ungeduldig.
Franzi grinste. »Ach so, klar!«
Den Powerspruch sagten die drei !!! immer dann auf, wenn sie einen neuen Fall an Land gezogen hatten oder gerade besonders viel Energie für ihre Ermittlungen brauchten. In diesem Fall traf sogar beides zu.
Feierlich stellten sie sich im Kreis auf, streckten die Arme aus und legten die Hände übereinander. Dann riefen sie im Chor: »Die drei !!!.«

Kim sagte: »Eins«, Franzis »Zwei!« und Marie »Drei!«. Am Schluss hoben sie gleichzeitig die Hände in die Luft und riefen laut: »Power!!!«

Danach machten sie sich mit Feuereifer an die Arbeit. Sie teilten die Zeitschriften untereinander auf und vertieften sich darin. Zwei hatten leider gar keinen Anzeigenteil, aber Marie wurde bei einer ihrer Zeitschriften fündig.

»Hier!«, rief sie aufgeregt. »Das klingt doch vielversprechend: *Wunderbare exotische Tierwelt: Bei uns bleiben (fast) keine Wünsche offen!*«

»Ich hab auch was gefunden«, sagte Franzi. »Da bietet jemand seltene Exemplare an aus allen Ländern der Welt. *Vermittlung und Verkauf absolut zuverlässig, schnell und diskret.* Das glaube ich sofort. Nur ›illegal‹ fehlt noch als Zusatz.«

Kims Augen fingen an zu leuchten. »Ich hab eine Idee.«
Schon sprudelte sie los und erzählte ihren Freundinnen, was sie sich ausgedacht hatte.

»Klingt super!«, sagte Marie.

Franzi war auch begeistert. »Das könnte funktionieren. Die Sache hat nur einen einzigen Haken: Wer von uns kann so was am glaubwürdigsten rüberbringen?«

»Also, ich wüsste da schon jemanden«, sagte Kim und zwinkerte Franzi verschwörerisch zu.

Franzi grinste. »Ich auch!«

Marie zog die linke Augenbraue hoch. »Ihr meint doch nicht etwa mich?«

»Wen denn sonst?«, riefen Kim und Franzi wie aus einem Mund.

Jetzt mussten sie alle drei lachen und konnten gar nicht mehr

aufhören. Schließlich tupfte Marie sich vorsichtig die Lachtränen aus den Augen, damit sie ihr schönes Make-up nicht verwischte. Danach holte sie ihr Handy aus der Tasche. »Also gut! Dann wollen wir mal.« Sie tippte die Nummer der wunderbaren exotischen Tierwelt ein, stellte auf laut und lauschte zusammen mit Kim und Franzi gespannt dem Freizeichen.
»Tierbörse Exotica, einen wunderschönen guten Tag. Sie sprechen mit Frau Sommer, was kann ich für Sie tun?«
Marie flötete ins Handy: »Hier spricht Frau Haverland. Mein Mann hat bei Ihnen so einen süßen Glattstirn-Kaiman gekauft. Ich hätte da noch eine Frage, und zwar …«
»Tut mir leid«, unterbrach Frau Sommer sie, »aber da muss ein Missverständnis vorliegen. Wir führen nämlich keine Reptilien.«
»Ach, nicht?« Marie spielte überzeugend die überraschte Ehefrau. »Da muss mir mein Mann eine falsche Telefonnummer gegeben haben. Er ist manchmal ein richtiger kleiner Schussel, mein Schatzi. Entschuldigen Sie bitte die Störung!« Schnell drückte sie auf die Taste mit dem roten Hörer und unterbrach die Verbindung, bevor Kim und Franzi laut losprusteten.
»Mein Schatzi!«, wiederholte Kim und krümmte sich vor Lachen. »Das war richtig gut.«
»Tja, aber leider ohne Erfolg«, sagte Marie trocken. »Ich probier am besten gleich die andere Kontaktadresse.«
Franzi las ihr die Telefonnummer vor und Marie tippte die Ziffern ein. Diesmal läutete es ewig, bis endlich jemand abhob.

Eine monotone Männerstimme meldete sich mit: »Tierbörse Keller, hallo?«

Marie spulte wieder ihr Sprüchlein ab. Sobald sie den Kaiman erwähnte, taute der Mann auf: »Natürlich, ich erinnere mich an Ihren Mann! Das ist ja nett, dass Sie sich bei uns melden. Ich hoffe, Ihr Mann ist zufrieden mit der Qualität unserer Lieferung? Sowohl mit dem Brauen-Glattstirnkaiman als auch mit dem hellen Tigerpython?«

»Oh ja!«, flötete Marie. »Mein Schatzi ist ganz begeistert. Ich bin es auch, obwohl ich den kleinen Tierchen lieber nicht zu nahe komme, Sie wissen schon warum … Hihi … Aber was ich Sie eigentlich fragen wollte: Was mögen denn Brauen-Glattstirnkaimane am allerliebsten? Mit welchem Leckerbissen kann man die kleinen Racker so richtig verwöhnen?«

Herr Keller räusperte sich. »Schön, dass Sie sich so viele Gedanken um Ihren Liebling machen, Frau Haverland. Probieren Sie es doch mal mit zarter Hähnchenbrust ohne Haut oder mit ein paar leckeren Zierfischen, ein paar Guppys zum Beispiel.«

»Gute Idee!«, sagte Marie. »Sie sind auch ein Schatzi! … Oh, pardon, das ist mir jetzt einfach so rausgerutscht …«

»Keine Ursache.« Herr Keller blieb völlig ernst und professionell, während Kim und Franzi schon wieder gegen einen Kicheranfall ankämpften.

Marie warf ihnen einen finsteren Blick zu, bevor sie weiterredete: »Ich habe noch eine kleine Bitte: Hätten Sie zufällig morgen noch einen Termin frei? Mein Schatzi hat nämlich bald Geburtstag, da möchte ich ihn mit einem ganz besonderen Geschenk überraschen.«

»Eine wunderbare Idee«, sagte Herr Keller. »Einen kleinen Moment, ich sehe nur kurz in meinem Terminkalender nach … Ja, das lässt sich einrichten. Morgen, Dienstag, um 16.30 Uhr in unserem Büro? Wäre Ihnen das recht?«
»Perfekt!«, säuselte Marie. »Dann bis ganz bald, bis morgen!«

Detektivarbeit konnte unglaublich langweilig und anstrengend sein, zum Beispiel wenn man stundenlang in der Kälte stand und darauf wartete, dass sich endlich das verdächtige Objekt zeigte. Aber es gab zum Glück auch die anderen Momente, die Marie so liebte: wenn sie ihren reichhaltigen Klamottenfundus plündern und in eine andere Rolle schlüpfen konnte. Zwei Gebäude vor dem Büro der Tierbörse Keller warf Marie einen letzten prüfenden Blick in die Schaufensterscheibe und hätte sich beinahe selbst nicht erkannt: Sie trug ein weiches Kleid mit Leoparden-Print, darunter Netzstrümpfe und lilafarbene High Heels, die perfekt zu ihrem Wildleder-Hut passten, unter dem eine glänzende kupferrote Mähne hervorquoll. Beim Make-up hatte sie auch nicht gespart und die ganze Farbpalette durchgespielt. Sie sah aus wie ein exotischer Paradiesvogel, der mitten im Winter aus Versehen in Deutschland gelandet war. Marie genoss die faszinierten Blicke der Passanten, während sie die letzten Meter zum Büro dahinstöckelte. Von Kopf bis Fuß Dame, schwenkte sie gut gelaunt ihre Handtasche aus Krokoimitat. Die Tierbörse hatte das Hochparterre eines piekfeinen Bürogebäudes angemietet, in dem sonst vor allem Rechtsanwälte ihre Kanzleien hatten. Marie drückte auf den vergoldeten Klingelknopf und schon ging die schwere Holztür automatisch auf. Hausflur und Treppe waren mit frisch gebohnerten Parkett ausgestattet. Marie raffte ihren Mantel hoch und musste höllisch aufpassen, dass sie nicht ausrutschte.

Auch die Tür der Tierbörse öffnete sich automatisch. Ein flauschiger, beigefarbener Teppich schluckte Maries Schritte. Hinter dem Tresen lächelte eine Empfangsdame im Kostüm Marie zuvorkommend an. »Guten Tag! Was kann ich für Sie tun?«

»Mein Name ist Haverland«, stellte Marie sich vor. »Ich habe einen Termin mit Herrn Keller.«

»Stimmt genau«, sagte die Empfangsdame. »Wenn Sie mir bitte folgen wollen?«

Marie sah sich unauffällig um, während sie hinter der Empfangsdame den langen Flur entlangging. Alle Türen waren doppelt gepolstert und an den Wänden hingen großformatige Fotos der Tierwelt Afrikas, Indiens und Australiens, die wie in einem Hochglanz-Bildband aussahen. So vornehm hatte Marie sich die Tierbörse nicht vorgestellt. Das Geschäft mit exotischen Tieren schien ja sehr einträglich zu sein. Vor der letzten Tür hielt die Empfangsdame an und klopfte.

»Herein!«, rief eine sonore Männerstimme.

Herr Keller, ein schlanker blonder Mann um die vierzig mit ausgeprägten Wangenknochen, stand von seinem riesigen Schreibtisch auf und kam Marie lächelnd entgegen. »Frau Haverland, wie schön, Sie persönlich kennenzulernen! Was darf ich Ihnen anbieten? Tee? Kaffee?«

Marie klimperte mit ihren sorgfältig getuschten Wimpern.

»Ein Glas Wasser genügt vollkommen. Zimmertemperatur, bitte.«

»Sehr gerne«, sagte die Empfangsdame, ging zu einer kleinen Bar und brachte ein Tablett mit einer Wasserkaraffe und geschliffenen Gläsern. Nachdem sie eingeschenkt hatte, zog sie sich lautlos zurück.

Herr Keller führte Marie zu einer Sitzgruppe aus schwarzem Leder. Er trug einen teuren Anzug und silberne Manschettenknöpfe, alles Ton in Ton in Dunkelblau. Nur auf seiner rechten Schulter war ein ungewöhnlicher orangefarbener Farbklecks. Erst als er sich hinsetzte, erkannte Marie, dass der Farbklecks kein Muster war, sondern ein lebendiges Tier, genauer gesagt ein winziger Affe, nur etwa 30 Zentimeter groß.

Herr Keller hatte ihren überraschten Blick bemerkt. »Ich hoffe, mein kleiner Freund stört Sie nicht?«

»Nein, nein!«, versicherte Marie.

»Das ist Paolo«, sagte Herr Keller, während er dem Äffchen zärtlich über den Kopf strich. »Ein Rotrücken-Totenkopfaffe aus Costa Rica. Sehr selten und sehr begehrt. Es gibt nur noch ganz wenige Exemplare davon.« Paolo streckte seine winzige Pfote aus und lauste die Haare seines Herrchens.

»Lass das!«, rief Herr Keller, lachte aber dabei.

Marie musste auch lachen. Das Äffchen mit dem leuchtend orangefarbenen Rücken und dem langen Schwanz war einfach zu süß. Doch als sie daran dachte, dass es bestimmt vom Aussterben bedroht war, wurde sie schnell wieder ernst.

»Inzwischen weiß ich, was ich meinem Mann schenken möchte«, begann sie mit dem geschäftlichen Teil des Ge-

sprächs. »Noch so einen kleinen Brauen-Glattstirnkaiman, damit unsere Florentine nicht so einsam ist. Außerdem ist mein Schatzi ganz vernarrt in das Tierchen.«
Herr Keller nickte. »Das kann ich gut verstehen. Ich besorge Ihnen sehr gerne ein weiteres Exemplar. Wir haben große Erfahrung in der Beschaffung, auch bei Engpässen.«
Marie nickte, während sie mit abgespreiztem kleinen Finger an ihrem Wasserglas nippte.
»Es dürfte auch nicht allzu lange dauern«, sagte Herr Keller. »Von unseren Kurieren aus dem Amazonasgebiet bekommen wir regelmäßig neue Lieferungen herein. Um die lästigen Zollbestimmungen brauchen Sie sich nicht zu kümmern, Frau Haverland, das erledigen selbstverständlich wir.« Er zwinkerte ihr zu wie einer vertrauten Komplizin. »Die Deutschen sind da leider furchtbar pingelig und wollen tausend Papiere vorgelegt bekommen. Als ob es sich um gefährliche Drogen handeln würde, dabei führen wir doch nur süße kleine Tiere ein, nicht wahr, Paolo?«
Das Totenkopfäffchen fiepte und kletterte blitzschnell von Herrn Kellers rechter zur linken Schulter. Dann stellte es sich auf die Hinterbeine und machte Männchen.
Für einen kurzen Moment konnte Marie verstehen, dass Herr Haverland und Sina so verrückt nach exotischen Tieren waren. Doch dann machte sie sich bewusst, wie sehr die Tiere hier leiden mussten. Sie wurden brutal aus ihrer gewohnten Umgebung herausgerissen und danach unter katastrophalen Bedingungen in kleinen Wohnzimmern gehalten. Marie wollte lieber nicht genau wissen, wie viele dieser Tiere innerhalb kürzester Zeit starben.

Marie merkte, wie sie richtig wütend wurde. Es kostete sie große Mühe, Herrn Keller das alles nicht ins Gesicht zu schleudern. Stattdessen setzte sie wieder ihr naives Lächeln auf und flötete: »Ja, den ganzen Wirbel verstehe ich auch nicht. Mein Mann ist sooo lieb zu seinen Tieren, die haben es sooo gut bei uns!«

»Das glaube ich Ihnen sofort«, sagte Herr Keller. »Dann darf ich also die Bestellung aufnehmen? Sehr schön! Ich drucke Ihnen gleich die Rechnung aus. Es ist doch in Ordnung für Sie, wenn wir Vorauskasse machen? Das ist bei uns so üblich, genauso wie die Barzahlung. Der Betrag wäre dann insgesamt … warten Sie …« Er nannte eine Summe, die weit über Maries monatliches Taschengeld hinausging, und das war dank ihres großzügigen Vaters mehr als üppig.

Maries Gesichtszüge entgleisten. »Ich … äh … fürchte, so viel Geld habe ich gar nicht dabei …«

»Nein?« Herr Keller runzelte die Stirn. »Ihr Mann hat Sie nicht über die Preise und unsere Zahlungsmodalitäten aufgeklärt?«

Marie lächelte gequält. »Äh … nein. Es soll ja eine Überraschung für ihn sein … Hihi … Er weiß gar nicht, dass ich hier bin. Was machen wir denn da?« Ihre Hände wurden feucht und sie rutschte nervös auf ihrem Sessel herum. Mist! Sie durfte sich jetzt bloß nicht anmerken lassen, wie überfordert sie mit der Situation war.

»Gibt es ein Problem, das Geld zu besorgen?«, fragte Herr Keller. Sein zuvorkommendes Lächeln wurde schmaler und seine Wangenknochen traten stärker hervor.

»Nein, g…gar nicht …«, sagte Marie. Jetzt fing sie auch

noch an zu stottern! So dämlich hatte sie sich schon lange nicht mehr angestellt.

Sie überlegte gerade fieberhaft, wie sie aus dieser Zwickmühle am besten wieder herauskam, als Paolo plötzlich einen spitzen Schrei ausstieß, blitzschnell von der Schulter seines Herrchens herunterkletterte und mit einem Satz zu ihr hinübersprang. Bevor sie sich wehren konnte, saß er auf ihrem Kopf und zerrte ihr den Hut herunter.

»Nein, nicht!«, rief Marie, doch Paolos Klauen ließen nicht locker. Mit einem Ruck zog er ihr die rote Perücke vom Kopf, packte seine Beute und schleppte sie kreischend davon.

Herr Keller ließ ihn seelenruhig gewähren. Langsam stand er auf und baute sich drohend vor Marie auf. »Sie sind gar nicht Frau Haverland, stimmt's? Was für ein Spiel spielen Sie hier eigentlich?«

»Gar keins!«, sagte Marie, während sie mit zitternden Fingern ihre zerzausten blonden Haare ordnete.

Herr Keller lachte höhnisch. »Sie lügen! Jetzt aber raus mit der Wahrheit! Warum spionieren Sie hier herum und wer hat Sie beauftragt?«

»Niemand!« Marie wich einen Schritt zurück, stolperte aber über einen Sessel, der im Weg stand.

Sofort nutzte Herr Keller ihre unglückliche Lage aus und packte sie unsanft am Arm. »Ich lasse mich nicht für dumm verkaufen!«

»Natürlich nicht«, flüsterte Marie. Verzweifelt versuchte sie, sich aus seinem Griff zu befreien, aber er war wesentlich stärker als sie.

Da breitete sich ein teuflisches Lächeln auf Herrn Kellers Gesicht aus. Er schnippte mit den Fingern und schon fing Paolo wieder an zu kreischen. Er ließ die rote Perücke fallen, drehte sich um und stürzte auf Marie zu. Plötzlich schien alles in Zeitlupe abzulaufen. Marie sah, wie das Äffchen sich duckte und zum Sprung ansetzte. Höher, immer höher schraubte sich Paolo in die Luft. Er kam näher und näher, flog direkt auf Maries Gesicht zu. Marie riss den Mund auf und wollte schreien, aber sie brachte keinen einzigen Ton heraus.

Jetzt war das Äffchen nur noch wenige Zentimeter von ihr entfernt. Sie konnte seine blitzenden Augen sehen, seine Zähnchen und die linke Pfote mit den scharfen Krallen, die sich nach ihrer rechten Wange streckten.

Endlich konnte Marie doch schreien: »Neeeeiiin!«

Ihr Schrei beendete die Zeitlupe. Plötzlich ging alles rasend schnell. Die Tür wurde aufgerissen, die Empfangsdame kam mit erschrockenem Gesichtsausdruck herein und fragte: »Was ist denn hier los?«

Paolo erschrak so heftig über die laute Störung, dass er mitten im Sprung stoppte und nur noch Maries Haare streifte. Herr Keller lockerte für eine Sekunde seinen Griff, Marie riss sich los. Sie stolperte, stieß ihr Wasserglas um, stürzte auf die offene Tür zu und rempelte die Empfangsdame an. Ihr war alles egal. Hauptsache, sie kam hier raus. In ihren Ohren gellte ein erneuter Schrei des Äffchens, dann bellte auch noch irgendwo ein Hund. Marie rannte panisch den Flur entlang, hechtete zur Tür und stolperte die Stufen hinunter. Auf der letzten Stufe knickte sie mit ihren High Heels um.

Ein Absatz brach ab. Marie fiel hin, rappelte sich mühsam wieder hoch, humpelte weiter. Endlich war sie an der frischen Luft, endlich auf der Straße. Sie riss sich den kaputten Schuh vom Fuß, den anderen auch und rannte barfuß den Gehsteig entlang, bis sie Seitenstechen bekam und kurz verschnaufen musste. Panisch drehte sie sich um, immer noch die Angst im Nacken, dass sich gleich der Affe auf sie stürzen würde. Aber da war zum Glück niemand. Kein Affe, kein Herr Keller und keine Empfangsdame.
Marie lehnte sich keuchend gegen eine Hauswand. Ihr Mantel war am Saum aufgerissen. In ihrer Netzstrumpfhose klaffte ein riesiges Loch und ihr Make-up löste sich auf. Auch ohne einen Blick in ein Schaufenster zu werfen, wusste sie, dass sie nicht mehr wie ein bunter, wunderschöner Paradiesvogel aussah, sondern wie eine hässliche Vogelscheuche.
»Alles in Ordnung mit Ihnen?«, fragte eine ältere Frau, die besorgt stehen geblieben war.
Marie nickte. »Jaja! Alles okay.«
Die Frau zögerte, ging aber dann doch weiter. Marie lief auch wieder los, da merkte sie, dass ihre Fußsohlen voller spitzer Steinchen waren und eine eisige Kälte ihre Beine hinaufkroch. Der Schmerz, den sie bisher vor lauter Schock nicht gespürt hatte, traf sie jetzt mit voller Wucht. Marie stöhnte. Das war wieder einer der Momente im Leben als Detektivin, auf die sie liebend gern verzichtet hätte!

Ein verführerisches Angebot

»Hoffentlich erkennen wir ihn überhaupt, wenn er rauskommt!«, flüsterte Kim Franzi zu.
»Klar werden wir ihn erkennen«, flüsterte Franzi zurück. »Marie hat ihn doch gut beschrieben: ungefähr vierzig Jahre alt, groß, schlank, blond und ausgeprägte Wangenknochen.«
Kim und Franzi standen zusammen hinter einer Litfaßsäule in der Nähe der Tierbörse und warteten aufgeregt auf Herrn Keller. Nachdem ihr Plan, ihn bei der Übergabe eines Brauen-Glattstirnkaimans auf frischer Tat zu ertappen, gescheitert war, hatten sie kurzfristig umdisponieren müssen. Und da Marie nach ihrem gestrigen Schockerlebnis noch ziemlich fertig war, übernahmen Kim und Franzi alleine die Beschattung des neuen Verdächtigen. Zum Glück war es nicht mehr so kalt draußen. Die Sonne war sogar ziemlich warm und gab einen ersten Vorgeschmack auf den Frühling. Kim hatte sich trotzdem dick mit Schal und Mütze eingepackt. Sie wollte sich auf keinen Fall erkälten, damit sie fit war, wenn Michi wieder gesund wurde. Leider hatte er immer noch Fieber und Kim schickte ihm täglich mindestens drei Gute-Besserungs-SMS.
Kim und Franzi warteten geduldig. Aus zehn Minuten wurde eine halbe Stunde und schließlich eine Dreiviertelstunde. Franzi wurde nervös. »Wie lange sollen wir eigentlich durchhalten? Wir wissen ja nicht mal, ob wir ihn heute überhaupt zu Gesicht bekommen werden. Als Selbstständiger hat er bestimmt ganz unregelmäßige Arbeitszeiten.«

Kim seufzte. »Das fürchte ich auch, aber eine Stunde sollten wir schon noch dranhängen. Danach muss ich eh nach Hause, sonst springt meine Mutter im Dreieck.«

»Eine Stunde noch!«, stöhnte Franzi und vergrub ihre Hände in den Hosentaschen. Da klingelte plötzlich ihr Handy. Franzi zuckte zusammen. Sie hatte völlig vergessen, es auszuschalten. Wie peinlich! Sie wollte den Anrufer gerade wegdrücken, da erkannte sie auf dem Display Bennis Namen. Sofort schlug ihr Herz schneller. Sollte sie doch rangehen? Im Moment war ja nichts los …

Obwohl es gegen sämtliche ungeschriebenen Gesetze des Detektivclubs verstieß, drückte Franzi auf den grünen Hörer. »Hallo, Benni! Es ist leider gerade ganz schlecht …«

»Ich wollte dich auch nur kurz was fragen«, sagte Benni. »Hast du Lust, morgen mal wieder skaten zu gehen? Das Wetter soll so schön bleiben.«

»Hmmm …«, machte Franzi. Ihr Bauch sagte eindeutig Ja, aber ihr Verstand wusste nicht, ob das wirklich so eine gute Idee war. Franzi hatte absolut keine Lust auf ein neues Gefühlschaos.

Doch Benni ließ nicht locker. »Bitte! Nur eine Stunde. Um drei beim Jakobipark?«

»Ja, vielleicht …«, sagte Franzi zögernd. »Ich muss aber erst nachsehen, ob ich Zeit habe. Wir sind nämlich gerade an einem neuen Fall …«

Da boxte Kim ihr mit dem Ellbogen in die Rippen und zischte: »Da vorne ist er!«

Vor Schreck wäre Franzi beinahe das Handy aus der Hand gerutscht. Im letzten Moment erwischte sie es, schaltete es aus und stopfte es in ihre Hosentasche. Keine Sekunde zu früh, denn der große, blonde Mann, bei dem es sich eindeutig um Herrn Keller handeln musste, ging bereits los und bog in eine Seitenstraße ein.

Kim und Franzi nahmen die Verfolgung auf. Herr Keller hatte einen ziemlich schnellen Schritt drauf und sah sich zum Glück nicht um. Mit gesenktem Kopf lief er geradeaus und ließ das Geschäftsviertel hinter sich. Er überquerte eine Brücke und bog in eine belebte Einkaufsstraße ein, die vor allem wegen ihrer vielen Cafés und Restaurants beliebt war. Vor der Filiale einer Café-Kette blieb er stehen und verschwand in der Tür. Kim und Franzi warteten kurz, bis sie ihm folgten. Das Café war leider nicht besonders voll. Nur drei Leute standen am Tresen an, um ihre Bestellungen aufzugeben. Herr Keller nahm einen Espresso und setzte sich an einen der hinteren Tische.

Franzi und Kim entschieden sich für das billigste Getränk, das es gab: ein kleines Wasser. Sie setzten sich zwei Tische weiter hin, unterhielten sich halblaut und versuchten sich so unauffällig wie möglich zu benehmen.

Herr Keller trank seinen Espresso in einem Zug aus. Danach warf er ihnen einen flüchtigen, aber zum Glück uninteressierten Blick zu, bevor er auf seine Armbanduhr sah.

»Sieht so aus, als ob er auf jemanden wartet«, raunte Franzi Kim zu.

Kim nickte. »Glaube ich auch.«

Diesmal mussten sie sich nicht lange gedulden. Kurz darauf betraten zwei Männer das Café. Sie begrüßten Herrn Keller mit einem lässigen »Hi!« und bestellten beide einen Cappuc-

cino. Während sie auf den Kaffee warteten, prägte sich Kim ihre Personenbeschreibung ein. Das machte sie mittlerweile fast schon automatisch. Beide waren deutlich jünger als Herr Keller, Kim schätzte sie auf höchstens dreißig. Der kleinere Typ war ziemlich pummelig, trug eine ausgewaschene Jeans und einen dicken, dunkelgrünen Rolli. Er hatte ungepflegte, verwuschelte braune Haare und eine außergewöhnlich breite Nase. Der größere Typ schien öfter ins Fitness-Studio zu gehen. Unter seinem langärmeligen blauen Shirt zeichnete sich ein beachtlicher Bizeps ab. Er hatte rötliche Haare und ein schmales Gesicht mit etlichen Pickeln.
Inzwischen hatten die beiden Männer ihren Kaffee bekommen und balancierten die Becher zum Tisch von Herrn Keller.
»Das wurde aber auch Zeit«, raunzte der sie an.
Der pummelige Typ grinste. »Langsam, langsam, Alter. Immer mit der Ruhe!« Er ließ sich ächzend auf einen Stuhl fallen, griff zum Zuckerstreuer und schüttete sich Unmengen an Zucker in seinen Cappuccino.
Der andere Typ sah Herrn Keller interessiert an. »Was gibt's denn so Dringendes, Helmut? Du hast es ja spannend gemacht am Telefon.«
Herr Keller beugte sich zu den beiden vor. »Ich hatte gestern merkwürdigen Besuch in meinem Büro: eine durchgeknallte Frau mit Perücke, die offensichtlich rumspioniert hat. Auf so was hab ich echt keine Lust. Gibt es da irgendeine undichte Stelle bei euch?«
»Nee!«, sagte der pummelige Typ. »Alex und ich sind Profis, das weißt du doch. Bei uns sickert absolut gar nichts durch.«

»Zeno hat recht«, sagte der andere Mann. »Was wollte die Frau denn?«
Herr Keller zuckte mit den Schultern. »Keine Ahnung! Erst hat sie sich angeblich für einen Brauen-Glattstirnkaiman interessiert, aber dann hatte sie plötzlich keine Kohle. Und einen falschen Namen hat sie auch genannt.«
»Du machst dir viel zu viele Sorgen!«, sagte Alex. »Das war bestimmt nur irgendeine hysterische Ziege.«
Zeno schlürfte den Milchschaum von seinem Cappuccino und grinste Helmut Keller an. »Du siehst schon Gespenster. Kein Wunder, du sitzt viel zu lange in deinem Büro rum, da würde ich auch verrückt werden.«
Herr Keller runzelte die Stirn. »Euch ist also nichts Ungewöhnliches aufgefallen? Alles läuft wie immer?«
Alex nippte an seinem Cappuccino. »Ja, alles bestens. Du bist doch zufrieden mit unseren Lieferungen, oder? Na also! Die Geschäfte laufen sogar wie geschmiert. Wir sind alle perfekt organisiert. Wenn das so weitergeht, können wir uns bald jeder einen fetten Sportwagen zulegen.«
»Oder auf eine Südseeinsel absetzen …«, fügte Zeno schwärmerisch hinzu. »Das wäre mir persönlich noch lieber.«
Herr Keller schien sich langsam wieder zu beruhigen. Er fuhr sich durch seine blonden Haare und seufzte. »Da bin ich ja froh. Ich dachte schon, ich muss meinen Job an den Nagel hängen und das Büro aufgeben, weil die ganze Sache zu heiß wird.«
»Nichts wird heiß«, sagte Alex.
Zeno klopfte Helmut Keller auf die Schulter. »Cool bleiben, Alter. Immer schön cool bleiben!«

»Aber du bringst mich da auf eine Idee«, sagte Alex. »Vielleicht willst du ja freiwillig deinen Bürojob an den Nagel hängen. Auf Dauer ist das doch total öde. Hättest du nicht Lust, bei uns einzusteigen?«

Helmut Keller sah Alex und Zeno entgeistert an, dann schüttelte er heftig den Kopf. »Was? Ich? Bei euch einsteigen? Ich weiß nicht ...«

»Warum nicht?«, fragte Zeno. »Ich finde, das ist eine super Idee von Alex. Du hast ja keine Ahnung, wie lukrativ das Ganze für dich werden könnte. Du hast ganz andere Gewinnspannen als beim Verkauf. Und du kommst herum auf der ganzen Welt, siehst fremde Länder, schöne Frauen ...«

»... tolle exotische Tiere!«, ergänzte Alex. Er und Zeno schlugen sich auf die Schenkel und lachten gleichzeitig los.

Helmut Keller konnte sich jetzt auch ein Grinsen nicht verkneifen. Überhaupt wirkte er viel lockerer als am Anfang des Gesprächs. Die coole Art von Alex und Zeno schien ihn angesteckt zu haben.

»Jetzt mal ganz ernsthaft«, sagte Alex. »Das Geschäft läuft so gut, dass wir gerade expandieren. Da brauchen wir natürlich auch neue Mitarbeiter, zuverlässige Leute, auf die wir uns hundertprozentig verlassen können.«

Zeno kratzte die letzten Reste Milchschaum aus seinem Becher. »Ganz genau! Und du stehst auf unserer Wunschliste ganz weit oben.«

Helmut Keller konnte nicht verbergen, dass er geschmeichelt war. »Und wie sieht diese Expansion aus?«, hakte er nach.

Alex lehnte sich zurück und verschränkte seine muskulösen Arme vor der Brust. »Die meisten Dinge sind noch nicht

spruchreif, aber eine Sache können wir dir jetzt schon verraten: Wir bieten seit Neuestem auch Zoos unsere Tiere an. Die sind ganz scharf auf unsere Lieferungen, weil sie heute viel mehr als früher um die Besucherzahlen kämpfen müssen und außergewöhnliche Attraktionen brauchen.«
»Verstehe«, sagte Helmut Keller. Kim und Franzi konnten förmlich sehen, wie es in seinem Gehirn arbeitete. »Auch dem Zoo hier in der Stadt?«
Zeno nickte. »Logisch. Den haben wir schon kontaktiert.«
»Wollt ihr noch was trinken?« Plötzlich stand eine schwarzhaarige Bedienung vor Kim und Franzi und warf einen missbilligenden Blick auf das leere Wasserglas.
»Was?« Franzi schreckte hoch und wurde rot.
Kim biss sich auf die Unterlippe. »Äh … nö …«, sagte sie. »Wir wollen nichts mehr trinken. Wir gehen auch gleich.« Sie gab Franzi ein unauffälliges Zeichen.
Rasch standen die Detektivinnen auf und verdrückten sich, ohne noch mal in die Richtung von Helmut Keller und der Tierschmuggler zu sehen. Für heute hatten sie genug spannende Neuigkeiten gehört. Die mussten sie erst mal verdauen.

Kalte Füße

Kim warf einen Blick auf die Preisliste am Eingang des Zoos und stöhnte. »Mann, ist das teuer! Mein Taschengeld für diesen Monat ist schon fast alle.«
Franzi sah ihre Freundin verwundert an. »Sonst bist du doch immer so sparsam. Was hast du denn Teures gekauft? Einen Berg Schweizer Schokolade?«
»Quatsch!«, sagte Kim, konnte aber nicht verhindern, dass sie rot wurde. »Ich hab Michi ein paar kleine Geschenke gemacht, damit er schneller wieder gesund wird.«
»Das ist ja süß!«, rief Marie. »Das erinnert mich an die schöne Zeit, die ich mit Holger hatte …« Plötzlich verstummte sie und sah auf einmal richtig traurig und sehnsüchtig aus.
Kim hakte sich bei ihr unter. »Du hast sicher ganz bald wieder einen Freund! Und wer weiß, vielleicht wird es ja doch noch mal was zwischen dir und Holger?«
»Ja!«, mischte sich Franzi ein. »Ihr habt so gut zusammengepasst. Und Adrian ist doch schon achtzehn, er ist wirklich viel zu alt für dich.«
»Finde ich nicht!«, sagte Marie trotzig.
Kim und Franzi sahen sich skeptisch an.
»Er würde bestimmt nie was mit einer Vierzehnjährigen anfangen«, startete Kim einen neuen Versuch, ihre Freundin von Adrian abzubringen. »Oder hat er dich schon mal geküsst, ich meine, so richtig?«
Marie schüttelte düster den Kopf. »Nein, nur damals bei der Theateraufführung, aber das war ein völlig harmloses

Küsschen auf die Wange. Er ist nett zu mir, wenn ich ihn in der WG besuche, und er sagt immer, ich bin ein toller Kumpel ...« Das Gespräch wurde ihr zunehmend unangenehm, deshalb wechselte sie schnell das Thema: »Also, was ist jetzt, stehen wir weiter blöd herum oder gehen wir endlich rein in den Zoo? Vergesst das Geld! Ich spendiere euch den Eintritt.«
Kim strahlte. »Das ist aber nett von dir!«
»Bedank dich bei meinem Vater«, sagte Marie. »Der hat mir heute extra was zugesteckt, als ich ihm erzählt habe, dass wir in den Zoo gehen.«
»Super, vielen Dank!«, sagte Franzi. »Na, dann nichts wie los! Ich kann's kaum erwarten.« Langsam machte ihr der Fall richtig Spaß, nicht nur weil er immer größere Dimensionen annahm. Tiere waren sowieso ihr liebstes Hobby und jetzt konnte sie endlich mal wieder Freizeit und Detektivarbeit miteinander verbinden.
Nachdem Marie drei Tickets gelöst hatte, gingen die Detektivinnen gut gelaunt durch das Drehkreuz. Heute war der ideale Tag für einen Zoobesuch: Die Sonne schien noch wärmer als gestern und der Himmel war blitzblau. Franzi pfiff fröhlich vor sich hin und schulterte ihren Rucksack. Sie hatte die Inliner dabei und noch einen Grund, sich zu freuen. Nachher würde sie sich nämlich noch mit Benni zum Skaten treffen. Davon hatte sie Marie und Kim allerdings nichts erzählt. Alles mussten ihre Freundinnen schließlich auch nicht wissen!
Kim hatte sich bei der Kasse einen Lageplan mitgenommen und faltete ihn auf. »Dann wollen wir mal sehen, wie wir am

schnellsten zu den Reptilien kommen.« Konzentriert fuhr sie mit dem Zeigefinger auf der Karte entlang. »Okay, alles klar. Das ist der kürzeste Weg. Folgt mir einfach!«
Franzi wollte schon protestieren, weil sie keine Lust hatte, durch den schönen Zoo zu hetzen. Am liebsten wäre sie zwischendurch bei ein paar Gehegen stehen geblieben, bei den Elefanten, den Przewalski-Pferden und den Flamingos zum Beispiel, aber dann dachte sie wieder an das Date mit Benni und verkniff sich den Protest. Marie dagegen war ganz auf Kims Seite. Sie hatte zwar nichts gegen Tiere, mochte sie aber wesentlich lieber als Aufdruck auf T-Shirts oder Pullis. Also liefen die drei !!! zügig an den Gehegen vorbei und schlängelten sich zwischen den Pärchen und Familien mit Kindern durch. Der kürzeste Weg, den Kim ausgesucht hatte, führte durch den europäischen Teil, am Streichelzoo und dem Selbstbedienungs-Restaurant vorbei zu einem zeltartigen Gebäude, in dem das Aquarium und das Reptilium untergebracht waren. Als sie die Tür öffneten, schlug ihnen feuchte, warme Luft entgegen. Sie öffneten ihre Anoraks und nahmen die Treppe zum ersten Stock. Und da waren sie auch schon, die Terrarien. Franzi, der wieder die schäbigen Plastikwannen im Wohnzimmer von Herrn Haverland einfielen, pfiff durch die Zähne. So mussten Terrarien aussehen: hell, großzügig, mit vielen Grünpflanzen und vor allem sauber!
Die drei !!! schlenderten an den Glasfronten vorbei und bestaunten die Geckos, Chamäleons, Krokodile und Kaimane. Die meisten rekelten sich faul auf den Steinen und streckten ihre Körper den Wärmelampen entgegen. Andere schwam-

men gemächlich im Wasser herum. Von den neugierig glotzenden Besuchern schienen sie keinerlei Notiz zu nehmen.
»Da ist ja ein Brauen-Glattstirnkaiman!«, rief Franzi. Aufgeregt lotste sie Kim und Marie zu einem Terrarium am Ende des Gangs.
»Und da ist noch einer und ein dritter!«, sagte Kim. Auf den ersten Blick waren die Tiere mit den Baumwurzeln verschmolzen und hatten sich gut getarnt.
Marie presste ihre Nase an die Scheibe. »Ach, sind die klein! Und die sollen wirklich so gefährlich sein?«
»Allerdings«, sagte eine Stimme hinter ihnen. Die Detektivinnen drehten sich überrascht um. Vor ihnen stand ein sympathischer junger Mann in einem grünen Overall und lächelte. »Brauen-Glattstirnkaimane können spielend leicht eine Menschenhand abtrennen. Deshalb dürfen sie auch nur ...«
»... von erfahrenen Pflegern betreut werden«, beendete Franzi den Satz.
Der Pfleger stutzte. »Genau! Du kennst dich aber gut aus.«
»Ein bisschen«, sagte Franzi bescheiden. »Ich liebe Tiere – und Reptilien ganz besonders.« Das war zwar eine kleine Notlüge, aber sie wollte damit das Vertrauen des Pflegers gewinnen.
»Freut mich«, sagte der junge Mann. »Manche finden Reptilien nämlich hässlich, dabei sind sie wunderschön, wenn man sie erst mal näher betrachtet. Ihr seid Freundinnen?«
»Ja«, sagte Franzi. »Das sind Marie und Kim, und ich heiße Franzi.«
Der Pfleger streckte ihnen lächelnd die Hand hin. »Ich bin

Moritz und kümmere mich um die Reptilien. Ich bin schon seit drei Jahren hier, aber ich hab immer noch großen Respekt vor meinen Schützlingen.«

»Das ist bestimmt ein wahnsinnig spannender Beruf«, sagte Marie. Ihr Interesse wirkte vollkommen echt, obwohl ihre persönlichen Traumberufe ganz andere waren: Schauspielerin, Sängerin oder Modedesignerin.

»Ist es auch«, sagte Moritz. »Besonders jetzt, wo wir bald ein neues, noch größeres Reptilium bekommen werden.«

Kim wurde hellhörig und hakte sofort nach: »Wann denn?«

»Bald. In einem Monat soll die Eröffnung sein«, antwortete Moritz. »Bis dahin gibt es natürlich jede Menge zu tun: Umbauten, die Verlegung der Tiere in vorübergehende Behausungen und so weiter ...«

»Das glaube ich«, sagte Franzi. »Bekommen Sie dann auch mehr und vor allem neue Reptilien?«

Moritz sah sie überrascht an. »Interessant, dass du genau das ansprichst. Das ist nämlich ein großes Problem. Die Reptilien, die wir zusätzlich zu unseren haben wollen, sind selten und ziemlich schwierig zu beschaffen. Bis zur Eröffnung könnte es knapp werden, unseren Bestand aufzustocken.«

Die drei !!! warfen sich hinter dem Rücken des Pflegers vielsagende Blicke zu. Dann räusperte sich Marie. »Da drücken wir Ihnen natürlich die Daumen. Organisieren Sie das Ganze? Den Ankauf und die Papiere und so?«

»Nein, zum Glück muss ich das nicht machen«, sagte Moritz. »Ich kümmere mich hauptsächlich um die Tiere, dass sie gesund sind und gesund bleiben. Die komplizierte logistische Abwicklung macht unser Chef, der Zoodirektor. Er

hatte auch die Idee mit dem neuen Reptilium. Tolle Sache, aber auch ein ganz schön aufwendiger Plan.«
»Ihr Chef ist wohl besonders ehrgeizig?«, fragte Kim.
Moritz lachte. »Oh ja, und wie! Am liebsten würde er unseren Zoo zum berühmtesten Tiergarten Deutschlands machen. Andere Zoos wollen das natürlich auch, die legen sich süße Eisbärenbabys zu oder Delfine. Unser Chef will mit Reptilien punkten, die werden nämlich immer beliebter, bei Erwachsenen und bei Kindern.«
»Das hab ich auch schon mitbekommen«, erzählte Franzi. »Goldfische sind out, Vogelspinnen und Krokodile sind in.«
Marie hatte nur mit halbem Ohr zugehört. Sie setzte ihr schönstes Lächeln auf, mit dem sie auch ihren Vater regelmäßig um den Finger wickelte. »Könnten wir Ihren tollen Chef vielleicht mal kennenlernen? Er kann uns sicher viele spannende Dinge erzählen. Meine Freundinnen und ich schreiben nämlich für die Schülerzeitung. Wir hatten im Frühling sowieso einen großen Artikel über unseren Zoo geplant, inklusive Interviews mit netten Pflegern wie Ihnen und ...«
Beinahe hätte Kim laut losgeprustet. Maries schauspielerisches Talent und ihre spontanen Improvisationseinlagen überraschten sie immer wieder.
Moritz war sichtlich geschmeichelt. »Ich stehe euch gern für Fragen zur Verfügung, jederzeit. Bei unserem Chef könnte es schwieriger werden. Er hat wahnsinnig viel zu tun. Am besten fragt ihr in seinem Büro bei der Sekretärin nach, ob er in nächster Zeit einen Termin frei hat.«
Marie strahlte Moritz an. »Das machen wir, jetzt gleich.«

Bevor sie aufbrachen, ließen sie sich noch Moritz' Handynummer geben und die Wegbeschreibung zum Büro des Zoodirektors. Danach verabschiedeten sie sich mit tausend Dankeschöns und liefen los.

Sobald Moritz weit genug weg war, dass er sie nicht mehr hören konnte, klatschten sie sich gegenseitig ab. Besser hätte es gar nicht laufen können. Ursprünglich hatten sie nach dem Pfleger der Reptilien fragen wollen, und dann war er ihnen rein zufällig über den Weg gelaufen und auch noch supernett!

»Denkt ihr auch, was ich denke?«, fragte Franzi, während sie das Reptilienhaus verließen. »Der Zoodirektor könnte auch in der Sache drinhängen. Garantiert haben Alex und Zeno ihm schon illegal exotische Tiere angeboten und er hat gleich zwei starke Motive zuzugreifen: Er ist ehrgeizig und ihm läuft so kurz vor der Eröffnung des neuen Reptiliums die Zeit davon!«

Moritz hatte ihnen den Weg gut beschrieben. Zehn Minuten später betraten die drei !!! ein unscheinbares Bürogebäude am südlichen Rand des Zoos, wohin sich kaum jemand verirrte, weil es dort nur einen Teich mit ganz gewöhnlichen Enten und Schwänen gab. Im Eingangsbereich roch es ein bisschen muffig. Der Bau stammte noch aus den Anfangszeiten des Zoos und wartete wohl schon länger auf die dringend nötige Renovierung.

Kim, Marie und Franzi liefen den langen grauen Flur entlang bis zum Ende des Korridors.

»Ich glaube, hier sind wir richtig«, sagte Kim, die als Erste die Namensschilder *A. Ottmann, Zoodirektor* und *Chefsekretariat* entdeckt hatte.

»Jetzt bin ich aber echt gespannt!«, raunte Marie.

Franzi klopfte an die Tür des Chefsekretariats. Da sich nichts rührte und niemand »Herein!« rief, klopfte sie ein zweites Mal, diesmal energischer. Wieder nichts.

Kim runzelte die Stirn. »Was machen wir denn jetzt?«

»Na, was wohl?«, fragte Marie mit einem verschmitzten Grinsen. »Reingehen!« Ohne die Reaktion ihrer Freundinnen abzuwarten, schob sie Franzi beiseite und öffnete die Tür. »Keiner da«, flüsterte sie. »Die Luft ist rein.«

Kim und Franzi folgten ihr zögernd. Das Sekretariat war tatsächlich leer, aber der Computer auf dem großen, vollen Schreibtisch war angeschaltet und daneben stand eine Tasse mit dampfendem Kaffee. Das bedeutete, dass die Sekretärin vermutlich nur kurz rausgegangen war und jeden Moment zurückkommen konnte.

»Dann wollen wir hier mal ein bisschen rumstöbern«, flüsterte Marie.

Franzi nickte, aber Kim musste sich erst einen Ruck geben. Eigentlich hasste sie es, in fremden Sachen herumzuwühlen, aber manchmal musste man als Detektivin die Höflichkeitsregeln über Bord werfen.

Die drei !!! teilten sich die Suche auf: Marie durchsuchte den Aktenschrank, Kim übernahm den Schreibtisch und Franzi kümmerte sich um die Ablagekörbe auf dem Fensterbrett. So leise wie möglich machten sie sich an die Arbeit.

Außer Papierrascheln war nichts zu hören, bis Kim plötzlich zischte: »Seht mal her! Ich hab was gefunden.«

Sofort waren Marie und Franzi bei ihr. Kim zeigte triumphierend auf den querformatigen Terminkalender der Sekretärin. In der aktuellen Woche waren zahlreiche Termine eingetragen. Einer davon war blau unterstrichen: *Freitag, 19.30 Uhr, Elefantenhaus, Zeno und Alex.*
Franzi pfiff leise durch die Zähne. »Na, wer sagt's denn? Heute bekommen wir wirklich alle Infos auf dem Präsentierteller.« Die Detektivinnen grinsten sich siegessicher an.
Da ging plötzlich die Zwischentür auf und eine ältere, zierliche Frau im dunkelgrünen Kostüm kam herein. Sie starrte die drei !!! entgeistert an. Dann rief sie empört: »Was macht ihr denn hier?«
»Äh ... wir ... wir wollten zum Zoodirektor«, stammelte Kim.
Marie nickte eifrig. »Ja, wir wollten ihn unbedingt persönlich kennenlernen und ihn interviewen, für unsere Schülerzeitung.«
Die Sekretärin schüttelte den Kopf. »Das geht leider überhaupt nicht! Der Herr Direktor hat keine Zeit für so was und ihr müsst jetzt gehen, und zwar sofort!« Die zierliche Sekretärin entwickelte erstaunliche Kräfte, als sie die Detektivinnen aus dem Zimmer hinausbugsierte.
Bevor Kim, Marie und Franzi wussten, wie ihnen geschah, standen sie wieder draußen auf dem Flur und die Sekretärin knallte ihnen die Tür vor der Nase zu.
»Die war aber unfreundlich!«, beschwerte sich Kim.
»Allerdings«, sagte Marie. »Ich wette, sie hat auch einen Grund dafür. So, wie die ihren Chef abschirmt, hat der garantiert was zu verbergen!«

Kim und Franzi nickten. Langsam gingen sie zu dritt zurück zum Ausgang. Als sie hinaus ins Freie traten, blieb Franzi stehen und zuckte mit den Schultern. »Das kann uns eigentlich egal sein. Wir haben ja, wonach wir gesucht haben. Jetzt brauchen wir uns nur noch morgen Abend im Zoo zu verstecken und einsperren zu lassen …«

»Stopp, warte mal!«, unterbrach Kim sie abrupt. »Was hast du da gerade vorgeschlagen? Das können wir nicht machen. Erstens ist es illegal und zweitens viel zu gefährlich.«

»Du hörst dich schon genauso an wie Kommissar Peters«, sagte Marie spöttisch. »Ich hatte übrigens dieselbe Idee wie Franzi. Was hast du denn auf einmal? Kalte Füße, Panik?«

Kim stöhnte. »Das hat nichts mit kalten Füßen zu tun!« Manchmal bekam sie zwar tatsächlich Panik bei den Ermittlungen, besonders wenn sie in engen, dunklen Räumen eingeschlossen war, aber bisher hatte sie ihre Angst im entscheidenden Moment immer überwunden. »Ihr stellt euch das so einfach vor, oder? Wir lassen uns einsperren, belauschen das Gespräch des Direktors mit Zeno und Alex, und danach bitten wir den Direktor freundlich, uns aufzusperren und wieder rauszulassen. Tolle Idee!«

Franzi biss sich auf die Unterlippe. »Du hast recht. An den Rückweg hab ich noch gar nicht gedacht …«

»Irgendeine Lösung finden wir dann schon!«, sagte Marie. Sie war zwar auch ein bisschen unsicher geworden, wollte es sich aber nicht anmerken lassen.

»Klar!« Kim tippte sich an die Stirn. »Du glaubst noch an Wunder. Ich leider nicht. Ich finde, wir sollten Kommissar Peters einschalten.«

»Bloß nicht!«, protestierte Franzi. »Wenn wir das machen, verbietet er uns sofort die Aktion und übernimmt selbst die Ermittlungen.«

»Darauf kannst du wetten«, stimmte Marie zu. »Er wird den Fall an sich reißen.«

Kim zögerte. Da hatten ihre Freundinnen auch wieder recht. So nett und hilfsbereit der Kommissar zu ihnen war, er neigte leider auch dazu, extrem übervorsichtig zu sein. »Trotzdem ist mir nicht wohl bei der Sache«, sagte Kim. »Das scheint ja ein riesiger Schmugglerring zu sein, den wir da aufgedeckt haben. Da geht es um richtig viel Geld.«

Franzi nickte. »Ja, das glaube ich auch. Deshalb reizt mich der Fall ja so. Komm, spring über deinen Schatten! Wir sind schon so weit gekommen, wir können doch jetzt nicht einfach aufhören.«

»Bitte, bitte, liebe Kim!« Marie sah ihre Freundin flehend an. »Wir sind natürlich vorsichtig und passen gegenseitig auf uns auf.«

Da musste Kim lachen. »Na schön! Ich mache mit. Aber nur, wenn wir alles ganz genau planen und mehrere Szenarien und Fluchtwege durchspielen.«

»Ist doch klar«, sagte Franzi.

Marie und Franzi nahmen Kim in die Mitte, beide bestens gelaunt, weil sie es doch noch geschafft hatten, Kim zu überreden. Gemeinsam gingen sie in Richtung Ausgang.

Kim hingegen machte gute Miene zum bösen Spiel, aber in ihrem Kopf rotierte es weiter. Konnte sie diese Aktion wirklich verantworten? Sollte sie nicht doch lieber den Kommissar informieren, ihm wenigstens eine SMS schicken, damit er Bescheid wusste, wo sie waren, und sie notfalls retten konnte? Als Kim kurz darauf durch das Drehkreuz ging, hatte sie einen Entschluss gefasst: Zu Hause würde sie eine SMS an Kommissar Peters aufsetzen und heimlich abschicken. Zum ersten Mal hatte sie keine Skrupel, etwas hinter Maries und Franzis Rücken zu tun und die beiden nicht einzuweihen. Ungeschriebene Detektivclub-Gesetze hin oder her, hier ging es vielleicht um Leben oder Tod, und Kim hatte keine Lust, bereits mit dreizehn Jahren zu sterben.

Benni stand schon da und wartete auf sie. Franzi rannte das letzte Stück bis zur Skateranlage. Obwohl es nur ein paar Meter waren, raste ihr Puls und ihr Herz klopfte so schnell wie nach einem Marathon.
»Hi!«, sagte sie keuchend. »Entschuldige, dass ich zu spät bin! Ich war noch mit Kim und Marie unterwegs. Wir haben einen neuen Fall, weißt du, und …«
»Schon gut«, unterbrach Benni sie. Er strich sich eine blonde Locke aus der Stirn, die sich unter seinem Skaterhelm hervorkringelte, und strahlte Franzi mit seinen wunderschönen blauen Augen an. »Jetzt bist du ja da. Schön, dich zu sehen! Ich hab mich schon den ganzen Tag auf unser Treffen gefreut.«
»Ich mich auch«, rutschte es Franzi heraus, obwohl sie das gar nicht hatte sagen wollen.
Benni strahlte sie noch mehr an. Franzi musste wegsehen, bevor ihr schwindelig wurde. Schnell nahm sie ihren Rucksack ab und packte die Inliner aus.
Benni, der bereits die komplette Skaterausrüstung angezo-

gen hatte, samt Helm, Knie- und Ellbogenschützer, wartete geduldig auf sie. Obwohl Franzi angestrengt auf ihre Füße starrte, spürte sie die ganze Zeit seine Blicke. Wie tausend Schmetterlinge flatterten sie über ihren Rücken. Entsprechend lange brauchte Franzi zum Anziehen. Endlich war sie fertig und stand auf. »Also dann!«, rief sie betont munter. »Bist du so weit?«
»Klar!«, rief Benni.
Franzi düste los. Sobald sie die Inliner an ihren Füßen spürte, fühlte sie sich wieder viel sicherer. »Wer zuerst bei der Halfpipe ist!«, rief sie und lachte Benni an.

Nächtliches Abenteuer

Die Dunkelheit legte sich wie ein dichter, undurchdringlicher Mantel über den Zoo. Das Plappern und Lachen der Kinder war verstummt, die ermahnenden Rufe der Eltern im kühlen Windhauch des Abends verweht. Für einen kurzen Augenblick kehrte völlige Ruhe ein, als ob die Tiere nach all dem Trubel des Tages aufatmeten. Dann, nach und nach, begannen sie mit ihrem nächtlichen Konzert: einem unheimlichen Klangteppich aus heiserem Krächzen, Schnauben, Grunzen und Wiehern, das regelmäßig durch helle, spitze Schreie unterbrochen wurde. Kim zuckte bei jedem Schrei zusammen und tastete nach Franzis Hand.
»Was ist das?«, flüsterte Marie.
»Das sind nur die Affen«, beruhigte Franzi ihre Freundinnen, doch ihre Stimme zitterte dabei. Nachts war es ganz schön gruselig hier. Plötzlich schossen Franzi die unmöglichsten Gedanken durch den Kopf: Was, wenn plötzlich ein Raubtier aus seinem Gehege ausbrach? Oder ein Affenrudel verrücktspielte? Hundertprozentig sicher konnte leider auch der beste Zoo nicht sein …
Franzi war kein Angsthase, aber wenn sie hätte tauschen können, wäre sie jetzt tausendmal lieber zu Hause in ihrem gemütlichen Wohnzimmer oder bei Polly gewesen als hier im Zoo. Vielleicht hätten sie doch auf Kims Warnung hören sollen? Franzi versuchte, die beunruhigenden Gedanken zu verdrängen, und sah sich um. Von ihrem Versteck hinter dem Pflanzkübel einer großen Palme hatten die drei !!! einen

guten Überblick über das Elefantenhaus. Die großen Kugellampen waren längst erloschen. Nur ein paar gelbe Nachtlampen brannten und tauchten den kuppelartigen Innenraum in ein gespenstisch flackerndes Licht. Die riesigen Körper der Elefanten hoben sich wie schwarze Monster davon ab. Sie wirkten ruhig und schläfrig, aber Franzi wusste, dass selbst die sanftesten Elefanten plötzlich aggressiv werden und ihr Opfer niedertrampeln konnten, wenn sie sich bedroht fühlten.
Kim starrte angestrengt auf die Leuchtziffern ihrer Armbanduhr. »Der Countdown läuft! Noch drei Minuten.«
»Bis jetzt ist doch alles super gelaufen«, flüsterte Marie. Sie klang mutiger, als sie in Wirklichkeit war.
Franzi nickte. Sie hatten tatsächlich großes Glück gehabt. Als die Durchsage über die Lautsprecher kam, dass der Zoo bald schließen würde, hatten sie sich vom Strom der nach Hause gehenden Menschen zum Elefantenhaus schieben lassen und waren in einem unbeobachteten Moment darin verschwunden. Kein Wärter hatte sie aufgehalten, kein Pfleger, und die Elefanten hatten ruhig weitergefressen. Mit den frischen Heubergen waren sie fürs Erste beschäftigt. Jetzt mussten die drei !!! nur noch warten.
Kim wurde von Minute zu Minute nervöser. Hätte sie doch bloß die SMS an Kommissar Peters abgeschickt! Im letzten Moment war sie dann doch davor zurückgeschreckt, und jetzt war es zu spät. Während sie noch darüber nachdachte, hörte sie plötzlich ein merkwürdig knirschendes Geräusch. Ein Schlüssel wurde in der Tür des Vordereingangs herumgedreht!

Kim, Franzi und Marie kauerten sich noch tiefer hinter ihre Palme und hielten den Atem an. Quietschend ging die Tür auf und ein großer, dicker Mann erschien im Elefantenhaus. Er machte die Tür hinter sich zu, schloss aber nicht ab. Dann lief er zu einer Bank, die vor dem abgezäunten Gehege für die Besucher aufgestellt worden war, und setzte sich.
Kim drückte so leise wie möglich auf den Startknopf des Aufnahmegeräts, das sie neben sich auf dem Boden abgestellt hatte. Danach versuchte sie, einen genaueren Blick auf den Mann zu erhaschen. Er war etwa vierzig Jahre alt, hatte eine Halbglatze und große Hände, mit denen er schnaufend ein paar dünne Haarsträhnen auf dem Kopf zurechtstrich. Er trug Anzug und Krawatte und robustes Schuhwerk. Kein Zweifel, das musste der Zoodirektor sein.
Er saß noch keine zwei Minuten auf der Bank, als die Eingangstür ein zweites Mal aufging und zwei Männer erschienen: ein kleiner und ein großer. An ihren Umrissen erkannten Kim und Franzi sie sofort wieder. Alex und Zeno waren alleine gekommen. Betont cool, mit den Händen in den Hosentaschen, gingen sie auf den Zoodirektor zu und setzten sich neben ihn auf die Bank.
»Nettes Plätzchen hier«, sagte Zeno, während er sich umsah. Alex zeigte anerkennend auf die Elefanten. »Und schöne Tiere haben Sie, Herr Ottmann. Respekt!«
Der Zoodirektor gab ein paar unverständliche Laute von sich, die sich wie ein Grunzen anhörten. »Kommen wir bitte gleich zur Sache. Ich hab Ihnen ja am Telefon meine unangenehme Lage geschildert. Können Sie mir helfen? Können Sie so kurzfristig was drehen?«

»Klar, Alter!«, sagte Zeno, schlug sich aber schnell mit der Hand auf den Mund, weil Alex ihn gegen das Schienbein getreten hatte. »Ich meinte natürlich: Das ist selbstverständlich gar kein Problem.«
Der Zoodirektor seufzte. »Gut zu wissen. Also, was können Sie mir konkret anbieten?«
»Alles, was das Herz begehrt«, sagte Alex. »Kaimane, seltene Geckos, Leguane, Echsen, Schlangen …«
»Nur Dinosaurier sind leider momentan nicht lieferbar«, ergänzte Zeno. »Aber die kriegen wir sicher auch bald wieder rein.« Er lachte über seinen eigenen Witz, während Alex leise stöhnte und der Zoodirektor wieder grunzte.
»Hier«, sagte Alex und kramte ein Papier aus der Innentasche seiner Jacke. »Sie verstehen sicher, dass ich Ihnen die Liste nicht faxen oder mailen wollte. Sie ist streng vertraulich. Ich habe Ihnen alle Arten zusammengestellt, die wir Ihnen innerhalb der nächsten vierzehn Tage besorgen können.«
Der Zoodirektor studierte die Liste. Je länger er las, umso mehr entspannte sich sein Gesichtsausdruck. »Sehr gut! Das ist ja viel mehr, als ich gehofft hatte. Kann ich die Stückzahlen danebenschreiben?«
»Klar, Alt… Herr Ottmann«, sagte Zeno und gab dem Direktor einen Kugelschreiber.
Sofort kritzelte Herr Ottmann los.
»Fertig!« Er gab die Liste an Alex zurück und glättete nervös eine dünne Haarsträhne auf seinem Kopf.
»Danke!«, sagte Alex. Das kurze Aufleuchten seiner Augen und das Grinsen deuteten darauf hin, dass er mit der um-

fangreichen Bestellung äußerst zufrieden war. »Vielen Dank für Ihren Auftrag! Das wären dann insgesamt …« Er zückte einen Taschenrechner. »Hmm … sehen Sie?« Er hielt dem Zoodirektor den Taschenrechner hin.
»Das geht in Ordnung«, sagte Herr Ottmann.
Alex grinste noch breiter. »Sehr schön. Dann kommen wir jetzt zum geschäftlichen Teil. Sie haben die Anzahlung in bar dabei? Fünfzig Prozent, wie ich es am Telefon gesagt hatte?«
»Natürlich.« Der Zoodirektor holte ein dickes Bündel Geldscheine aus seiner Hosentasche.
Die nächsten Minuten vergingen mit Zählen. Erst überzeugte sich Zeno, dann noch mal Alex, dass der Betrag stimmte.
»Alles korrekt«, sagte Alex. »Und hier ist Ihre Quittung, Herr Ottmann.«
Der Zoodirektor nahm sie dankend entgegen. Dann räusperte er sich. »Wenn es Ihnen nichts ausmacht, würde ich gerne noch einen kleinen Kaufvertrag abschließen. Mein Rechtsanwalt hat da was vorbereitet. Wir müssen nur noch die Liefermenge und den Betrag eintragen.«
Zum ersten Mal kamen Alex und Zeno aus dem Konzept und sahen sich unsicher an.
»Das machen wir aber sonst nicht …«, sagte Zeno unsicher.
Herr Ottmann verschränkte die Arme vor seinem dicken Bauch. »Tut mir leid, ich brauche auch eine gewisse Sicherheit. Sie dürfen nicht vergessen, dass ich für einen großen Zoo verantwortlich bin.«
»Hmm, schon …«, brummelte Alex. Dann beugte er sich zu seinem Komplizen hinüber und tuschelte mit ihm. Nach einer Weile hatten sich die beiden geeinigt.

»Geht klar«, sagte Zeno. »Dann machen wir es so.«
Ob Alex und Zeno tatsächlich ihre echten Namen unter den Vertrag setzten, konnten die drei !!! natürlich nicht überprüfen. Dann ging auf einmal alles ganz schnell: Herr Ottmann steckte den Vertrag ein, schüttelte Alex und Zeno die Hand und ging mit ihnen zurück zum Vordereingang. Der Schlüssel knirschte im Schloss, es zischte und die gelbe Notbeleuchtung erlosch. Kim, Franzi und Marie saßen im Dunkeln.
»Wo ist denn die Taschenlampe?«, flüsterte Marie. »Ich dachte, du hast eine dabei, Kim?«
»Hab ich auch«, flüsterte Kim zurück. »Aber ich kann sie nicht finden ...« Panik schwang in ihrer Stimme mit. »Jetzt bloß nicht durchdrehen!«, murmelte sie leise vor sich hin, während sie hektisch in ihrer Tasche wühlte. Endlich hatte sie Glück. »Da ist sie ja!« Ein kegelförmiger Lichtstrahl blitzte auf und sofort ging es Kim besser – bis ein lautes Trompeten die Stille durchbrach. Die Detektivinnen fuhren erschrocken herum. Jetzt hatten sie die Elefanten erschreckt!
»Ruuuuhig, ganz ruuuuhig«, sagte Franzi.
Noch einmal trompete ein Elefant, aber es klang bereits leiser. Nach einer Weile grunzte er nur noch.
»Okay«, sagte Marie und drückte auf die Stopptaste des Aufnahmegeräts, da Kim das Band vor lauter Aufregung hatte weiterlaufen lassen. »Das dürfte als belastendes Material ausreichen. Ich freu mich schon aufs Abhören.«
Franzi seufzte. »Spar dir die Vorfreude. Erst mal müssen wir hier wieder rauskommen.«
»Und zwar schnell!«, sagte Kim. Sie spürte schon wieder, wie

ihre Kehle enger wurde und ihr Puls raste. Es war zum Heulen! Sie hatte es so oft erlebt, seit sie als Detektivin arbeitete, aber jedes Mal war es wieder genauso schrecklich für sie, eingeschlossen zu sein. Kim zwang sich dazu, dreimal tief durchzuatmen. Danach konnte sie wieder einen einigermaßen klaren Gedanken fassen. Zusammen mit Franzi und Marie ging sie überall im Elefantenhaus herum und kontrollierte sämtliche Türen. Vielleicht hatte ja ein schusseliger Pfleger vergessen, irgendwo abzuschließen. Aber sosehr die Detektivinnen auch an den Klinken rüttelten: Alle drei Türen – Vorder- und Hintereingang sowie eine kleine Seitentür – waren fest abgesperrt.

»Das wäre ja auch zu schön gewesen«, sagte Marie. »Dann also weiter mit Plan B.«

Plan B bedeutete, dass sie nach einem anderen Fluchtweg Ausschau hielten. Und das war noch schwieriger, als sie es sich vorgestellt hatten. Oben in der Kuppel des Elefantenhauses gab es zwar ein Fenster, aber es war mindestens zehn Meter hoch. Ohne Leiter, die es leider nicht gab, musste selbst Franzi mit ihren beeindruckenden Kletterkünsten passen.

»Und jetzt?«, fragte Kim. »Es gibt nur noch einen Fluchtweg: das Tor zum Freigehege der Elefanten steht ein Stück weit offen. Aber die zwei Tiere da stehen direkt davor. Außerdem müssten wir über die Absperrung rüber …«

Franzi kratzte sich an der Stirn. »Das wäre an sich kein Problem. Ha, ich hab's! Ich klettere auf einen Elefanten und lasse mich von ihm hinausbringen.«

»Niemals!«, rief Kim entsetzt. »Das ist viel zu gefährlich.

Und außerdem ist zwar das Tor zur Außenanlage offen, aber der Durchgang für die Tiere ist mit Gitterstäben versperrt. Da, siehst du?«

Auch Marie schüttelte den Kopf. »Wir brauchen dich noch, und zwar lebend. Aber ich hab eine andere Idee.« Sie beugte sich zu Kim und Franzi hinüber und raunte ihnen zu, was ihr gerade eingefallen war.

»Das ist gut!«, rief Franzi und Kim war nach einigem Zögern auch einverstanden.

Sie plünderte ihren Süßigkeiten-Vorrat, den sie für Notfälle immer im Rucksack dabeihatte: eine Tafel Vollmilchschokolade mit Nusssplittern. Kim riss das Silberpapier herunter und brach einen Riegel ab. Marie nahm sich auch einen Riegel. Damit lockten sie die Elefanten an.

»Hier gibt es was Leckeres für euch!«, rief Marie mit zuckersüßer Stimme.

Kim zerrieb ihren Riegel zwischen den Fingern, damit sich der Duft besser ausbreitete. »Hmm … Nussschokolade!«

Die Elefanten stellten neugierig die Ohren auf. Zögernd kam eine Elefantendame näher, eine andere folgte ihr. Schließlich setzte sich die komplette Herde in Bewegung und kam auf sie zu. Als die Tiere bereits ihre Rüssel nach der Schokolade ausstreckten, rief Marie: »Jetzt!«

Sofort kletterte Franzi über die Absperrung und lief auf den schmalen Durchgang zu, der ins Freigehege führte. Hinter sich hörte sie das Grunzen der Elefanten und dann ein zufriedenes Schmatzen. Der Trick hatte funktioniert! Aber Franzi hatte keine Zeit mehr, sich persönlich davon zu überzeugen. Schnell hastete sie weiter und schlüpfte zwischen

den baumdicken Gitterstäben hindurch. Endlich war sie draußen an der frischen Luft. Das Freigehege der Elefanten war noch größer als das Gehege im Haus und an allen Seiten von einem breiten Graben umgeben. Franzi lief über das felsige Gelände. In der Dunkelheit stolperte sie ein paar Mal, rappelte sich aber immer wieder hoch. Dann war sie am Graben angelangt. Unter ihr gluckerte es leise.
»Auch das noch!«, stöhnte Franzi.
Sie hatte keine Ahnung, wie tief das Wasser war. Nur eines konnte sie sich lebhaft ausmalen: dass es eiskalt sein würde. Franzi zögerte nur eine Sekunde. Dann biss sie die Zähne zusammen und watete ins trübe Wasser hinein. Der Kälteschock war so groß, dass ihr erst mal die Luft wegblieb. Keuchend watete sie weiter, bis der schlammige Boden unter ihren Füßen wegsackte. Jetzt blieb nur noch eins: schwimmen! Franzi kraulte los. Zwei, drei kräftige Züge und sie hatte das Ufer erreicht. Prustend stieg sie aus dem Wasser, mit triefnassen, schweren Kleidern. Der Wind trieb ihr einen Kälteschauer nach dem nächsten über den durchgefrorenen Körper. Franzi achtete nicht darauf und hastete weiter, zu einem gepflasterten Weg. Den lief sie entlang, bis sie wieder zum Vordereingang des Elefantenhauses kam. Und was blinkte dort an der Tür? Ein Schlüssel!
»Schwein gehabt!«, rief Franzi, stürmte auf die Tür zu und drehte den Schlüssel im Schloss herum. Sie wollte gerade ihren Freundinnen etwas zurufen, da legte ihr jemand die Hand auf die Schulter. »Stopp, hiergeblieben!«
Franzi erschrak so sehr, dass sie Schüttelfrost bekam. »W… was ist?«, stotterte sie, während sie sich langsam umdrehte.

Vor ihr stand Moritz, der sympathische Reptilien-Pfleger, aber diesmal war er alles andere als freundlich und hilfsbereit. »*Was* ... hast ... du ... hier ... zu ... suchen?« Er betonte jedes einzelne Wort und packte sie dabei an beiden Schultern.

Plötzlich hatte Franzi keine Kraft mehr. Wie ein nasser Sack ließ sie sich hin und her schütteln. »Ich ... ich ... äh ...«, war alles, was sie herausbrachte.

Da wurde von innen die Tür aufgerissen und Marie und Kim tauchten auf, mit strahlenden Gesichtern. Doch als sie den Pfleger entdeckten, zuckten sie zusammen.

»Ach so ist das!«, sagte Moritz mit einem leisen, drohenden Unterton in der Stimme. »Ihr seid zu dritt. Na, dann kommt mal schön mit. Der Zoodirektor wird sich bestimmt freuen, euch zu sehen.«

Stolpersteine

»Nein, nicht!«, rief Marie.
»Lassen Sie uns los!«, protestierte Kim.
Verzweifelt wehrten sich die drei !!! gegen den Pfleger, aber Moritz entwickelte erstaunliche Kräfte und ließ nicht locker. Energisch schob er die Detektivinnen vor sich her, ohne auf ihre Proteste zu achten.
Franzi drehte sich um und sah ihn flehend an. »Wir können Ihnen alles erklären. Es ist alles ganz anders, als Sie denken.«
»Klar«, sagte Moritz. »Ihr wolltet nur ein bisschen mit den Elefanten spielen …«
Marie stöhnte. »Nein, so war es nicht. Wir haben das nicht mit Absicht gemacht. Franzi ist an allem schuld.«
»Was?« Franzi sah ihre Freundin entgeistert an. War das der Dank dafür, dass sie ins eiskalte Wasser gesprungen war, um sie und Kim zu retten?
Franzi kam nicht dazu, Marie zur Rede zu stellen, denn die redete ohne Punkt und Komma auf den Pfleger ein: »Ja, Franzi war schuld. Als wir abends aus dem Zoo rauswollten, ist sie ausgerutscht und in den Ententeich gefallen. Sie war klatschnass und hat so gefroren, da haben wir sie ins nächste warme Haus gebracht. Das war zufällig das Elefantenhaus. Dort wollte sie hinter einer Palme ihre nassen Sachen ausziehen und was von unseren Klamotten anziehen – und plötzlich hat von außen jemand die Tür abgesperrt. Wir haben noch um Hilfe gerufen, aber es ist keiner gekommen.« Nach ihrem Redeschwall musste Marie kurz Luft holen.

Moritz war stehen geblieben und sah die drei !!! misstrauisch an. »Ist das wirklich wahr?«
»Ja, das stimmt!«, rief Kim und wurde nicht mal rot dabei.
Auch Franzi nickte jetzt eifrig. »Marie sagt die Wahrheit. Ich bin schuld. Mir passieren leider dauernd solche Sachen. Ich bin total ungeschickt …«
Das Misstrauen in Moritz' Gesichtsausdruck verschwand. »Verstehe …«, brummte er. »Da habt ihr aber wirklich Pech gehabt.«
»A… allerdings!« Franzi klapperte mit den Zähnen und rieb sich bibbernd die eiskalten Arme.
Moritz sah sie mitleidig an. »Du brauchst dringend trockene Kleider, sonst holst du dir eine dicke Erkältung. Komm mit in mein Büro, da hab ich was für dich.«
»Das ist total lieb von Ihnen«, mischte sich Kim ein. »Aber Franzi wohnt sowieso gleich um die Ecke. Sie müssen uns nur rauslassen aus dem Zoo, dann bringen wir sie nach Hause.«
Moritz kratzte sich am Kinn. »Hmmm … wenn das so ist.« Dann gab er sich einen Ruck. »Gut, ich bringe euch zum Ausgang. Kommt mit, aber leise! Nicht dass uns noch der Direktor erwischt.«
Marie strahlte den Pfleger an. »Sie sind ein Schatz!«
Fünf Minuten später standen die drei !!! draußen auf der Straße und winkten Moritz zum Abschied zu. Als er in der Dunkelheit verschwunden war, stöhnten sie laut auf.
»Das ist ja gerade noch mal gut gegangen!«, sagte Franzi.
»Ich wäre fast gestorben vor lauter Angst«, gab Marie zu.
Franzi musste kichern. »Das hast du aber geschickt über-

spielt. Die Geschichte mit dem Ententeich war übrigens haarsträubend. Die ganze Zeit hab ich darauf gewartet, dass Moritz nachfragt, warum ich vor der Tür war, wenn wir angeblich alle *im* Elefantenhaus eingesperrt waren.«

Marie grinste. »Stimmt! Das ist mir gar nicht aufgefallen. In dem Moment hab ich meine Lügengeschichte selber geglaubt. Du doch auch, oder, Kim? Hey, was ist los?«

Seit sie wieder alleine waren, hatte Kim geschwiegen. Jetzt starrte sie Marie mit aufgerissenen Augen an wie ein Fisch auf dem Trockenen und brachte immer noch kein Wort heraus.

Franzi berührte sie sanft an der Schulter. »Was hast du denn? Ist alles in Ordnung?«

Kim nickte in Zeitlupe. Dann schluckte sie und endlich konnte sie wieder sprechen. »Ich ... ich kann das nicht mehr länger. Das hätte dermaßen schiefgehen können. Wenn Alex und Zeno uns entdeckt hätten, wenn der Zoodirektor uns geschnappt hätte ... Nein, ich kann das nicht mehr. Tut mir leid! Der Fall ist zu groß für uns.«

»Was soll das heißen?«, fragte Marie. »Was willst du denn damit sagen?«

Kim schluckte wieder und kämpfte gegen die Tränen an, die in ihrer Kehle hochstiegen. »Das heißt, dass ich ... also, ich steige aus. Ihr müsst alleine weitermachen.«

»Kommt überhaupt nicht infrage!«, rief Franzi empört.

»Ohne dich läuft hier gar nichts!«, protestierte Marie. »Du bist doch der Kopf der drei !!!.«

Kim fuhr sich verzweifelt durch die kurzen Haare. »Genau! Und gerade deshalb muss ich aussteigen. Der Fall ist uns

über den Kopf gewachsen. Wir hätten schon längst zu Kommissar Peters gehen müssen, aber das wolltet ihr ja nicht.«
Marie und Franzi sahen sich schweigend an. Dann platzte Marie heraus: »Das ist es also! Jetzt verstehe ich. Warum hast du uns das nicht gleich gesagt? Dann gehen wir eben zu Kommissar Peters.«
»Ja, gleich morgen!«, sagte Franzi. »Du hast ja recht. Die Sache wird wirklich langsam zu brenzlig.«
Kim fiel ein Riesenstein vom Herzen. »Echt? Das würdet ihr tun? Und warum habt *ihr* das nicht gleich gesagt?

<u>Detektivtagebuch von Kim Jülich</u>
<u>Samstag, 00:10 Uhr</u>
Ich bin immer noch total geschockt: Vor einer Stunde hab ich gedacht, es ist aus und vorbei mit unserem Detektivclub. 16,5 Fälle (16 erfolgreich gelöste und einer, der in einer Katastrophe endete), und das war's dann! Das beste Projekt meines Lebens ist gescheitert. Und jetzt, eine Stunde später? Ist wieder alles in Butter. Marie und Franzi haben im allerletzten Moment die Kurve gekriegt und eingesehen, dass dieser Fall zu gefährlich für uns ist.
Morgen gehen wir zu Kommissar Peters und erzählen ihm alles. Hoffentlich kann er uns helfen! Und hoffentlich dreht er nicht durch und nimmt uns den Fall weg! Das würde ich nicht verkraften. Dann wäre ich schuld und Marie und Franzi würden mir noch Jahre später Vorwürfe machen – nicht direkt natürlich, aber unausgesprochen. So weit darf es erst gar nicht kommen. Wir müssen den Kommissar so lange überreden, bis er uns weitermachen lässt. Sonst kann er sich in Zukunft abschmin-

ken, dass wir ihm bei der Verbrecherjagd helfen. Ausrufezeichen, Ausrufezeichen, Ausrufezeichen!!!

Geheimes Tagebuch von Kim Jülich
Samstag, 00:18 Uhr
Erste Warnung: Ich sehe alles! Auch die Fingerabdrücke der Person, die es wagen sollte, dieses Tagebuch in die Hände zu nehmen. Zweite Warnung: Wenn ich die Abdrücke gesichert und identifiziert habe, wird meine Rache mörderisch sein!
Bestimmt schläfst du jetzt schon, Michi. Ich fliege hinüber in deinen Traum und schicke dir alle meine guten Wünsche. Werde bitte wieder gesund, ganz, ganz bald! Seit gestern hast du zwar kein Fieber mehr, aber du bist immer noch total schwach und willst es nicht riskieren, dass ich mich bei dir anstecke. Soll ich einfach trotzdem bei dir vorbeischauen? Nein, dann wärst du sauer und ich kann es mir zum jetzigen Zeitpunkt der Ermittlungen tatsächlich nicht leisten, krank zu werden.
Das Leben ist echt ungerecht! Michi und ich könnten uns jederzeit sehen, dürfen aber nicht, weil es unvernünftig ist. Und Marie könnte Holger als guten Freund sehen, müsste sich aber bei jedem Treffen daran erinnern, wie schön die Zeit mit ihm war und wie schrecklich die Trennung.
Ach, Michi! Ich vermisse dich so, du fehlst mir so!
Jetzt gehe ich auch endlich ins Bett und nehme mir fest vor, von dir zu träumen. Vielleicht klappt es ja!
PS: Polly geht es wieder besser! Heute durfte sie zum ersten Mal aus ihrem Käfig raus an die frische Luft. Das Bein ist abgeschwollen und sie humpelt nicht mehr so stark. Ich freu mich total für Franzi.

Kim, Franzi und Marie waren inzwischen so oft auf der Polizeiwache gewesen, dass sie sich dort fast schon wie zu Hause fühlten. Auch die Beamten kannten sie fast alle.
»Ah, die drei !!!«, begrüßte sie Polizeimeister Conrad, der Kollege von Kommissar Peters. »Auch mal wieder im Lande?«
Marie nickte. »Wir würden gern Kommissar Peters sprechen. Wir haben keinen Termin vereinbart, aber es ist dringend. Hat er Zeit für uns?«
»Für euch doch immer!«, sagte Polizeimeister Conrad. »Kommt am besten gleich mit.«
Der Kommissar saß in seinem Büro am Schreibtisch und telefonierte gerade. »Nein, Sie schieben nichts dazwischen. Die Auswertung der Fingerabdrücke brauche ich sofort!« Wütend knallte er den Hörer auf die Station. Erst dann entdeckte er die Detektivinnen. Sofort stand er auf und kam ihnen lächelnd entgegen. »Entschuldigt bitte, heute geht mal wieder alles drunter und drüber.«
»Wir werden Sie auch nicht lange stören«, versprach Kim.
Der Kommissar lachte. »Ihr stört doch nie. Setzt euch! Was kann ich euch anbieten? Cola?«
Da sagten Kim, Franzi und Marie nicht Nein. Nachdem der Kommissar eingeschenkt hatte, setzte er sich wieder hinter seinen Schreibtisch und sah die Detektivinnen erwartungsvoll an. »Dann schießt mal los! Ihr seid doch bestimmt wieder an einem neuen Fall dran, oder?«
»Stimmt genau«, antwortete Marie. »Es geht um Schmuggel von exotischen Tieren.«
Kommissar Peters pfiff durch die Zähne. »Jetzt bin ich aber gespannt.«

»Also, es fing schon mal richtig blutig an«, sagte Franzi und holte tief Luft. Dann erzählte sie von ihrem Erlebnis in der Tierarztpraxis und der rätselhaften Bisswunde. Sie schilderte alles so plastisch, dass Kim ein flaues Gefühl im Magen bekam. Zum Glück kam Franzi bald zu weniger blutigen Themen wie der Tierbörse.
»Wie seid ihr denn auf die gestoßen?«, wollte Kommissar Peters wissen.
»Über eine ...«, fing Kim an, als Marie ihr plötzlich gegen das Schienbein trat.
Kim wollte sich schon beschweren, was das sollte, da übernahm Marie das Wort: »Ach, rein zufällig! Wir haben Tierzeitschriften durchgestöbert und ein paar Anrufe getätigt. Dabei sind wir auf die Tierbörse Keller gestoßen.«
»Keller ...«, murmelte der Kommissar und schrieb sich die Adresse auf, die Franzi ihm nannte.
Abwechselnd erzählten sie weiter und berichteten alles, auch ihr riskantes Abenteuer im Zoo. Die Augen des Kommissars wurden immer größer. Ab und zu warf er ein »Toll!« ein oder »super Detektivarbeit!« und machte sich eifrig Notizen. Am Schluss gaben die drei !!! dem Kommissar noch das Band mit dem Mitschnitt des Verkaufsgesprächs zwischen dem Zoodirektor und Alex und Zeno im Elefantenhaus.
»Und jetzt wollten wir Sie fragen, ob Sie uns vielleicht unterstützen könnten«, beendete Kim den Bericht. »Der Schmugglerring scheint ziemlich groß zu sein und ... na ja ... wir könnten ein bisschen Hilfe gut gebrauchen oder einen heißen Tipp.« Sie formulierte es extra vorsichtig, damit Kommissar Peters nicht gleich die falschen Schlüsse zog.

Plötzlich verfinsterte sich das Gesicht des Kommissars. »Hilfe? Tipps? Ich glaube, ich muss da was klarstellen. Ihr habt ja schon selber gemerkt, dass euch der Fall über den Kopf gewachsen ist. Ab jetzt lasst ihr die Finger davon, und zwar sofort. Das ist keine Bitte, sondern eine Anweisung! Wir übernehmen den Fall. Die Sache ist viel zu gefährlich für euch.«

Kim, Franzi und Marie starrten den Kommissar fassungslos an. Mit so einem Ausbruch hatten sie nicht gerechnet.

»Aber wir haben wertvolle Insidertipps«, sagte Marie.

Franzi nickte. »Genau! Wir müssen jetzt eng zusammenarbeiten und …«

»Die Polizei muss jetzt eng zusammenarbeiten«, schnitt Kommissar Peters ihr das Wort ab. »Seid mir bitte nicht böse, aber es hat keinen Sinn. Ihr habt der Polizei sehr geholfen, aber jetzt ist der Fall für euch abgeschlossen.«

»Aber … aber … das können Sie nicht machen!«, protestierte Kim.

Kommissar Peters lächelte gequält. »Macht es mir doch nicht noch schwerer! Ihr seid clevere Detektivinnen, gar keine Frage, aber dieser Fall gehört in die Hand von Erwachsenen, von erfahrenen Polizisten.«

»Das sehen wir anders«, sagte Marie kühl und stand auf. »Ich glaube, dann ist unser Gespräch jetzt beendet.« Sie drehte sich auf dem Absatz um und rauschte mit erhobenem Kopf aus dem Büro. Franzi und Kim stolperten hinterher. Wie betäubt gingen sie zum Ausgang zurück und verließen schweigend die Polizeiwache. Erst als sie wieder auf der Straße waren, machten sie ihrem Ärger Luft.

»Was fällt diesem aufgeblasenen Kommissar eigentlich ein?«, rief Franzi empört. »Wir machen hier die ganze Arbeit – und er nimmt die Schmugglerbande und den Zoodirektor fest und heimst hinterher den ganzen Ruhm ein?«
»Falls er die Bande überhaupt erwischt«, warf Marie ein. »Wer weiß, vielleicht versandet der Fall auch in den Akten.«
Kim ballte ihre Fäuste. »Das ist das Allerletzte! Das dürfen wir uns nicht gefallen lassen.«
»Machen wir auch nicht«, sagte Marie, die plötzlich grinste. »Zum Glück weiß der Kommissar nicht alles. Ich hab dich ja noch rechtzeitig davon abgehalten, alles auszuplaudern und von Sina und ihrem Vater zu erzählen.« Sie zwinkerte Kim zu und entschuldigte sich damit indirekt für den unsanften Stoß gegen das Schienbein.
»Du bist genial!«, rief Kim. »Kommt! Lasst uns sofort zu Sina gehen und die heiße Spur weiterverfolgen.«
»Gute Idee«, sagte Franzi. »Ich hab auch schon einen Plan, wie wir Sina auf unsere Seite ziehen können.« Sie erzählte ihren Freundinnen, was sie vorhatte. Kim und Marie waren sofort begeistert.
Marie grinste. »Dass klappt bestimmt. Also, worauf warten wir noch?«
Franzi zog den Reißverschluss ihres Anoraks hoch. »Ich zeig euch den kürzesten Weg.«
»Halt, wartet!«, rief Kim. »Wir sollten vorher kurz bei mir zu Hause vorbeischauen. Dann kann ich die Unterlagen mitnehmen und noch schnell zwei Fotos ausdrucken.«
Franzi nickte. »Geht klar, kein Problem. Das liegt sowieso auf unserem Weg.«

Die drei !!! drängelten sich durch den Strom der bummelnden Samstagseinkäufer. Plötzlich stießen sie mit einem entgegenkommenden Passanten zusammen.
»He!«, beschwerte sich der. »Könnt ihr nicht aufpassen?«
Marie fuhr herum. Die Stimme des Passanten zuckte wie ein Stromschlag durch ihren Körper. Da war er, der Augenblick, den sie sich tausendmal ausgemalt hatte, der Augenblick, den sie gleichzeitig gefürchtet und herbeigesehnt hatte: Zum ersten Mal seit der Trennung stand Holger vor ihr!
Jetzt hatte er Marie auch entdeckt. »Was ... was machst du denn hier?«, stammelte er und wurde blass.
»Ich ... wir ...«, fing Marie an. Danach brachte sie kein einziges vernünftiges Wort mehr heraus. Die Zeit blieb stehen, während sie Holger anstarrte: sein schmales, braun gebranntes Gesicht, seine kurz geschnittenen pechschwarzen Haare, seine grünen Augen, schillernd wie ein tiefer See ...
Irgendwann spürte Marie Franzis Hand auf ihrem Arm. »Wir gehen schon mal vor, ja? Hier, das ist Sinas Adresse. Ich hab sie dir auf den Zettel geschrieben.«
»Komm einfach nach«, sagte Kim und warf Marie einen aufmunternden Blick zu. Franzi drückte ihr den Zettel in die Hand, und weg waren ihre Freundinnen.
Marie kam sich vor wie auf einer einsamen Insel. Rechts und links strömten weiter die Passanten an ihr vorbei, aber sie machten einen großen Bogen um Holger und Marie. Keiner berührte sie, keiner rempelte sie an.
»Wie geht es dir?«, fragte Holger leise.
Marie musste sich räuspern, bevor sie sprechen konnte. »Ganz gut, danke. Und dir?«

»Auch ganz gut«, antwortete Holger. »Aber ich denke oft an dich. Was du so machst, wie dein Tag ist, ob du gerade wieder an einem neuen Detektivfall dran bist …«
Marie lächelte. »Ja, bin ich. Der Fall ist ziemlich spannend, aber ich denke zwischendrin auch oft an dich. Wir hatten eine wunderbare Zeit …«
»Ja, die hatten wir.« Holgers Stimme wurde ganz rau. Dann sah er Marie fragend an. »Ich weiß, diese Zeit ist vorbei, aber könnten wir uns nicht trotzdem ab und zu treffen? Ich meine … als Freunde?«
Marie schluckte. Was sollte sie darauf antworten? War das wirklich so eine gute Idee? Doch als sie in Holgers liebe, warme Augen sah, wusste sie es auf einmal. »Ja, das klingt gut: Freunde!«
Sie lächelten sich an und für eine Sekunde war es wieder wie früher. Maries Herz fing an zu flattern. Dann beruhigte es sich wieder und zurück blieb ein unheimlich wehmütiges, aber auch friedliches Gefühl. Sie würde Holger nicht verlieren. Er war und blieb ein ganz besonderer, wichtiger Mensch in ihrem Leben.
»Also dann …«, sagte Holger. »Du musst los, oder?«
Marie nickte. »Ja, Kim und Franzi warten bestimmt schon auf mich. War schön, dich zu sehen. Bis bald!«
»Bis bald«, sagte Holger. Ein letztes Mal lächelte er ihr zu, dann drehte er sich um und ging langsam davon.
Marie starrte ihm hinterher. Auch als er längst in der Menge verschwunden war, spürte sie immer noch tief in ihrem Herzen die wohltuende Wärme seines Lächelns.

Sinas Geständnis

Marie kam genau zum richtigen Zeitpunkt. Vor den Aufzügen des blauen Hochhauses, in dem Sina wohnte, stieß sie mit Kim und Franzi zusammen. Gemeinsam fuhren sie in den siebten Stock hoch und klingelten bei Haverland.
Sina machte ihnen auf. »Franzi? Du? Das ist ja toll! Sind das Kim und Marie, deine berühmten Freundinnen aus dem Detektivclub?«
»Du hast es erraten«, sagte Franzi. »Können wir kurz reinkommen?«
Sina strahlte. »Klar! Ich bin allein zu Hause. Ich hab zwar mein Zimmer diesmal nicht aufgeräumt, aber ich hoffe, das stört euch nicht.«
Marie schüttelte den Kopf. »Überhaupt nicht. Du solltest mal mein Zimmer sehen, da hat auch gerade eine Bombe eingeschlagen.«
Sina lachte. Dann führte sie die drei !!! zu ihrem Zimmer am Ende des Flurs. Der kleine, grün gestrichene Raum sah tatsächlich ziemlich chaotisch aus. Überall auf dem Boden und auf dem Bett lagen Schuhe, Kleider und Plüschtiere. Sina räumte schnell ihr Bett frei und warf eine Tagesdecke über ihr Bettzeug. Kim, Franzi und Marie setzten sich nebeneinander auf die weiche Matratze, während Sina es sich im Schneidersitz auf dem Teppich gemütlich machte.
Erwartungsvoll sah sie die Detektivinnen an. Noch ahnte sie nicht, was gleich auf sie zukommen würde, und freute sich riesig, dass die berühmten drei !!! sie besuchten. »Meine

Freundinnen werden platzen vor Neid, wenn ich ihnen erzähle, dass ihr hier bei mir wart! Seid ihr zufällig in der Gegend gewesen?«

Franzi schüttelte den Kopf. »Nein, nicht zufällig. Wir wollten mit dir reden.«

»Lasst mich raten!«, rief Sina. Ihr blonder Pferdeschwanz wippte aufgeregt hin und her. »Ihr braucht Verstärkung für euren Detektivclub.«

»Nein«, sagte Kim. »Tut mir leid, aber wir sind schon komplett.« Dass Sina mit ihren acht Jahren sowieso viel zu jung war, musste sie ihr ja nicht auch noch unter die Nase reiben.

»Also …«, fing Marie an. »Es geht um deinen Vater, genauer gesagt um die illegalen Geschäfte, in die dein Vater verwickelt ist.«

Sina spielte die Ahnungslose. »Was? Mein Vater? Aber der macht nichts Verbotenes, bestimmt nicht!«

Das klang so überzeugt und ehrlich, dass Marie es beinahe geglaubt hätte, wenn sie nicht von Franzi ganz andere Informationen gehabt hätte.

»Du weißt genau, wovon wir sprechen«, sagte Franzi. »Von den exotischen Tieren, die dein Vater in Wohnzimmer hält und die du mir das letzte Mal gezeigt hast.«

Sina wurde rot. »Die sind süß, oder? Sie haben dir doch auch gefallen! Besonders unser kleines Krokodil Florentine …«

Franzi lächelte gequält. »Ich wollte höflich zu dir sein. Aber ich hatte schon damals den Verdacht, dass dein Vater die Tiere illegal gekauft hat. Und inzwischen hat sich der Verdacht leider bestätigt.«

Kim nickte ernst. »Wir haben Beweise gesammelt. Hier, wir

können sie dir zeigen.« Sie holte ein paar Papiere aus ihrer Umhängetasche, die sie zu Hause ausgedruckt hatte. »Das ist ein Auszug aus der Roten Liste der Artenschutzkommission. Ich habe die Tiere angestrichen, die dein Vater besitzt. Sie sind alle vom Aussterben bedroht und geschützt. Dein Vater hätte sie nie kaufen dürfen. Er darf sie auch nicht zu Hause im Wohnzimmer halten. Damit macht er sich strafbar.«
»Strafbar?«, wiederholte Sina und wurde noch röter. Sie nahm die Liste in die Hand und starrte angestrengt darauf. Dann gab sie sie Kim zurück und murmelte: »Das hab ich nicht gewusst … ich meine, dass es so schlimm ist …«
»Ist es aber!«, sagte Franzi. »Dein Vater ist mit daran schuld, wenn es alle diese süßen Tiere eines Tages nicht mehr geben wird! Willst du das wirklich? Und willst du, dass die Tiere hier bei euch leiden, weil dein Vater sie nicht artgerecht halten kann? Eines Tages werden sie krank und dein Vater kann nicht mal mit ihnen zum Tierarzt gehen, weil sonst alles auffliegen würde. Die Tiere könnten sterben. Florentine könnte sterben! Willst du das?«
Sinas Augen füllten sich mit Tränen. »Nein, nein, natürlich nicht!«
»Na also!«, sagte Marie. »Dann sind wir uns doch schon mal einig. Und jetzt sag uns endlich die Wahrheit. Hast du wirklich nichts gewusst? Dein Vater muss dir doch irgendwas erzählt haben!«
Sina knetete ihr Hände auf dem Schoß. Sie traute sich nicht, den Detektivinnen in die Augen zu sehen. »Ja … schon …«
»Raus damit!«, rief Franzi. »Du machst sonst alles nur noch schlimmer.«

»Florentine könnte noch mal zubeißen«, fügte Kim leise hinzu. »Und diesmal würde es euer Emilio vielleicht nicht überleben …«

Der letzte Satz brachte das Fass zum Überlaufen. Sina brach in Tränen aus. Schluchzend legte sie ein Geständnis ab: »Ja, ich hab es gewusst! Papa hat mir erzählt, dass er die Tiere nicht im Zoogeschäft gekauft hat, sondern bei irgend so einer Tierbörse. Und dass niemand davon wissen darf, wirklich niemand, nicht mal meine beste Freundin. Ich musste ihm hoch und heilig versprechen, dichtzuhalten, sonst würden wir die Tiere wieder hergeben müssen. Das wollte ich nicht. Ich hab Florentine doch so lieb und Tiger und Lupo und Mäxchen, unsere Frösche … Ich will sie nicht verlieren!«

Franzi seufzte. »Das kann ich sogar verstehen, aber trotzdem hättest du deinem Vater dieses Versprechen nie geben dürfen.«

»Ich weiß!« Sina zog schniefend die Nase hoch. Dann sah sie Kim, Marie und Franzi flehend an. »Bitte! Ihr dürft meinem Vater nichts erzählen. Der denkt sonst, dass ich ihn verpetzt habe. Und dann wird er schrecklich böse …«

Marie tauschte einen kurzen Blick mit Kim und Franzi. Dann sagte sie: »Eigentlich müssten wir jetzt sofort zur Polizei gehen. Vielleicht machen wir das auch. Es sei denn, du bist vernünftig und arbeitest mit uns zusammen. Du könntest uns nämlich dabei helfen, eine gefährliche Schmugglerbande auf frischer Tat zu ertappen.«

»Ja, ja!«, rief Sina sofort. »Ich mache alles, was ihr wollt. Was soll ich tun?«

Franzi beugte sich zu ihr vor. »Wir haben da einen ziemlich genialen Plan. Dein Vater liest dir doch jeden Wunsch von den Augen ab, oder?«
Sina nickte eifrig. »Jaja, das stimmt. Ich bin schließlich seine einzige Tochter.«
»Hast du zufällig schon mal von Rotrücken-Totenkopfaffen gehört?«, fragte Marie, während Sina ihre Tränen wegwischte und sich ausgiebig schnäuzte. »Nein? Egal, auf jeden Fall sind das winzige Affen, die aus Costa Rica stammen. Sie sind sehr selten. Es gibt nur noch ganz wenige Exemplare davon und natürlich stehen sie auch auf der Roten Liste der Artenschutzkommission.«
»Okay«, sagte Sina. »Und was soll ich jetzt genau machen?«
Kim zog einen Umschlag aus ihrer Tasche. »Ganz einfach: Du zeigst deinem Vater diese Fotos von dem Affen, die ich für dich ausgedruckt habe. Dann erzählst du ihm, dass du sie dir aus dem Internet geholt hast und ganz verrückt nach einem Rotrücken-Totenkopfaffen bist. Und ob er dir nicht so ein süßes, kleines Tierchen bei seiner Tierbörse besorgen könnte.«
Sina hatte aufmerksam zugehört. Ihre Augen glänzten, als sie sagte: »Das mache ich, gleich heute noch, wenn Papa aus dem Supermarkt kommt. Er wird sich gar nicht wundern. Ich mag Affen total. Im Zoo gehen wir auch immer als Erstes zu den Affen.«
»Perfekt«, sagte Franzi. »Pass trotzdem auf, dass er keinen Verdacht schöpft. Von unserem Besuch darf er natürlich auf gar keinen Fall erfahren.«
»Natürlich nicht!«, rief Sina. »Ihr könnt euch auf mich ver-

lassen. Ich geb euch auch sofort Bescheid, wenn ich weiß, wann mein Vater zur Tierbörse geht.«
Kim lächelte. »Sehr gut! Unsere Handy-Nummern hast du? Dann ist ja alles klar. Also, wir müssen jetzt los. Viel Glück!«
»Danke!«, sagte Sina. »Ich werde euch nicht enttäuschen.«

Der Überläufer

Sina enttäuschte die drei !!! tatsächlich nicht. Bereits zwei Stunden später rief sie Kim auf dem Handy an und erzählte, dass der Plan super funktioniert hatte. Herr Haverland hatte gleich am übernächsten Tag, am Montag um 16.30 Uhr, einen Termin bei Herrn Keller in dessen Büro in der Tierbörse vereinbart. Und er hatte Sina versprochen, alles dafür zu tun, einen Rotrücken-Totenkopfaffen für sie zu ergattern. Kim bedankte sich bei Sina und legte auf, um Marie und Franzi eine SMS zu schreiben. Als sie die beiden Nachrichten abgeschickt hatte, lehnte sie sich in ihrem Schreibtischstuhl zurück und nahm Michis Foto in die Hände, für das sie extra einen silbernen Rahmen gekauft hatte. Zärtlich strich sie über Michis Nase mit den süßen Sommersprossen, seinen lächelnden Mund und die wunderschönen blaugrünen Augen. Dabei flüsterte sie: »Drück mir die Daumen für übermorgen!« Eine Welle von Liebe überflutete sie gerade, als plötzlich die Tür aufgerissen wurde und Ben und Lukas hereinstürmten.

»Stören wir?«, fragte Ben.

Lukas zeigte auf das Foto von Michi. »Klar stören wir. Sie knutscht gerade sein Foto ab. Verliebt, verlobt, verheiratet!« Ben stimmte sofort mit ein: »Verliebt, verlobt, verheiratet!« Dann riss er Kim den Bilderrahmen aus der Hand und tanzte damit feixend im Zimmer herum.

»Gib das sofort her!«, rief Kim. Wütend sprang sie auf und versuchte Ben das Foto zu entreißen.

Leider war ihr kleiner Bruder schneller. Geschickt warf er Lukas den Bilderrahmen zu. Dann warf Lukas ihn zurück. So ging es eine ganze Weile hin und her, bis Kim es endlich doch schaffte, ihren Schatz wieder zu ergattern.
»Wehe, ihr macht das noch mal!«, rief sie. »Dann könnt ihr was erleben.«
»Was denn?«, fragte Lukas unschuldig.
Kim zog ihren Bruder an den Haaren. »Das werdet ihr dann schon sehen!«
»Aua!«, beschwerte sich Lukas. »Du bist so gemein zu uns! Dabei wollten wir dir was ganz Tolles sagen.«
Kim sah ihre Brüder misstrauisch an. Machten sie sich über sie lustig oder sagten sie die Wahrheit? Sie wurde nicht schlau aus den Gesichtern der Racker und wartete erst mal ab.
»Es stimmt«, sagte Ben. »Mama und Papa gehen heute ins Kino und wir haben sturmfreie Bude! Wir dürfen fernsehen und so viel Popcorn essen, wie wir wollen.«
Kim runzelte die Stirn. »Klingt super, aber da ist doch bestimmt irgendein Haken dabei.«
»Nö!«, sagte Lukas. »Du musst nur auf uns aufpassen, damit wir keinen Blödsinn machen. Das ist alles.«
Kim stöhnte. Das war also der Haken! Sie fand es zwar toll, dass ihre Eltern wieder mehr Zeit miteinander verbrachten und sich nicht mehr so oft stritten wie früher, aber wenn sie sich nicht bald um einen Babysitter für Ben und Lukas kümmerten, sah sie schwarz für ihr eigenes Privatleben. Ihre Zwillingsbrüder kannten keine Gnade. Früher oder später würden sie sie noch ins Grab bringen!

»So was Blödes!«, schimpfte Franzi. »Warum geht das Büro von diesem Keller nicht zur Straße raus? Dann könnten wir ihn so schön beobachten, wie er sich mit Herrn Haverland unterhält.«

Marie zuckte mit den Achseln. »Ich fürchte, wegen uns wird er nicht extra umziehen. Also ich bin sowieso nicht scharf darauf, ihn zu sehen. Die Begegnung mit seinem Affen hat mir gereicht.«

Kim kicherte. »Das scheint ja wirklich ein nettes Tierchen zu sein.«

Marie verdrehte die Augen. »Wahnsinnig nett!« Sie zog ihren Schminkspiegel aus der Tasche und überprüfte ihr Outfit. Damit Herr Keller sie nicht erkannte, hatte sie sich diesmal ganz in cooles Schwarz gehüllt: mit eng anliegenden Lederhosen, schwarzer Bikerjacke und einer schwarzen, zotteligen Perücke, die sie vor ewigen Zeiten auf dem Flohmarkt gefunden und seither nie angezogen hatte, weil sie ziemlich schmuddelig aussah. Für den heutigen Anlass war sie jedoch perfekt: Nichts sollte Herrn Keller an die rothaarige Frau im Leopardenkleid erinnern.

»Jetzt ist der Haverland schon eine halbe Stunde dadrin«, stellte Franzi mit einem Blick auf ihre Armbanduhr fest. »Was bequatscht der denn so lange mit dem Keller?«

»Keine Ahnung«, sagte Kim. »Vielleicht können sie sich beim Preis nicht einigen …«

»… oder Sinas Vater hat nicht genügend Geld dabei«, fügte Marie grinsend hinzu. »Dann möchte ich jetzt nicht in seiner Haut stecken.«

»Da ist er!«, zischte Franzi.

Zwei Männer traten aus der Tür: Herr Haverland und Herr Keller. Sie schüttelten sich die Hände und gingen in entgegengesetzte Richtungen davon.

Kim stöhnte. »Wem sollen wir denn jetzt folgen?«

Die drei !!! sahen sich unschlüssig an. Viel Zeit blieb ihnen nicht, sich zu entscheiden.

»Ich bin für Keller«, sagte Franzi. »Der hat mehr Dreck am Stecken. Und vielleicht hat er ja heute noch was Interessantes vor!«

Marie nickte. »Du hast recht. Nichts wie los!«

Die drei !!! legten einen Sprint ein. Sie mussten ganz schön rennen, bis sie den Vorsprung des Verdächtigen aufgeholt hatten. Herr Keller hatte es eilig. Nachdem die Detektivinnen ihm eine Weile gefolgt waren, kam Kim und Franzi die Gegend bekannt vor. Schließlich gab es keinen Zweifel mehr: Herr Keller steuerte auf dasselbe Café zu, in dem er sich schon mal mit Alex und Zeno getroffen hatte. Und diesmal warteten die beiden Schmuggler bereits auf ihn. Sie saßen auf Barhockern hinter dem Fenster und winkten dem Besitzer der Tierbörse zu.

»Glück muss man haben«, raunte Franzi ihren Freundinnen zu.

Die drei !!! warteten, bis Herr Keller im Café verschwunden war und sich mit seinem Espresso neben Alex und Zeno gesetzt hatte. Dann betraten sie das Lokal. Heute fielen sie zum Glück nicht auf, weil jede Menge los war. Die Bedienungen hinter dem Tresen waren so beschäftigt, dass sie kaum mit den Bestellungen der Gäste nachkamen.

»Kommt!«, rief Kim. »Heute sparen wir unser Taschengeld.«

Sie lotste Franzi und Marie zu einem Tisch in der Nähe des Fensters, der gerade frei wurde. Franzi holte einen dritten Stuhl und schon saßen sie und sperrten Augen und Ohren auf.

Herr Keller redete gerade auf Alex und Zeno ein: »… weiß, dass das eine schwierige Bestellung ist, aber ich brauche diesen Rotrücken-Totenkopfaffen unbedingt! Mein Kunde ist ganz verrückt danach und hat mir eine satte Anzahlung gegeben.«

»Satte Anzahlung klingt gut«, sagte Zeno. »Wir werden mal sehen, was sich machen lässt, Alter … äh … Helmut.«

Alex ließ die Muskeln unter seinem eng anliegenden Shirt spielen. »Sieht tatsächlich nicht schlecht aus. Auf unsere Jungs im Regenwald ist Verlass. Morgen wissen wir schon mehr. Wir rufen dich sofort an.«

»Super! Danke«, sagte Herr Keller und trank seinen Espresso in einem Zug aus.

Zeno beobachtete ihn dabei interessiert von der Seite. »Und, gibt's sonst noch was Neues?«

»Zeno meint, ob du dir unser Angebot überlegt hast«, erklärte Alex. Er bemühte sich, möglichst cool zu bleiben, konnte es aber nicht lassen, an einem Pickel auf seiner Stirn herumzukratzen.

Herr Keller nickte. »Ja, hab ich«, sagte er und machte eine Kunstpause. »Es hat mich drei schlaflose Nächte gekostet, aber jetzt weiß ich, was ich will.«

»Und?«, fragten Alex und Zeno gleichzeitig.

»Ich bin dabei!«, sagte Herr Keller. »Ich werde meinen Laden verkaufen und bei euch einsteigen.«

Zeno sprang von seinem Barhocker hoch. »Mensch, Alter! Das hätte ich dir ja gar nicht zugetraut.« Er klopfte Herrn Keller so stürmisch auf die Schulter, dass der vor Schmerz das Gesicht verzog.

»Du wirst es nicht bereuen«, sagte Alex. »In einem Jahr weinst du deinem Büro keine einzige Träne mehr nach, das garantiere ich dir.«

Herr Keller nickte zögernd. Ein Anflug von Unsicherheit huschte über sein Gesicht. »Ja, das glaube ich auch. Was kann ich denn als Erstes tun? Gibt es irgendeine Aufgabe, die ich übernehmen könnte? Ich meine, nachdem ihr mich eingearbeitet habt und ich alles abgewickelt habe mit meinem Büro.«

Zeno fing an zu grinsen. »Wir haben tatsächlich was für dich, eine ganz dringenden Auftrag. Du kannst uns zum Flughafen begleiten. Zwei Kumpels von uns kommen übermorgen mit einer neuen Lieferung an. Die sollen wir in Empfang nehmen.«

»Übermorgen schon?«, fragte Herr Keller und fuhr sich nervös durch die blonden Haare. »Hmm … ich weiß nicht so recht. Das ist alles sehr kurzfristig. Ich muss schließlich mein Büro auflösen und hab in dieser Woche wahnsinnig viel zu tun.«

Alex runzelte die Stirn. »Bist du jetzt dabei oder bist du nicht dabei?«

»Doch, doch!«, sagte Herr Keller schnell. »Ich bin natürlich dabei. An welchem Terminal treffen wir uns denn und wann?«

Detektivtagebuch von Kim Jülich
Montag, 20:35 Uhr

Ich bin richtig stolz auf Marie, Franzi und mich. Wir haben es geschafft, Kommissar Peters doch noch umzustimmen. Wie wir das angestellt haben? Tja, eigentlich ist das topsecret, aber ich muss es einfach loswerden, sonst platze ich!

Also: Nach unserer erfolgreichen Beschattung im Café sind wir sofort ins Präsidium gegangen und haben den Kommissar nach dem Fortschritt seiner Ermittlungen gefragt. Erst wollte er es nicht zugeben, aber schließlich hat er dann doch damit herausgerückt, dass er und seine Kollegen auf der Stelle treten und überhaupt nichts Neues herausgefunden haben. Das war unsere große Chance: Wir haben ihm einen Deal vorgeschlagen. Wenn wir ihm einen heißen Tipp geben, wann und wo er die Schmuggler fassen kann, wollen wir als Gegenleistung bei der Festnahme der Täter dabei sein. Jetzt war er natürlich neugierig geworden und wollte unbedingt die Details aus uns herauslocken, aber wir haben alle dichtgehalten. Erst das Einverständnis zum Deal, dann die Infos! Er hat sich gewehrt und verhandelt und Gegenangebote gemacht – bis er irgendwann eingesehen hat, dass wir uns nicht umstimmen lassen. Im letzten Moment hat er dann unser Angebot angenommen. Allerdings unter einer Bedingung: Er besteht auf einem Extra-Personenschutz für uns. Als ob uns auf dem Flughafen was passieren könnte, mit tausend Leuten und Polizei um uns herum! Wie auch immer, den kleinen Gefallen können wir ihm schon tun.

Am Ende hat er uns mit Komplimenten überhäuft: Dass wir tolle Arbeit geleistet hätten und er gar nicht wüsste, was er ohne uns machen sollte. Das ging natürlich runter wie Öl!

Übermorgen wird es ernst! Ich kann es kaum erwarten, hab aber jetzt schon schreckliches Lampenfieber. Hoffentlich geht alles gut!!!

<u>Geheimes Tagebuch von Kim Jülich</u>
<u>Montag, 20:57 Uhr</u>
Niemand außer Kim Jülich ist befugt, dieses Tagebuch zu lesen. Einzige Ausnahme: Sollte Kim Jülich später einmal eine Tochter haben, die auch Detektivin ist und sich zum ersten Mal verliebt hat, darf die vielleicht (!) einen Blick hineinwerfen, aber nur einen ganz kurzen!
Manchmal muss man die Zügel in die Hand nehmen, statt herumzusitzen, zu jammern und zu warten! Gestern bin ich einfach zu Michi gefahren, obwohl er es nicht wollte, weil er immer noch nicht ganz gesund ist. Aber ich hab es einfach nicht mehr ausgehalten und musste ihn sehen! Elf Tage ohne ihn, das war lange genug.
Er hat sich total gefreut: über mein Geschenk (eine digitale Fotocollage von unserem Lindenbaum, in den wir die Anfangsbuchstaben unserer Namen geschnitzt haben: K + M), aber noch mehr über mich. Und ich hab mich erst gefreut! Es war unglaublich: wie Schokolade und Achterbahn, Gummibärchen und Schlittenfahren, eine Eins mit Stern in Mathe und Ferien ohne Ben und Lukas.
Michi und ich waren wieder so frisch verliebt wie am ersten Tag. Als würden wir uns das erste Mal umarmen und küssen. Am Ende war es Michi, der mich gar nicht mehr loslassen wollte!
Das ist jetzt aber wirklich topsecret (auch meine Tochter, falls es

sie überhaupt geben wird in der Zukunft, muss hier leider aufhören zu lesen!): Die Liebe ist das Allerallerschönste, noch schöner, als Detektivin zu sein, tausend Fälle zu lösen und so berühmt wie Sherlock Holmes zu werden.

Schmuggler im Anflug

Auf den ersten Blick war es ein ganz normaler Nachmittag am Flughafen: Perfekt geschminkte Angestellte vom Bodenpersonal begrüßten lächelnd die Reisenden an den Check-in-Schaltern. Gestresste Geschäftsleute erledigten ihre letzten wichtigen Telefonate mit dem Handy. Aufgeregte Passagiere rollten ihre Koffer über die Laufbänder. Neugierige Kinder pressten ihre Nasen an die großen Fensterscheiben, um die Flieger beim Starten und Landen zu beobachten. Und zwischen all dem Trubel kamen immer wieder Durchsagen über die Lautsprecher, wenn Flüge sich verspätet hatten oder ein Flugzeug gerade gelandet war.

Auf den zweiten Blick war es ein ganz außergewöhnlicher Nachmittag am Flughafen: ein Nachmittag voller Alarmbereitschaft, geheimer Sicherheitsstufen und wachsamer Polizisten im Hintergrund. Obwohl mehr als ein Dutzend Polizeibeamte in Zivil in die Operation verwickelt waren und sich unter die Wartenden in der Ankunftshalle gemischt hatten, merkte kein Außenstehender etwas davon. Die drei !!! waren zum Glück keine Außenstehenden und sie waren live dabei, von Anfang an. Der Countdown lief!

Rechts und links von Kim, Franzi und Marie standen zwei gut aussehende Männer. Beide waren Mitte zwanzig, etwa ein Meter achtzig groß, trugen Sonnenbrillen und dunkle Lederjacken. Sie taten so, als wären die Mädchen Luft für sie, aber in Wirklichkeit ließen sie sie keine Sekunde aus den Augen.

»Wie heißen Sie eigentlich?«, flüsterte Marie dem Braunhaarigen zu, der sie ein bisschen an Adrian erinnerte, weil er halblange Haare hatte, die ihm fransig ins Gesicht fielen, und haselnussbraune Augen.
»Kay«, antwortete er leise, ohne die Mundwinkel zu bewegen. »Und mein Kollege heißt Martin. Aber wir sollten besser so tun, als würden wir uns nicht kennen.«
»Natürlich!« Marie schenkte Kay einen verführerischen Augenaufschlag mit ihren frisch getuschten dunkelblauen Wimpern. Wenn sie von Anfang an gewusst hätte, wie cool der Personenschutz war, hätte sie sich bestimmt nicht dagegen gewehrt.
Franzi sah Marie leicht genervt an. Ihre Freundin ließ wirklich keine Gelegenheit zum Flirten aus, dabei gab es doch tausendmal wichtigere Dinge, gerade jetzt. Sie standen kurz davor, einem der größten Tierschmuggler-Ringe das Handwerk zu legen und damit viele bedrohte Tierarten zu retten.
Franzi drehte sich zu Kim um und raunte ihr ins Ohr: »Ist Mister K schon da?« Den Codenamen hatten sie sich für Herrn Keller ausgedacht, um ungestört über ihn reden zu können.
Kim schüttelte den Kopf. »Ich glaube nicht. Jedenfalls hab ich ihn noch nicht gesehen, Z und A leider auch noch nicht.« Sie räusperte sich, weil sie einen Frosch im Hals hatte. Seit die drei !!! am Flughafen angekommen waren, wurde Kim von Minute zu Minute nervöser. Sie hatte schon ganz feuchte Hände vor lauter Lampenfieber und hektische rote Flecken im Gesicht. Wenn es doch nur endlich losgehen würde! Aber die Zeit schlich im Schneckentempo dahin.

Noch vierzehn Minuten bis zur planmäßigen Ankunft des Fliegers aus Costa Rica.
Die Flugnummer war zwar schon auf der Anzeigentafel über dem Ausgang angeschrieben, aber erst an dritter Stelle nach zwei anderen Fliegern, die bereits gelandet waren.
Franzi trat von einem Fuß auf den anderen und sah sich dabei unauffällig um. Neben zwei Klosterschwestern standen Kommissar Peters und Polizeimeister Conrad. Der Kommissar las scheinbar seelenruhig Zeitung, während sein Kollege einen Blumenstrauß in der Hand hielt. Franzi musste grinsen. Die Tarnung war wirklich sehr geschickt! Conrad sah damit überhaupt nicht wie ein Polizist aus, sondern wie ein verliebter junger Mann, der sehnsüchtig auf seine Freundin wartete. Die anderen Polizisten in Zivil waren ebenfalls gut getarnt: Einer hielt ein Schild mit der Aufschrift *Hotel Flora* in der Hand. Ein anderer trug Kopfhörer und wippte zu einer lautlosen Musik. Und ein dritter stützte sich mit schmerzverzerrtem Gesicht auf Krücken, obwohl er zwei völlig gesunde Beine hatte.
Noch neun Minuten bis zur planmäßigen Ankunft.
Plötzlich zuckte Franzi zusammen. Hinter Kommissar Peters tauchte ein schlanker Mann mit blonden Haaren und markanten Wangenknochen auf. Er war um die vierzig und trug diesmal Jeans und Rolli statt Anzug. Trotzdem erkannte Franzi ihn sofort wieder: Es war niemand anderes als Mister K, Herr Keller. An der Art, wie Kim und Marie sich streckten, merkte Franzi, dass sie ihn auch entdeckt hatten. Nach einem kurzen Blickkontakt gab Franzi das verabredete Zeichen. Sie hielt sich die Hand vor den Mund und gähnte

ausgiebig. Kommissar Peters antwortete mit dem ebenfalls verabredeten Zeichen: Er faltete ruhig seine Zeitung zusammen und legte sie auf der Bank neben sich ab. Stufe zwei der Operation hatte begonnen. Jetzt wussten alle beteiligten Beamten, dass Herr Keller am Tatort eingetroffen war.
Kim, Franzi und Marie wagten kaum noch zu atmen. Wenn Herr Keller da war, konnten Alex und Zeno nicht weit sein! Aber die beiden Schmuggler ließen auf sich warten.
Noch vier Minuten bis zur planmäßigen Ankunft. Die Buchstaben auf der Anzeigentafel ratterten: Maschine im Anflug. Langsam wurde auch Herr Keller nervös. Immer wieder fuhr er sich durch die blonden Haare und sah sich unruhig um. Dann hielt er es nicht mehr aus und zückte sein Handy.
»Ich bin's. Mensch, sagt mal, wo bleibt ihr denn? ... Was? Ich soll mich nicht aufregen? Super! Toller Tipp ...« Herr Keller lauschte angestrengt. Sein Kopf wurde immer röter. »Das soll wohl ein Witz sein? ... Ist es nicht? Hört mal, so geht das nicht! Wir hatten ausgemacht, dass ihr ... nein, ihr habt gesagt, dass wir das zu dritt durchziehen. Ihr könnt mich doch jetzt nicht einfach hängen lassen ... Was? ... Undercover ... im Hintergrund? Kneifen meint ihr wohl. Das darf doch nicht wahr sein ... Feuerprobe? Für mich? ... Nein, ich hör mir das nicht länger an. Ihr könnt mich mal!« Wütend schaltete Herr Keller sein Handy aus und stopfte es in die Hosentasche.
Noch eine Minute bis zur planmäßigen Ankunft.
Die drei !!! wechselten einen schnellen Blick. Das waren ja feine Komplizen! Alex und Zeno warfen Helmut Keller nicht nur von heute auf morgen ins kalte Wasser, sie hielten sich

auch noch feige raus. Wenn er erwischt werden sollte, ließen sie ihn garantiert eiskalt ins Messer laufen.
Die Buchstaben auf der Anzeigentafel ratterten: Maschine gelandet.
Stufe drei der Operation hatte begonnen.
Schweißperlen glänzten auf der Stirn von Herrn Keller. Er wischte sie mit dem Handrücken weg. Dann drehte er sich um, wollte gehen. Zögerte, blieb doch stehen. Biss sich auf die Unterlippe. Steckte die Hände in die Hosentaschen. Trat kurz mit dem linken Fuß auf. Jetzt hatte er sich entschieden. Er würde bleiben und seinen Auftrag ausführen. Gebannt starrte er auf die Anzeigentafel, die immer noch *Maschine gelandet* meldete.
Plötzlich spürte Franzi einen Stoß in die Rippen. Marie hatte sie angerempelt.
»Was ist los?«, zischte sie ihr zu.
Marie deutete stumm mit dem Kopf nach rechts. Franzi und Kim folgten ihrem Blick. Dann sahen sie ihn auch: einen dicken Mann mit Halbglatze und großen Händen, der sich schnaufend ein paar dünne Haarsträhnen auf dem Kopf zurechtstrich. Ein Mann mit Anzug und Krawatte und robustem Schuhwerk: Herr Ottmann, der Zoodirektor!
Franzi riss die Augen auf. Was machte der denn hier? Warum riskierte er freiwillig, sich verdächtig zu machen und im schlimmsten Fall sogar geschnappt zu werden? Wollte er etwa vor Ort überprüfen, ob seine »Ware« auch wirklich lebend ankam?
Die Buchstaben auf der Anzeigentafel ratterten laut: Gepäckausgabe.

»Was machen wir denn jetzt?«, zischte Franzi ihren Freundinnen zu.
Kim holte tief Luft. Sie wollte gerade vorschlagen, den Zoodirektor anzusprechen, um ihn aus dem Konzept zu bringen, aber sie kam nicht dazu.
»Wir machen gar nichts«, sagte Martin ruhig. Seine Stimme war leise, hatte aber einen sehr bestimmten, fast schon drohenden Unterton. Kay und Martin rückten den drei !!! unmerklich auf die Pelle.
Auf einmal fand Marie die beiden überhaupt nicht mehr cool. Kay sah auch gar nicht aus wie Adrian, seine Augen waren viel zu hart und glanzlos. »Was soll das?«, beschwerte sie sich flüsternd. »Wir sind doch keine Gefangenen!«
Kay und Martin schwiegen lächelnd, aber sie rückten keinen einzigen Millimeter zur Seite. Langsam reichte es Marie. Das konnten sie nicht machen mit den drei !!!, das ging eindeutig zu weit! Hinter dem Rücken der Bodygards gab sie Kim und Franzi heimliche Zeichen. Irgendwie mussten sie es schaffen, Abstand zu den beiden zu gewinnen. Kim und Franzi nickten. Sie wollten genau dasselbe. Doch bevor sie einen Plan aushecken konnten, hustete Kommissar Peters zweimal.
Das Zeichen für Stufe vier der Operation. Es ging los!
Herr Keller trat an die Glasscheibe der Absperrung. Schon glitten die automatischen Türen auseinander. Die ersten Fluggäste aus Costa Rica rollten mit ihren Koffern an, braun gebrannt und gut gelaunt. Mit großem Hallo wurden sie von ihren Angehörigen begrüßt. Herr Keller reckte den Kopf, hielt ungeduldig Ausschau nach den Schmugglern.
Immer mehr Menschen strömten heraus: Familien mit Kin-

dern, Geschäftsmänner, verliebte Paare, vor allem Deutsche, aber auch einige südländisch aussehende Leute, die sich laut auf Spanisch unterhielten.
Plötzlich fing Herr Keller an zu grinsen. Er wollte die Hand heben, ließ sie aber gleich wieder sinken. Stattdessen drängelte er sich zur linken Seite des Ausgangs. Dort tauchten zwei sportlich gekleidete Männer auf. Sie waren Ende zwanzig, braun gebrannt und muskulös. Jeder trug einen schweren Rucksack auf dem Rücken und zwei Reisetaschen über der Schulter. Außerdem schoben sie zwei unförmige Rollkoffer vor sich her. Fluchend kämpften sie damit, ihr Gepäck durch den schmalen Durchlass zu zwängen.
Als sie es endlich geschafft hatten, lief Herr Keller mit ausgebreiteten Armen auf sie zu und rief: »Lutz, Flo! Ich freu mich tierisch, dass ihr mich endlich besuchen kommt. Ich hatte schon gar nicht mehr damit gerechnet. Lasst euch drücken!«
Die beiden schwer Bepackten grinsten. Ohne ihr Gepäck abzulegen, ließen sie sich von Herrn Keller umarmen. Dann sagte Lutz, ein schwarzhaariger Typ mit einem goldenen Ohrring: »Wir freuen uns auch tierisch! Wird höchste Zeit, dass wir unsere Familie in Deutschland endlich kennenlernen.«
»Darf ich euch das abnehmen?«, fragte Herr Keller.
»Klar«, sagte Flo, der Komplize des Schwarzhaarigen, ein drahtiger Typ mit heller Stoppelfrisur.
Herr Keller streckte die Hände aus und die beiden Männer reichten ihm erleichtert ihre Reisetaschen. Mitten in der Übergabe ging plötzlich alles rasend schnell: Kommissar Peters hustete wieder zweimal. Polizeimeister Conrad warf sei-

ne Blumen in den Mülleimer. Sein Kollege ließ das Schild mit der Aufschrift *Hotel Flora* fallen. Der andere Kollege riss sich die Kopfhörer herunter. Der dritte stieß seine Krücken weg. Zusammen mit den übrigen Zivilbeamten rannten sie gleichzeitig los, stürmten auf Helmut Keller und die Schmuggler zu, kreisten sie ein.

»Halt, stehen bleiben!«, rief Kommissar Peters.

Vor Schreck ließ Herr Keller die Reisetaschen los. Mit einem dumpfen Knall plumpsten sie auf den Boden.

»Aua!«, brüllte Lutz, dem eine Tasche auf die Zehen gefallen war.

»Was soll das?«, rief Flo, während Lutz seinen Fuß befreite und sich stöhnend die schmerzenden Zehen rieb.

Da tauchte wie aus dem Nichts ein Zollbeamter auf. Mit verschränkten Armen baute er sich vor den drei Männern auf und sagte: »Zollkontrolle! Bitte kommen Sie sofort mit. Wir werden Ihr Gepäck durchsuchen.«

Flo und Lutz wurden blass und starrten den Beamten fassungslos an. In ihren Köpfen wirbelten die Gedanken durcheinander. Es war offensichtlich, was sie dachten: Was war das denn jetzt? Sie hatten die Zollkontrolle doch schon vor dem Ausgang passiert!

Lutz erholte sich als Erster von dem Schock. »Aber wir haben nichts zu verzollen! Das haben wir schon Ihrem Kollegen bei der Gepäckausgabe gesagt.«

»Das stimmt!«, rief Flo. »Außerdem haben wir es furchtbar eilig. Wir müssen zu einem dringenden Geschäftstermin.«

Herr Keller, der bisher wie versteinert dagestanden hatte, nickte eifrig und mischte sich ein: »Ja, genau. Ich soll die beiden Herren zum Meeting in die Stadt bringen. Wir sind sowieso schon spät dran und …«

Der Zollbeamte lächelte ungerührt. »Ich fürchte, der Termin muss warten. Sie kommen jetzt alle drei mit. Freiwillig, hoffe ich, sonst wird die Sache noch ungemütlicher für Sie.«

Herr Keller, Flo und Lutz sahen sich panisch um. Von allen Seiten rückten die Polizisten näher auf sie zu.

Plötzlich entspannte sich Flos Gesicht. »Natürlich kommen wir mit. Kein Problem! Wir verstehen natürlich, dass sie diese Kontrollen durchführen müssen, das ist alles reine Routine, oder? Ich muss nur noch schnell unserem Geschäftspartner Bescheid geben. Kann ich kurz telefonieren?«

Der Zollbeamte zögerte. Da hatte Flo auch schon ein schwarzes Gerät aus seiner Hosentasche gezogen. Es war so groß und flach wie ein Handy, es hatte Tasten wie ein Handy, aber es war keins. Flo tippte nur eine Taste, doch statt sich das Gerät ans Ohr zu halten, hielt er es von sich weg und richtete die Vorderseite auf das Gesicht des Zollbeamten. Es zischte, ein weißer Strahl kam heraus, suchte sein Ziel und traf es.

»Aaaah!«, brüllte der Zollbeamte und presste beide Hände auf sein Auge.

Der Schrei war so laut, dass alle sich erschrocken zu ihm umdrehten. Alle bis auf Lutz, Flo und Helmut Keller. Die Schmuggler ließen ihr restliches Gepäck fallen, rempelten die Polizisten an, boxten sich zwischen ihnen hindurch und rannten los. Helmut Keller stolperte hinterher. Plötzlich bekam auch Herr Ottmann die Panik. Schnaufend setzte er sich in Bewegung und rannte den Schmugglern nach.

Die Schrecksekunde der Polizisten war vorbei. »Halt, stehen bleiben, Polizei!«, rief Polizeimeister Conrad.
Keine Reaktion. Die Schmuggler und Keller liefen einfach weiter.
»Zugriff!«, zischte Kommissar Peters.
Seine Kollegen reagierten blitzschnell. Keine fünf Sekunden später hatten sie die Flüchtenden eingeholt und festgehalten. Herr Keller und Herr Ottmann ließen sich widerstandslos zum Kommissar zurückführen. Flo und Lutz kratzten, bissen, wehrten sich mit Händen und Füßen, aber es half alles nichts. Die Polizisten waren stärker als sie.
Als schließlich alle vor Kommissar Peters standen, nickte der ihnen freundlich zu und sagte: »Schön, dass wir das geklärt haben. Jetzt können wir ja in aller Ruhe mit der Zollkontrolle anfangen.«
Der Zollbeamte hatte vom Tränengas-Spray rot geschwollene Augen, aus denen immer noch pausenlos Tränen strömten. Er wischte sie nicht weg. Hasserfüllt sah er die Schmuggler, Herrn Keller und Herrn Ottmann an und sagte scharf: »Mitkommen!«

Hetzjagd am Flughafen

»Halt!«, rief Marie, als sich die Gruppe der Polizisten zusammen mit dem Zollbeamten und den drei Verdächtigen in Bewegung setzte. »Wir wollen auch mitkommen!«
Die drei !!! hatten versucht, den anderen zu folgen, wurden aber von Kay und Martin energisch zurückgehalten.
Polizeimeister Conrad drehte sich zu den Detektivinnen um und runzelte die Stirn. »Ich glaube, das ist keine gute Idee. Bleibt lieber hier bei Kay und Martin. Da seid ihr sicher.«
Franzi lief rot an. »Wir wollen aber mit, wir waren doch von Anfang an dabei!«
»Genau!«, riefen Kim und Marie wie aus einem Mund.
Polizeimeister Conrad schüttelte bedauernd den Kopf. Da mischte sich Kommissar Peters ein: »Schon gut, Kollege! Das ist eine Ausnahme. Kommt! Aber beeilt euch.«
Das ließen Kim, Marie und Franzi sich nicht zweimal sagen. Sofort liefen sie los, dicht gefolgt von ihrem Personenschutz, den sie leider nicht abschütteln konnten. Zum ersten Mal lernten sie den nicht öffentlichen Bereich des Flughafens kennen. Der Zollbeamte ging zu einer Sicherheitstür, auf der *Kein Durchgang* stand, und öffnete sie mit einem Spezialschlüssel.
»Hier geht's lang!«, sagte er.
Die Polizisten hievten das schwere Gepäck hinein und schoben die Schmuggler, den Zoodirektor und Herrn Keller unsanft vor sich her. Flo und Lutz wehrten sich wieder, hatten aber keine Chance.

»Das ist ein Missverständnis!«, protestierte der Zoodirektor. »Ich bin völlig unschuldig. Ich habe mit der Sache nichts zu tun, im Gegenteil, ich …«

»Jaja!«, sagte Polizeimeister Conrad. »Sie sind unschuldig, klar. Das klären wir alles.«

Da drängte sich Helmut Keller zum Polizeimeister vor. »Ich bin auch kein Verbrecher. Ich bin seriöser Geschäftsmann mit eigenem Büro. Bei mir ist alles sauber, das können Sie überprüfen. Wollen Sie meine Visitenkarte sehen?«

Polizeimeister Conrad winkte ab. »Nein danke. Ihre Personalien nehmen wir später auf. Jetzt kommen Sie erst mal mit.«

Flo sah Helmut Keller finster an. »Toll, dass du uns hilfst, Helmut! Es geht doch nichts über die liebe Familie in Deutschland!«

Lutz lachte trocken. »Was hast du denn erwartet? Das ist doch ein blutiger Anfänger! Noch total grün hinter den Ohren …«

Helmut Keller wollte erst widersprechen, tat es dann aber doch nicht und schwieg betreten.

»Schluss jetzt mit dem Gequatsche!«, rief der Zollbeamte streng. Er zog ein großes Taschentuch aus seiner Hosentasche und schnäuzte sich ausgiebig. Danach steckte er es wieder ein und führte die Gruppe durch einen langen Gang, an dessen Ende ein großer, fast leerer Raum war. Außer kahlen grauen Wänden gab es dort nichts als einen runden Tisch in der Mitte, einen Schrank und ein kleines Fenster neben der Tür, durch das man auf den Ankunftsbereich mit den Gates hinaussehen konnte.

Die Polizeibeamten wuchteten das Gepäck in den Zollraum. Einen der beiden Rollkoffer legten sie gleich auf den Tisch. Jetzt wehrten Flo und Lutz sich nicht mehr. Mit bleichen Gesichtern starrten sie auf den Rollkoffer, als ob es sich dabei um ihren eigenen Sarg handeln würde.

Kommissar Peters legte dem Zollbeamten eine Hand auf die Schulter. »Sehr gut. Dann legen Sie mal los. Das volle Programm, bitte!«

Der Zollbeamte grinste. »Worauf Sie sich verlassen können!« Genüsslich drehte er sich zu den Schmugglern um. »Die Zahlenkombination des Schlosses kennen Sie bestimmt am besten.«

Lutz nickte. Mit zitternden Fingern drehte er an den Rädchen. Kurz darauf machte es leise »klick« und das silberne Schloss war offen.

»Vielen Dank«, sagte der Zollbeamte. »Sehr freundlich.« Er beugte sich über den Koffer und zog am Reißverschluss.

Kim, Franzi und Marie schoben sich zwischen den Polizeibeamten durch, um einen besseren Überblick zu haben. Endlich war der Moment da, auf den sie so lange gewartet hatten. Kim bekam wieder feuchte Hände, Franzis Puls hämmerte und Marie drehte dauernd eine Haarsträhne zwischen ihren Fingern, ohne es zu merken.

Die zwei Hälften des Koffers klappten auseinander. Ein Kleiderberg quoll heraus. Eigentlich ganz normale Klamotten: schmutzige Pullis, zusammengerollte Socken, T-Shirts und so weiter. Wenn sich der Berg nicht plötzlich bewegt hätte … Beinahe hätte Marie vor Schreck einen Schrei losgelassen.

»Na, was haben wir denn da?«, sagte der Zollbeamte. Er griff nach einem Leinenbeutel, der zwischen zwei Pullis gesteckt hatte. Der Beutel hatte merkwürdige Ausbuchtungen, erst beulte er sich an einer Stelle aus, dann an einer anderen.
Franzi bekam eine Gänsehaut. Das war doch nicht etwa … das konnte doch nicht sein, oder?
Leider bestätigte sich ihre Vermutung. Der Zollbeamte öffnete den Beutel kurz und schon kam ein knallgrüner Schlangenkopf heraus. Kim griff nach Franzis Hand und drückte sie so fest, bis Franzi »Autsch!« rief. Träge wand sich die Schlange hin und her. Sie ließ ihr Maul zum Glück geschlossen, zischte nicht und biss auch nicht zu.
»Betäubt, nehme ich an?« Der Zollbeamte sah die Schmuggler fragend an. Flo und Lutz nickten stumm.
Der Zollbeamte durchsuchte systematisch den restlichen Inhalt des Koffers. Man merkte ihm die Routine an, die er in solchen Sachen hatte. Zielsicher stöberte er die richtigen Verstecke auf. Kim, Franzi und Marie fielen fast die Augen aus dem Kopf. Sie konnten es nicht glauben, was er da alles zutage förderte: zwei winzige Frösche in einer Kaffeedose. Eine Schildkröte, die mit Klebeband an der Innenseite des Koffers befestigt war. Eine weitere Schlange, diesmal in ein T-Shirt gewickelt. Und ein völlig verängstigter Rotrücken-Totenkopfaffe.
Franzi hätte das arme Tierchen am liebsten sofort in den Arm genommen und gestreichelt, aber das ging natürlich nicht. Alle geschmuggelten Tiere kamen in Käfige, die der Zollbeamte aus dem Schrank holte.
Aber die Suche war noch nicht zu Ende. Auch im zweiten

Rollkoffer, den Rucksäcken und den Reisetaschen steckten exotische Tiere: weitere Frösche, Geckos, wieder Schlangen und dazu noch drei Vogelspinnen sowie ein Vogelpärchen mit bunt schillernden Federn.

Aber der grausamste Fund kam ganz am Schluss. Als der Zollbeamte den Reißverschluss der letzten Reisetasche öffnete, tauchte plötzlich ein hundeförmiger, knochiger Schädel auf. Ein hellbrauner Schädel mit dunkelbraunen Flecken und scheinbar unbeweglichen Augen, die Franzi schon einmal gesehen hatte und nie mehr vergessen würde. Ein eiskalter Schauer lief ihr über den Rücken, als die Augen sie anstarrten. Dann riss das Tier sein Maul auf, gähnte und zeigte dabei seine spitzen, messerscharfen Zähne.

»Ein Brauen-Glattstirnkaiman«, flüsterte Franzi tonlos.

Kim wich automatisch einen Schritt zurück. Marie sah nur ganz kurz hin, dann musste sie den Kopf wegdrehen, weil ihr sonst schlecht geworden wäre.

Selbst der Zollbeamte schluckte. So ein gefährliches Tier entdeckte auch er anscheinend nicht alle Tage. »Das fasse ich nicht an«, sagte er. »Das müssen Sie schon selber in den Käfig befördern.«

Lutz schnaufte verächtlich. »Der tut nichts, der ist genauso betäubt wie die anderen. Aber bitte, wenn Sie unbedingt darauf bestehen!« Er zog den Reißverschluss der Reisetasche ganz auf, packte den Kaiman unsanft am Genick, zog ihn heraus und steckte ihn in einen Käfig. Dabei verzog er keine Miene. Offenbar machte er so was täglich und war total abgebrüht.

Franzi hätte sich am liebsten auf ihn gestürzt und geschüt-

telt, was ihm eigentlich einfiel, arme, wehrlose Tiere sinnlos zu quälen, aber sie tat es dann doch nicht. Es hätte den Tierquäler wahrscheinlich gar nicht beeindruckt und außerdem wäre die Polizei sofort eingeschritten.
Der Zollbeamte durchsuchte noch einmal gründlich die letzte Reisetasche und nickte schließlich Kommissar Peters zu.
»Das war's!«
»Vielen Dank«, sagte der Kommissar. Dann drehte er sich zu den Schmugglern um. »Das wird ein böses Nachspiel für Sie geben. Sie sind vorläufig festgenommen wegen des dringenden Verdachts auf Tierschmuggel.«
Flo und Lutz hörten schweigend zu. Aber wenn Blicke hätten töten können, wäre der Kommissar auf der Stelle tot umgefallen. Die Luft im Raum knisterte vor Spannung.
»Und was ist mit mir?«, brach der Zoodirektor das Schweigen. »Kann ich jetzt gehen?«
»Ich will auch gehen!«, sagte Herr Keller sofort. »Ich habe nichts mit der Sache zu tun.«
Kommissar Peters lächelte müde. »Nein, Sie können nicht gehen. Wir nehmen jetzt Ihre Personalien auf und dann kommen Sie alle mit …«
Den Rest seines Satzes bekam Franzi nicht mehr mit, weil Marie ihr den Ellbogen in die Rippen rammte und ihr zuzischte: »Da drüben!«
Kim und Franzi rissen gleichzeitig die Köpfe herum. Im Fenster waren zwei Männer aufgetaucht, die neugierig in den Raum hineinsahen. Franzi pfiff leise durch die Zähne. Jetzt, wo alles gelaufen war, ließen sich Alex und Zeno plötzlich blicken!

»Herr Kommissar«, flüsterte Marie. »Schauen Sie mal – da!!«
Keine Reaktion. Kommissar Peters war so mit den Schmugglern beschäftigt, dass er nichts sah und nichts hörte. Alex und Zeno dagegen hatten anscheinend genug gesehen. Langsam zogen sie ihre Köpfe vom Fenster zurück.
Kim zögerte keine Sekunde. »Los, hinterher!«, rief sie Franzi und Marie zu.
Die drei !!! waren so schnell, dass nicht mal Kay und Martin rechtzeitig reagieren konnten. Mit zwei, drei Sätzen waren die Detektivinnen bei der Tür, rissen sie auf und rannten den langen Gang zurück. Zum Glück ließ sich die Sicherheitstür von innen öffnen. Sie stolperten ins Freie und sahen sich suchend um. Im Gewühl der Reisenden tauchte ein Rotschopf auf und daneben ein Mann mit verwuschelten braunen Haaren.
»Da sind sie!«, rief Franzi.
Die drei !!! stürmten los und setzten rücksichtslos ihre Ellenbogen ein.
»'tschuldigung!«, murmelte Kim, wenn sie wieder mal jemanden gerammt hatte.
Von allen Seiten kamen wütende Stimmen zurück: »Unverschämtheit!« – »Was fällt euch ein?« – »Könnt ihr nicht aufpassen?« – »Wir haben es auch eilig!«
Kim versuchte die Stimmen zu ignorieren und hastete weiter: über Koffer und Taschen, Schirme und Rucksäcke. Manche Leute sprangen jetzt schon freiwillig zur Seite, wenn sie hörten, dass hinter ihnen die Detektivinnen angerannt kamen. Der Abstand zwischen den drei !!! und Alex und Zeno wurde immer kleiner.

Irgendwann drehte Zeno sich um und rief: »Hey, Alter, wir werden verfolgt!«

»Na und?«, sagte Alex. »Das sind doch nur Kinder. Die hängen wir locker ab.«

Die Schmuggler legten wieder einen Zahn zu. Die drei !!! blieben ihnen dicht auf den Fersen. Keuchend jagten sie hinter den Verbrechern her, durch die Ankunftshalle vorbei hinüber zum Abflugbereich. Dort wurde es noch voller. Lange Schlangen von Urlaubern standen vor den Check-in-Schaltern an. Alex und Zeno schlängelten sich geschickt zwischen den Leuten durch. Doch dann schlugen sie plötzlich einen Haken nach links. Die drei !!! mussten stoppen und ein Stück zurücklaufen.

»Na wartet!«, rief Franzi. Sie machte Kim und Marie hektische Zeichen und die verstanden zum Glück sofort, was sie wollte.

Die drei !!! hechteten nach rechts, direkt auf einen großen Kofferberg von Mallorca-Touristen zu. Wahllos griffen sie nach Koffern und Taschen. Da kamen Zeno und Alex auch schon auf sie zu.

»Eins, zwei, drei!«, rief Kim.

Bei drei warfen sie Alex und Zeno die Koffer vor die Füße. Die Schmuggler fluchten. Verzweifelt versuchten sie den Koffern auszuweichen. Zu spät! In hohem Bogen flogen sie mitten in den Kofferberg hinein. Kim, Marie und Franzi stürzten sich auf die Verbrecher und hielten sie fest.

»Jetzt ist Schluss mit lustig!«, rief Marie.

»Was soll das?«, protestierte Alex.

»Lasst uns sofort los!«, brüllte Zeno so laut, dass die Reisenden, die sich gerade noch über das Chaos beschwert hatten, erschrocken zurückwichen.

Kim schüttelte den Kopf. »Wir denken gar nicht daran. Ihr kommt jetzt schön mit zur Polizei. Die ist …«

»… schon da!«, sagte Polizeimeister Conrad hinter ihr.

Der Rest war ein Kinderspiel. Polizeimeister Conrad, Kay und Martin legten Zeno und Alex Handschellen an. Ein Raunen ging durch die Menge, als die Polizei die Schmuggler abführte. Kim, Franzi und Marie folgten den Polizisten zurück zum Zollraum. Dort warteten bereits Flo, Lutz und Herr Keller in Handschellen.

»Das habt ihr großartig gemacht!«, lobte Kommissar Peters. »Jetzt haben wir die ganze Bande zusammen.«

Franzi lächelte stolz, doch plötzlich stutzte sie. Der Zoodirektor stand fröhlich grinsend neben dem Kommissar – ohne Handschellen!

»Stopp!«, rief Franzi. »Den Zoodirektor müssen Sie auch noch festnehmen!«

Merkwürdigerweise schüttelte Kommissar Peters den Kopf. »Das geht schon in Ordnung.« Dann wandte er sich an seine Truppe und befahl: »Abführen!«

Als Herr Keller an Marie vorbeigeführt wurde, polterte er plötzlich los: »*Du* bist die Spionin mit der Perücke, die kein Geld dabeihatte! Dir hab ich das alles zu verdanken! Du Miststück, du fiese kleine Ratte, du …«

Marie lachte nur, weil er hilflos nach Luft schnappte und ihm die Schimpfwörter ausgingen.

Ein Herz für Tiere

»Noch so einen aufreibenden Fall stehe ich nicht durch!«, stöhnte Kim. »Vorher brauche ich dringend Urlaub.«
Zwei Wochen nach dem Showdown auf dem Flughafen saßen die drei !!! im *Café Lomo* und feierten ihren Erfolg mit einer Extrarunde Kakao Spezial mit Vanille-Aroma und einer großen Platte Muffins.
Franzi zwinkerte Kim zu. »Ich hab da eine bessere Idee als Urlaub. Wie wär's mit einem Kampfsporttraining?« Als sie sah, wie Kim bei der Vorstellung von zusätzlichen schweißtreibenden Sporteinheiten das Gesicht verzog, fügte sie schnell hinzu: »Na gut. Vielleicht reicht ja auch ein normaler Detektivworkshop. Wir wollten doch sowieso unseren Gutschein einlösen.«
Kim schlug sich mit der Hand gegen die Stirn. »Stimmt! Den haben wir ja total vergessen. Kein Wunder, bei der ganzen Aufregung.«
»Gute Idee«, sagte Marie. »Am besten fragen wir Kommissar Peters gleich selbst.« Sie warf einen Blick auf ihre Armbanduhr und grinste. »In zehn Minuten müsste er da sein.«
»Was?«, riefen Kim und Franzi gleichzeitig,
Marie zupfte seelenruhig eine Fluse von ihrem neuen senffarbenen Minirock, der perfekt zu ihrem Longshirt und ihrem Haargummi passte. »Kleine Überraschung! Kommissar Peters hat mich vorhin angerufen und gefragt, ob er uns spontan einladen dürfte. Da hab ich natürlich nicht Nein gesagt.«

»Super!«, freute sich Kim. »Zum Glück haben wir die Rechnung noch nicht bezahlt.«
Die drei !!! kicherten, doch Franzi wurde schnell wieder ernst. »Ich möchte endlich wissen, wie es den armen Tieren geht. Und warum der Zoodirektor immer noch frei herumläuft.«
Marie sah zur Eingangstür des Cafés hinüber. »Gleich wissen wir mehr.«
Kommissar Peters steuerte mit energischen Schritten auf die Detektivinnen zu. »Gratulation noch mal zu eurer tollen Arbeit!«, sagte er und begrüßte jede einzeln mit Handschlag. Dann ließ er sich in einen Sessel fallen. »Nur euch haben wir es zu verdanken, dass wir die Bande gefasst haben. Ich weiß schon gar nicht mehr, was ich ohne euch machen würde!«
»Sie übertreiben mal wieder«, widersprach Marie, sonnte sich aber sichtlich im Lob des Kommissars.
Kim und Franzi warfen sich einen triumphierenden Blick zu. Vor drei Wochen hatte sich das noch ganz anders angehört! Da hätte der Kommissar sie am liebsten an die kurze Leine genommen, damit sie auch ja nichts Gefährliches unternahmen.
»Habt ihr schon was bestellt?«, fragte Kommissar Peters. »Schön! Aber eure Tassen sind ja fast leer. Was hättet ihr gerne? Noch mal Kakao oder lieber Cola?«
»Cola!«, riefen Kim, Franzi und Marie wie aus einem Mund. Der Kommissar gab die Bestellung auf und trank auch ein Glas mit. Klirrend stießen sie mit ihren Gläsern an und tranken jeder einen Schluck.

»Wie weit sind denn inzwischen die Ermittlungen?«, erkundigte sich Franzi. »Ist der Fall jetzt abgeschlossen?«
»So gut wie«, antwortete Kommissar Peters. »Alex, Zeno, Flo und Lutz haben gestanden. Bei Helmut Keller hat es etwas länger gedauert, aber am Ende hat er auch ein Geständnis abgelegt. Außerdem ist es uns gelungen, weitere wichtige Drahtzieher des Schmugglerrings aufzuspüren und festzunehmen. Noch mal tausend Dank! Ihr habt da einen ziemlich großen Fisch für uns geangelt.«
»Hat Spaß gemacht«, sagte Marie. »Auch wenn wir mit unserem Personenschutz ziemlich wenig … äh … Handlungsspielraum hatten.« Die Anspielung auf Kay und Martin konnte sie sich einfach nicht verkneifen.
Der Kommissar nahm es mit Humor. »Ich weiß, das hat euch nicht gefallen, aber es musste sein. Ich bin schließlich für eure Sicherheit verantwortlich.«
»Und was ist jetzt mit dem Zoodirektor?«, hakte Kim nach. »Haben Sie den auch gefasst?«
Kommissar Peters schüttelte den Kopf. »Nein, der Direktor ist tatsächlich völlig unschuldig. Er ist ein engagierter Tierschützer und war selbst auf der Spur der Tierschmuggler. Der Vertrag war nur ein Köder. Damit wollte er die Bande überführen, aber wir sind ihm dann ja zuvorgekommen.«
Die drei !!! sahen sich verblüfft an. »Und wir waren fest davon überzeugt, dass er mit drinhängt!«, sagte Franzi. »So kann man sich täuschen.«
»Macht euch nichts draus, das geht mir auch oft so«, sagte der Kommissar. Da klingelte sein Handy. »Peters? … Ja … alles klar. Ich bin sofort da.« Er steckte das Handy wieder

ein. »Tut mir leid, ich würde gern noch weiter mit euch quatschen, aber ich muss leider los. Die Pflicht ruft!« Er zahlte an der Bar und schon war er weg.
Kim stöhnte. »Jetzt konnten wir ihn wieder nicht fragen wegen des Workshops! Na ja, dann müssen wir ihn eben anrufen.«
»Unbedingt«, sagte Franzi, die wieder an die armen Tiere denken musste.
»Kommt, lasst uns noch mal anstoßen!«, rief Marie, aber sie kamen nicht dazu, weil zwei Jungen auf sie zustürmten.
»Seid ihr die drei !!!? Können wir ein Autogramm haben?«, fragten sie aufgeregt.
Kim runzelte die Stirn. »Woher kennt ihr uns denn? Geht ihr mit meinen Brüdern Ben und Lukas in die Klasse?«
Die Knirpse nickten eifrig. »Ja, genau!«, sagte der eine. »Ben und Lukas haben uns auch verraten, wo wir euch finden.«
Kim verdrehte die Augen. Warum konnte kein Tag vergehen, an dem ihre Zwillingsbrüder nicht nervten oder irgendeinen Blödsinn anstellten?
»Kriegen wir jetzt bitte ein Autogramm?«, drängelte der andere Junge.
Franzi musste lachen. »Ja, ihr bekommt eins, ihr Nervensägen!« Sie zog eine Visitenkarte aus ihrem Geldbeutel und kritzelte ihren Namen auf die Rückseite. Dann reichte sie die Karte an Kim und Marie weiter. Als alle unterschrieben hatten, zogen die Jungen freudestrahlend ab.
»Ich glaube, ich muss dringend ein ernstes Wörtchen mit meinen Brüdern reden«, sagte Kim. »Die sollen es nicht übertreiben mit ihrer Mundpropaganda.«

Marie winkte ab. »Lass sie doch! Ist doch gar nicht so schlecht, ein Star zu sein.«

»Darauf kann ich gern verzichten«, sagte Kim. Sie hatte mit dem Showbiz noch nie viel am Hut gehabt. Außerdem kannte sie ihre Brüder leider viel zu gut: Womöglich kamen sie noch auf die Schnapsidee, einen Autogrammkarten-Service aufzumachen, um damit ihr Taschengeld aufzubessern. Das Chaos, das sie damals mit dem Valentins-Service veranstaltet hatten, hatte Kim noch lebhaft in Erinnerung.

Kim war völlig in ihren Gedanken versunken, da kam plötzlich Sina an den Tisch. »Toll, dass ich euch treffe!«, begrüßte sie die Detektivinnen. »Ich wollte mich noch mal bei euch bedanken, dass ihr mich nicht bei meinem Vater verpetzt habt. Das vergesse ich euch nie!«

Franzi lächelte. »Schon gut! War doch selbstverständlich. Wie geht es denn deinem Vater? Hat er jetzt eingesehen, dass er keine exotischen Tiere in der Wohnung halten darf?«

Sina nickte. »Ja, hat er! Ich hab nämlich mit ihm gesprochen und ihm alles erzählt, was ihr mir gesagt habt. Dass die armen Tiere leiden und dass es nur noch ganz wenige von ihnen gibt und so …«

»Und, hat es gewirkt?«, fragte Kim gespannt.

Sina nickte wieder. »Er hat es sofort eingesehen, aber er hatte sich schon vorher freiwillig bei der Polizei gemeldet. Er wollte nicht, dass Florentine Emilio noch mal beißt, und er wollte auch nicht, dass unsere Tiere krank werden. Die Leute bei der Polizei waren total nett. Papa musste nur eine Strafe zahlen und durfte wieder gehen.«

»Das sind ja gute Nachrichten!«, sagte Franzi erleichtert.

»Und wo sind eure Tiere jetzt?«
»Papa hat sie alle abgegeben«, erzählte Sina. »Sie haben ein schönes neues Zuhause im Zoo. Ihr könnt sie gerne dort besuchen.«
»Das machen wir ganz bestimmt«, versicherte Franzi. Bei der Gelegenheit konnten sie auch gleich bei Moritz, dem Reptilienpfleger, vorbeischauen und ihm erklären, warum sie damals tatsächlich im Zoo gewesen waren.
Marie hob ein zweites Mal ihr Glas. »Darauf müssen wir jetzt aber wirklich anstoßen. Auf die glücklichen Tiere!«

Maja von Vogel

VIP-Alarm

Die drei !!! VIP-Alarm

Jubel im Hauptquartier	149
Ab in den Süden	159
Über den Wolken	166
Der reine Wahnsinn	173
Panik am Pool	181
Heimlicher Hilferuf	192
Zaras Geschichte	203
Freiheit für die Prinzessin	213
Schock am frühen Morgen	222
Schwierige Suche	228
Reporter-Alarm!	236
Nachts am Strand	247
Die Felseninsel	255
Rettendes Feuer	264
Wahre Liebe	273

Jubel im Hauptquartier

Es regnete, als Kim in den Schotterweg einbog, der zum Haus von Franzis Eltern führte. Rechts und links standen hohe Bäume, von denen das Wasser tropfte. Kim zog sich ihre Kapuze tiefer in die Stirn, weshalb sie die riesige Pfütze vor sich auf dem Weg leider zu spät bemerkte. Sie konnte nicht mehr ausweichen und fuhr mitten hindurch. Das Wasser spritzte nach allen Seiten.
»So ein Mist!«, fluchte Kim. »Jetzt hab ich auch noch nasse Füße! Ich hätte den Bus nehmen sollen.«
Kims Jeans war bereits völlig durchnässt und auch durch ihre Regenjacke, ein älteres, ziemlich abgetragenes Modell, drang allmählich die Feuchtigkeit. Leise vor sich hin schimpfend radelte sie das letzte Stück und atmete erleichtert auf, als das kleine, rote Backsteinhaus mit den dunkelblau gestrichenen Fensterläden vor ihr auftauchte, in dem ihre Freundin Franzi mit ihrer Familie wohnte. Kim fuhr auf den Hof und lehnte das Rad gegen die Hauswand. Statt an der Tür zu klingeln, ging sie einmal um das Gebäude herum und steuerte direkt auf den alten Pferdeschuppen zu, der hinter dem Haus lag. Von außen machte der Schuppen einen total unscheinbaren Eindruck. Niemand hätte vermutet, dass sich im Inneren ein gemütlich eingerichteter Raum befand, der gleichzeitig das Hauptquartier des Detektivclubs *Die drei !!!* war. Kim, Franzi und ihre gemeinsame Freundin Marie, das dritte Mitglied des Detektivclubs, hatten den Pferdeschuppen in mühevoller Kleinarbeit entrümpelt, geputzt und für

ihre Zwecke eingerichtet. Es gab einen Tisch mit drei Stühlen, an dem die drei !!! ihre Club-Treffen abhielten und über neue Fälle diskutierten, einen Bürocontainer mit einer abschließbaren Schublade für Wertgegenstände, der die gesamte Detektivausrüstung des Clubs enthielt, sowie eine alte Pferdekutsche mit Klapp-Verdeck. Hierhin zogen sich die drei !!! zurück, wenn sie etwas ausgesprochen Geheimes zu besprechen hatten.

Kim stieß die Schuppentür auf und floh erleichtert aus dem Regen ins warme und trockene Hauptquartier.

»Wie siehst du denn aus?« Franzi saß bereits am Tisch und blätterte in einer Pferdezeitschrift. Sie liebte Pferde – besonders ihr eigenes Pony Tinka. »Du bist ja klitschnass!«

»Es regnet draußen, falls du es noch nicht bemerkt haben solltest.« Kim schlüpfte aus ihrer tropfenden Jacke und hängte sie an einen Haken neben der Tür. Dann fuhr sie sich durch ihre kurzen, dunklen Haare, die trotz der Kapuze ziemlich nass geworden waren.

»Bist du etwa mit dem Fahrrad gekommen?«, fragte Franzi ungläubig. »Bei dem Wetter?«

Kim nickte und tat so, als wäre das völlig selbstverständlich. »Klar. Ein bisschen Bewegung hat schließlich noch niemandem geschadet.«

Franzi starrte Kim an. »Wer sind Sie? Und wo haben Sie meine Freundin Kim gelassen? Ich meine die Kim, die sich nur bewegt, wenn es unbedingt sein muss. Die Sport hasst wie die Pest und lieber Schokolade futtert, anstatt Kalorien zu zählen. Möchtest du übrigens ein Stück?« Franzi schob Kim einen Teller mit Vollmilch-Nuss-Schokolade hin.

Kim ließ sich auf einen Stuhl fallen und grinste. »Gerne.« Sie nahm sich ein großes Stück Schokolade, schob es sich in den Mund und schloss genießerisch die Augen.
»Ein Glück!«, seufzte Franzi in gespielter Erleichterung. »Du bist nicht von Aliens entführt und gegen einen Klon ausgetauscht worden.«
»Keine Sorge, ich bin noch die Alte«, beruhigte Kim ihre Freundin. »Ich hab nur leider heute früh beim Anziehen festgestellt, dass mir die meisten Hosen aus meinem Kleiderschrank nicht mehr passen.« Kim seufzte. »Offenbar hab ich in letzter Zeit ein bisschen zu viele Süßigkeiten gefuttert.«
Kim liebte Süßes über alles. Schokolade, Kuchen und Gummibärchen konnte sie einfach nicht widerstehen. Vor allem, wenn sie Liebeskummer hatte oder ihre Kombinationsgabe als Kopf der drei !!! gefragt war, brauchte sie jede Menge Zucker als Energielieferant. Liebeskummer hatte sie in letzter Zeit zwar keinen gehabt – ihr Freund Michi war superlieb und hatte für (fast) alles Verständnis –, aber die kniffligen Fälle, mit denen die drei !!! in den vergangenen Monaten beschäftigt gewesen waren, hatten Kims ganze Kraft und Konzentration gefordert. Nachdem sie im Herbst das Geheimnis der alten Nebelmühle aufgeklärt hatten, war ihnen zuletzt eine skrupellose Tierschmugglerbande ins Netz gegangen. Kein Wunder, dass Kim jede Menge Nervennahrung gebraucht hatte. Aber die kleinen Pölsterchen auf ihren Hüften, gefielen ihr ganz und gar nicht.
Unzufrieden zupfte Kim an ihrer Jeans herum. »Das ist die einzige Hose, die noch nicht kneift. So geht es einfach nicht weiter! Darum werde ich mich ab sofort mehr bewegen.«

»Super!« Franzi schlug die Pferdezeitschrift zu. »Wir können ja mal wieder zusammen joggen gehen. Oder skaten. Ich könnte dir meine alten Skates leihen, die passen dir bestimmt.«

Kim verzog das Gesicht. »Lieber nicht. Bei meinem Gleichgewichtssinn lande ich sofort auf dem Hintern. Und Joggen ist mir irgendwie zu stressig. Ich versuche lieber, meine täglichen Bewegungseinheiten in den Alltag einzubauen. Fahrrad fahren statt Bus, Treppen steigen statt Fahrstuhl und so weiter.«

»Aha.« Franzi machte ein skeptisches Gesicht. »Und du meinst, das bringt was?«

Kim nickte überzeugt. »Na klar! In der letzten *Sweet* stand, dass man beim Treppensteigen innerhalb von fünfzehn Minuten hundert Kalorien verbraucht.«

Franzi schnaubte verächtlich. »Kein normaler Mensch steigt eine Viertelstunde lang Treppen. Es sei denn, du wohnst ganz oben in einem Hochhaus.«

Kim fuhr unbeirrt fort. »Eine halbe Stunde Putzen verbrennt 114 Kalorien – und jetzt halt dich fest: Man verbraucht sogar beim Fernsehen Kalorien! In einer Stunde 68 Stück. In zehn Stunden sind das 680 Kalorien! Ist das nicht irre?«

»Die neue Fernseh-Diät!« Franzi grinste. »Heißt das, du willst in Zukunft zehn Stunden täglich vor dem Fernseher verbringen?«

Kim schüttelte den Kopf. »Natürlich nicht. Aber vielleicht sollte ich mal wieder eine Putzaktion in meinem Zimmer starten …«

Franzi warf einen Blick auf ihre Armbanduhr. »Verbraucht

man beim Warten eigentlich auch Kalorien? Dann müssten wir inzwischen echte Model-Figuren haben. Marie kommt mal wieder zu spät – wie immer.«

»Reg dich nicht auf.« Kim nahm sich noch ein Stück Schokolade. Da sie gerade beim Radfahren mindestens hundert Kalorien verbrannt hatte, konnte sie sich jetzt eine klitzekleine Sünde leisten. »Marie ist bestimmt gleich da. Du kennst sie doch.«

»Eben!« Franzi trommelte ärgerlich mit den Fingern auf der Tischplatte herum. »Ständig lässt sie uns warten! Ich finde das echt unverschämt.«

»So schlimm ist es nun auch wieder nicht.« Kim kannte Franzis aufbrausende Art und versuchte, sie zu besänftigen, bevor sie sich total in ihre schlechte Laune hineinsteigerte. »Außerdem bist du auch nicht gerade die Pünktlichste. Wenn ich mich richtig erinnere, haben wir letzte Woche im *Café Lomo* über eine halbe Stunde auf dich gewartet.«

»Ja, stimmt«, gab Franzi zu. Sie war zwar ziemlich temperamentvoll, konnte aber ohne Probleme einen Fehler zugeben. Seufzend stützte sie den Kopf in die Hände. »Wahrscheinlich bin ich nur so genervt, weil wir noch keinen neuen Fall haben. Es ist echt langweilig, immer nur hier oder im *Café Lomo* abzuhängen. Ich will endlich mal wieder etwas tun! Bei dem Mistwetter kann man ja nicht mal ausreiten. Wenn ich daran denke, dass nächste Woche die Osterferien anfangen, wird mir ganz schlecht. Wahrscheinlich sterbe ich vor Langeweile.«

»Ich weiß genau, was du meinst.« Kim nickte. »Ferien ohne einen neuen Fall sind echt öde. Aber nur weil wir gerade

nicht mit Ermittlungen beschäftigt sind, heißt das noch lange nicht, dass wir untätig herumsitzen müssen. Wir könnten zum Beispiel mal wieder das Hauptquartier putzen. Oder die Zeitungsartikel über unseren Detektivclub sortieren. Inzwischen haben wir schon so viele gesammelt, dass wir eine richtige Pressemappe anlegen können. Was hältst du davon?«
Kims Augen leuchteten. Sie war sehr ordentlich und liebte es, Unterlagen zu ordnen und zu archivieren. Darum war sie auch für das Detektiv-Tagebuch der drei !!! zuständig, in dem sie jeden Fall sorgfältig dokumentierte.
»Muss das sein?« Franzi verzog das Gesicht. »Ehe ich putze, sterbe ich lieber vor Langeweile.«
Bevor Kim etwas erwidern konnte, flog die Tür auf und Marie betrat das Hauptquartier. Sofort erfüllte ein leichter Maiglöckchenduft den Raum. Maries Lieblingsparfum duftete wie eine Frühlingswiese.
»Hallo, Leute!« Marie lächelte ihren Freundinnen zu und schloss den pinkfarbenen Schirm, der perfekt zu ihrem ebenfalls pinkfarbenen Regenmantel passte.
»Schön, dass du auch noch kommst«, sagte Franzi etwas säuerlich. »Wir waren um drei verabredet, nicht um halb vier.«
»Sorry, ich hab's nicht eher geschafft.« Marie zog ihren Regenmantel aus. Darunter kam ein hellgrünes Minikleid zum Vorschein, zu dem sie farblich passende Ballerinas trug. »Aber dafür hab ich auch absolut spitzenmäßige Neuigkeiten.« Sie machte ein geheimnisvolles Gesicht.
»Bist du mit dem Bus gekommen?« Kim warf einen neidischen Blick auf Maries Schuhe, an denen kein einziger Schlammspritzer klebte.

Marie ließ sich auf dem dritten Stuhl nieder, warf ihre seidig schimmernden, blonden Haare über die Schulter zurück und zückte ihren Taschenspiegel, um ihr Make-up zu überprüfen. »Adrian hat mich hergefahren«, sagte sie beiläufig. »Ich hab ihn zufällig im Treppenhaus getroffen.«
»Und da hat er sich gleich ins Auto gesetzt, um den Chauffeur für dich zu spielen?« Kim zog ungläubig eine Augenbraue hoch.
Adrian war ein junger Schauspielschüler, der vor einer Weile mit seiner WG in das Haus gezogen war, in dem Marie gemeinsam mit ihrem Vater ein luxuriöses Penthaus-Appartement bewohnte. Erst hatte Marie ihn nicht ausstehen können, inzwischen waren sie und Adrian aber gute Freunde geworden. Wenn es nach Marie ginge, könnte auch durchaus mehr daraus werden …
»Er hatte gerade nichts anderes vor.« Marie steckte den Schminkspiegel weg und klimperte unschuldig mit ihren schwarz getuschten Wimpern. »Und er konnte den Gedanken einfach nicht ertragen, dass ich durch den Regen fahren muss und klitschnass werde. Aber eigentlich wollte ich euch etwas ganz anderes erzählen …«
»Na toll!« Kim zupfte missmutig an ihrer Jeans herum, die unangenehm feucht und kalt an ihren Beinen klebte. »Warum hab ich eigentlich nicht so einen zuvorkommenden Nachbarn?«
»Weil du dann nicht hundert Kalorien beim Radfahren verbraucht hättest.« Franzi steckte sich grinsend ein Stück Schokolade in den Mund. Ihr Ärger über Maries Verspätung war offenbar verraucht.

»Stimmt.« Beim Gedanken an ihre sportliche Höchstleistung hob sich Kims Laune augenblicklich wieder.
»Sagt mal, rede ich eigentlich mit der Wand?« Maries Stimme klang leicht gereizt. »Ich versuche die ganze Zeit schon, euch etwas zu erzählen. Könntet ihr mir vielleicht für eine Sekunde eure geschätzte Aufmerksamkeit schenken?«
»Natürlich.« Kim sah Marie neugierig an. »Was gibt's?«
»Hat Adrian dich etwa gerade im Auto geküsst?« Franzi riss die Augen auf. »Sag bloß, ihr seid jetzt zusammen!«
»Quatsch.« Marie winkte ab. »Wir haben nur ein bisschen herumgealbert, mehr ist nicht gelaufen. Leider ...« Sie seufzte. Es wurmte sie schon seit geraumer Zeit, dass es mit ihr und Adrian nicht so richtig voranging. Dann gab sie sich einen Ruck. »Aber jetzt zu meinen Neuigkeiten. Was habt ihr eigentlich in den Osterferien vor?«
»Nichts«, sagte Kim ohne Umschweife.
Franzi zog eine Grimasse. »Ich hatte gerade verdrängt, dass die vermutlich langweiligsten Ferien dieses Jahrhunderts vor mir liegen. Musstest du mich unbedingt daran erinnern?«
»Keine Sorge, Rettung naht.« Marie lächelte geheimnisvoll. »Was würdet ihr davon halten, wenn wir zusammen wegfahren? Raus aus diesem trüben Regenwetter und ab in den Süden, wo jeden Tag die Sonne scheint. Ein nettes Hotel am Meer mit Wellness-Bereich und Frühstücksbuffet, ein bisschen am Pool relaxen, am Strand spazieren gehen, ab und zu in die Sauna oder sich mal eine schöne Massage gönnen – na, wie klingt das?«
»Wie ein schöner Traum.« Franzi machte ein verzücktes Gesicht.

»Ein Traum, der leider niemals Wirklichkeit wird.« Kim seufzte. »Meine Eltern haben nicht genug Geld, um mir mal eben so einen Hotelurlaub im Ausland zu finanzieren.«
Franzis Miene verdunkelte sich wieder. »Mist, meine auch nicht. Und meine Ersparnisse reichen höchstens für einen Zelturlaub in unserem Garten.« Frustriert fuhr sie sich durch ihre roten Strubbelhaare, bis sie in alle Richtungen abstanden. »Ich fürchte, du musst ohne uns in den Süden fliegen, Marie.«
»Nein, muss ich nicht.« Marie machte eine spannungsgeladene Pause, bevor sie verkündete: »Ihr seid nämlich eingeladen! Eine Woche in einem Fünf-Sterne-Hotel an der französischen Riviera. Wellnessbereich, Frühstücksbuffet und Fünf-Gänge-Menü am Abend inklusive. Was sagt ihr jetzt?«
Franzi tippte sich gegen die Stirn. »Du spinnst!«
»Soll das ein verspäteter Aprilscherz sein?« Kim sah Marie mit gerunzelter Stirn an. »Wenn ja, finde ich ihn nämlich nicht besonders lustig.«
Eigentlich war es kein Problem für die drei !!!, dass Maries Vater reich war, während Kims und Franzis Eltern nur normal viel Geld verdienten. Helmut Grevenbroich war ein erfolgreicher Schauspieler, der durch seine Rolle als Kommissar Brockmeier in der Vorabendserie *Vorstadtwache* zu Geld und Ruhm gekommen war. Er las seiner Tochter Marie jeden Wunsch von den Augen ab und versorgte sie mit einem sehr üppigen Taschengeld. Normalerweise bildete sich Marie nichts darauf ein. Sie war sehr großzügig und hatte ihre Freundinnen schon oft zum Eisessen oder Shoppen eingeladen. Darum wurmte es Kim umso mehr, dass sich Marie

jetzt offenbar einen blöden Scherz auf Kosten ihrer Freundinnen erlaubte.

Marie verdrehte die Augen. »Das ist kein Scherz! Ich meine es ernst. Mein Vater dreht in den Osterferien einen Fernsehkrimi an der Côte d'Azur. Er will nicht, dass ich so lange allein zu Hause bleibe, darum soll ich mitkommen. Ich wollte aber nicht ohne euch verreisen und hab Papa deshalb überredet, euch einzuladen.«

Kim und Franzi starrten Marie mit offenem Mund an.

»Und dein Vater hat Ja gesagt?«, fragte Franzi ungläubig.

»So ein Hotelurlaub ist doch irre teuer«, fügte Kim hinzu.

»Und dann noch der Flug und das Essen …«

»Na ja, ein bisschen Überredungskunst war schon nötig.« Marie grinste verschmitzt. »Aber ihr wisst ja, dass Papa mir nichts abschlagen kann. Außerdem zahlt das meiste sowieso die Filmfirma, ihr braucht euch also keine Sorgen zu machen. Was ist, seid ihr dabei?«

»Da fragst du noch?«, kreischte Franzi. »Klar sind wir dabei!« Kim sprang auf und fiel Marie um den Hals.

»Na bitte«, sagte Marie zufrieden, während sie Kim auf den Rücken klopfte. »Ich wusste doch, dass ihr euch freuen würdet.«

»Freuen ist gar kein Ausdruck.« Kim ließ Marie los. Sie strahlte über das ganze Gesicht. »Eins sag ich euch: Das werden die besten Osterferien aller Zeiten!«

Ab in den Süden

»Südfrankreich? Das ist ja toll!« Michi griff nach Kims Hand und drückte sie. »Ich freu mich für dich.«
Zwei Tage später saß Kim mit Michi im *Café Lomo* an einem kleinen Tisch am Fenster. Sie tranken *Kakao Spezial* mit Vanillearoma, Kims absolutes Lieblingsgetränk. Der Regen klatschte gegen die Scheiben, und obwohl es erst kurz nach fünf war, herrschte draußen ein ungewisses Zwielicht, sodass die Autos auf der Straße mit Licht fahren mussten. Umso gemütlicher war es im *Café Lomo*, wo auf den Tischen die Kerzen flackerten, im Hintergrund leise Musik lief und das Stimmengewirr der Gäste den Raum erfüllte.
Kim genoss es, Michis warme Hand um ihre kalten Finger zu spüren. Sie lächelte ihm zu. »Du bist echt lieb! Ich hatte schon Angst, du wärst vielleicht sauer, weil ich ohne dich wegfahre.«
Michi runzelte die Stirn und schien kurz nachzudenken. »Stimmt – jetzt, wo du's sagst …« Dann lachte er. »Quatsch! Ich find's gut, wenn du dich in den Ferien ein bisschen erholst und mit deinen Freundinnen Spaß hast. Auch wenn ich dich natürlich jede Sekunde vermissen werde …«
Er drückte einen Kuss auf Kims Handrücken und Kim bekam eine Gänsehaut. Obwohl sie schon seit über einem Jahr mit Michi zusammen war, flatterten immer noch Schmetterlinge in ihrem Bauch herum, wenn sie sich küssten. Michi war einfach ihr absoluter Traumtyp!
»Meine Eltern haben die Reise zum Glück schon erlaubt«,

erzählte Kim. »Mama war es erst etwas unangenehm, dass Herr Grevenbroich alles bezahlen will, aber dann hat sie mit ihm telefoniert und schließlich doch Ja gesagt. Ostermontag geht's los. Wir fliegen nach Nizza und fahren von dort aus mit einem Mietwagen weiter. Das Hotel liegt etwa eine Stunde von Nizza entfernt direkt am Meer. Drum herum nichts als Strand, Meer und ein großer Palmengarten. Die Gäste sollen in der Abgeschiedenheit zur Ruhe kommen und sich abseits des Touristentrubels erholen. Willst du mal sehen?« Sie kramte in ihrer Umhängetasche nach dem Info-Material, das sie gestern Abend aus dem Internet ausgedruckt hatte.

»Klar, gerne.« Michi studierte aufmerksam die Unterlagen, die Kim ihm hinhielt. Dann pfiff er anerkennend durch die Zähne. »Ganz schön chic! Scheint ein echter Nobel-Schuppen zu sein.« Er betrachtete das Foto eines weißen, schlossähnlichen Gebäudes, hinter dem das blaue Mittelmeer glitzerte. Im Vordergrund standen Palmen und über dem von Säulen eingerahmten Eingang stand in verschnörkelten Buchstaben *Hôtel d'Azur*.

Kim zeigte auf ein anderes Blatt. »Es gibt einen riesigen Wellness-Bereich mit mehreren Saunen, Dampfbädern und einem großen Ruheraum. Man kann auch Massagen und Kosmetikbehandlungen buchen, aber das kostet extra. Außerdem hat das Hotel einen echten Gourmet-Koch, der für die Gäste jeden Abend ein Fünf-Gänge-Menü zubereitet. Ist das nicht irre?« Kims Augen leuchteten, als sie an all die Köstlichkeiten dachte, zwischen denen sie bei den Mahlzeiten sicherlich auswählen konnten. Dann fielen ihr die zu engen Hosen aus ihrem Kleiderschrank ein und sie verzog das Gesicht. »Vielleicht sollte ich meine Laufschuhe einpacken und zwischendurch eine Runde am Strand joggen. Sonst bin ich am Ende des Urlaubs kugelrund.«

»Unsinn.« Michi schüttelte den Kopf. »Hör endlich auf, dich wegen deines Gewichts verrückt zu machen. Du hast eine tolle Figur!«

»Findest du?« Kim seufzte. »Na ja, immerhin bin ich heute schon mit dem Fahrrad zur Schule gefahren und hab mir meinen üblichen Pausen-Schokoriegel verkniffen. Wenn ich so weitermache, kann ich mich bis zum Urlaub vielleicht sogar wieder im Badeanzug sehen lassen. Zum Hotel gehört nämlich nicht nur ein hauseigener Privatstrand, sondern auch ein großer Pool. Stell dir vor, in Südfrankreich sind zurzeit fünfundzwanzig Grad und man kann sogar schon im Meer baden!«

»Das ist natürlich etwas völlig anderes als dieser blöde Dauerregen hier. Wenn du wiederkommst, bist du bestimmt total braun gebrannt und richtig gut erholt.« Michi lächelte etwas wehmütig. »Wahrscheinlich verschwendest du nach einem Tag in dieser Luxus-Umgebung keinen Gedanken mehr an mich.«

»So ein Quatsch!« Kim schüttelte empört den Kopf. »Ich schreibe dir jeden Tag eine SMS, mindestens.«

»Versprochen?«, fragte Michi.

»Ich schwöre es bei meiner Ehre als Detektivin«, verkündete Kim feierlich. Dann besiegelten sie und Michi den Schwur mit einem langen Kuss.

»Wo bleiben denn Marie und ihr Vater?« Kim sah sich nervös um. »Sie sollten doch schon vor einer Viertelstunde hier sein.« In der Abflughalle des Flughafens herrschte am Ostermontag jede Menge Betrieb. Vor den Check-in-Schaltern hatten sich lange Schlangen gebildet und die Luft war von Lautsprecherdurchsagen, Kindergeschrei und dem Stimmengewirr der Reisenden erfüllt.
Franzi warf einen Blick zur Anzeigetafel über ihren Köpfen. »Keine Panik, unser Flug ist noch gar nicht aufgerufen worden. Wir haben noch jede Menge Zeit.«
»Vielleicht stehen sie im Stau.« Herr Jülich legte seiner Tochter beruhigend die Hand auf die Schulter. »Sie kommen bestimmt gleich.«
»Wenn du im Flugzeug Ohrenschmerzen bekommst, solltest du sofort etwas trinken, hörst du?«, ermahnte Frau Jülich ihre Tochter. »Das sorgt für den nötigen Druckausgleich. Sonst kann dein Trommelfell reißen und dauerhaft geschädigt werden.«
»Na toll, vielen Dank, Mama«, murmelte Kim. »Das ist wirklich sehr beruhigend.« Sie war sowieso schon total nervös, wie immer, wenn sie wegfuhr. Zu ihrem üblichen Reisefieber kam diesmal aber noch die Angst vor dem Flug hinzu, Kims allererstem Flug überhaupt. Was, wenn sie im Flugzeug Platzangst bekam? Oder ihr plötzlich schlecht wurde? Daran wollte sie lieber nicht denken – genauso wenig wie an Ohrenschmerzen und geplatzte Trommelfelle.
»Hast du ein Namensschild an deiner Reisetasche befestigt?«, fragte Frau Jülich. »Man hört doch ständig von Gepäck, das an den Flughäfen verloren geht.«

»Ja, Mama, hab ich.« Kim verdrehte die Augen. Am liebsten hätte sie sich jetzt schon von ihren Eltern verabschiedet, damit ihre Mutter nicht noch mehr Ermahnungen vom Stapel lassen konnte. Franzi hatte es gut – ihre Eltern waren nicht mit zum Flughafen gefahren, weil Herr Winkler Notdienst in seiner Tierarztpraxis hatte.

Nun kamen auch noch Ben und Lukas, Kims zehnjährige Zwillingsbrüder angerannt. Sie hatten sich an einer Snack-Bar jeder eine Portion Pommes geholt, die sie nun genüsslich verspeisten.

»Dürfen wir an deinen Computer, während du weg bist?«, fragte Ben mit vollem Mund.

Kim schüttelte den Kopf. »Auf keinen Fall! Mein Computer ist für euch tabu, klar?«

»Warum denn? Immer stellst du dich so an!«, nölte Lukas.

»Wir sind auch total vorsichtig, ja?«

Kim schaltete auf Durchzug. Sie beglückwünschte sich dazu, ihr Zimmer vorsichtshalber abgeschlossen zu haben. Der Schlüssel steckte sicher verwahrt in der Innentasche ihrer Jeansjacke, sodass die Zwillinge keine Chance hatten, ihre Computer-Tastatur mit Cola, Pizza oder Schokolade zu verschmieren – oder sogar die Datei mit ihrem geheimen Tagebuch zu öffnen, dem sie ihre persönlichsten Gedanken, Gefühle und Ängste anvertraute. Eine absolute Horrorvorstellung, dass die Zwillinge darin herumstöbern und sich über ihre Eintragungen lustig machen könnten …

»Da ist Marie!« Franzi begann wie eine Verrückte zu winken. Marie kam eilig durch die Abflughalle auf sie zu. Mit einigen Metern Abstand folgte ihr Vater, der sich mit zwei Koffern

und einer Reisetasche abschleppte. Marie hingegen trug nur ihr trendiges Fransen-Handtäschchen.
»Hallo allerseits!« Marie winkte in die Runde. »Sorry, wir haben uns etwas verspätet, aber ich musste noch packen. Ich konnte mich einfach nicht entscheiden, was ich mitnehmen soll, darum hab ich schließlich alles in den Koffer geworfen.«
Franzi grinste. »Typisch!«
Herr Grevenbroich stellte schnaufend das Gepäck ab und wischte sich den Schweiß von der Stirn. Während er Kims Eltern begrüßte, ertönte eine Lautsprecherdurchsage. Der Flug nach Nizza wurde aufgerufen.
»Wir müssen los, Mädchen.« Herr Grevenbroich griff nach den Koffern und der Reisetasche und steuerte auf den Check-in-Schalter zu. Es dauerte eine Weile, bis sie ihr Gepäck aufgegeben hatten. Vor der Sicherheitskontrolle verabschiedete sich Kim von ihrer Familie.
»Pass auf dich auf, mein Schatz, ja?« Frau Jülich drückte ihre Tochter so fest an sich, als wollte sie sie nie mehr loslassen. »Und keine gefährlichen Aktionen, versprochen?«
»Jaja.« Kim versuchte, sich aus der klammernden Umarmung ihrer Mutter zu befreien. Frau Jülich hatte Tränen in den Augen. Bei Abschieden reagierte sie immer wahnsinnig emotional.
»Keine Sorge, ich kümmere mich schon um die Mädchen«, sagte Herr Grevenbroich. »Ich verspreche Ihnen, dass ich Kim heil zurückbringe.«
»Da bin ich aber beruhigt.« Frau Jülich lächelte Maries Vater dankbar an und wischte sich eine Träne aus dem Augenwinkel.

»Tschüss, Planschkuh!«, rief Lukas.
»Kriegen wir deinen Computer, wenn das Flugzeug abstürzt?«, fragte Ben mit unschuldiger Miene.
»Ben!« Frau Jülich sah ihren Sohn entsetzt an. »So etwas darfst du nicht sagen!«
»Genau. Flugzeuge stürzen nur ganz selten ab.« Lukas grinste. »Aber wenn, sind meistens alle Passagiere tot.«
Kim spürte, wie ihr flau im Magen wurde. Sie klammerte sich am Riemen ihrer Umhängetasche fest. »Ich muss jetzt los«, murmelte sie und umarmte schnell noch ihren Vater, bevor sie Franzi und Marie durch die Sicherheitsschranke folgte.

Über den Wolken

»Isst du den nicht mehr?« Franzi zeigte auf den Müsliriegel, der vor Kim auf dem Klapptisch lag.
Kim schüttelte den Kopf. »Du kannst ihn gerne haben.«
Sie hatte die Tüte mit den Snacks, die die Stewardess an alle Passagiere verteilt hatte, kaum angerührt. Von dem belegten Brötchen hatte sie nur einen Bissen genommen. Danach war ihr so schlecht geworden, dass sie es gleich wieder weggelegt hatte. Kim nippte an ihrem Mineralwasser und versuchte nicht daran zu denken, dass sie mit hundert anderen Menschen in einer engen Blechbüchse eingeschlossen war, aus der es kein Entkommen gab. Was, wenn ein Feuer an Bord ausbrach? Wo waren noch mal die Notausgänge? Warum hatte sie bloß vorhin bei den Sicherheitshinweisen nicht besser aufgepasst? Kim begann zu schwitzen und die Luft schien plötzlich knapp zu werden. Es kam ihr so vor, als würde das Innere des Flugzeuges immer mehr zusammenschrumpfen.
»Alles in Ordnung?« Marie, die den Gangplatz in der Dreierreihe hatte, sah besorgt zu Kim hinüber.
Kim nickte tapfer. »Geht schon. Ist es noch weit?«
Marie sah auf die Uhr. »Es dauert nicht mehr lange. Höchstens noch eine Dreiviertelstunde bis zur Landung. Ich schätze, wir sind so gegen drei im Hotel. Was haltet ihr davon, wenn wir nach dem Auspacken gleich in den Pool springen?«
»Au ja!« Franzi nickte begeistert. »Ich freu mich schon total auf den Pool und das Meer. Da kann ich mich endlich mal wieder so richtig auspowern!«

Marie lehnte sich in ihrem Sitz zurück. »Ich freue mich am meisten auf den Wellnessbereich. Erst eine schöne Massage und dann in der Sauna relaxen – herrlich! Was ist mit dir, Kim? Worauf freust du dich?«
»Wahrscheinlich aufs Essen.« Franzi kicherte. »Wie ich Kim kenne, futtert sie sich morgens erst mal quer durch das Frühstücksbuffet. Rosinenbrötchen, Schokocroissants und natürlich jede Menge Marmelade und Nutella.«
Kim merkte, wie sich ihr allein bei dem Gedanken an etwas Essbares beinahe der Magen umdrehte. Sie schloss kurz die Augen und versuchte, die aufsteigende Übelkeit zurückzudrängen. »Unsinn«, sagte sie schwach. »Im Gegensatz zu dir muss ich leider auf meine Figur achten und kann nicht essen, was ich will, ohne auch nur ein Gramm zuzunehmen. Ich freue mich am meisten darauf, in aller Ruhe den Krimi zu lesen, den ich mir letzte Woche aus der Bücherei ausgeliehen habe.«
»Lesen – wie langweilig!« Franzi verzog das Gesicht.
»Wir werden schon alle drei unseren Spaß haben«, sagte Marie versöhnlich. »Jede auf ihre Art.«
Eine halbe Stunde später kündigte der Kapitän die Landung an. Kim stieß einen erleichterten Seufzer aus. Bald hatte sie es überstanden. Sie konnte es kaum erwarten, endlich aus dieser schrecklichen Blechkiste herauszukommen. Es war ihr völlig schleierhaft, warum manche Leute so versessen aufs Fliegen waren.
Bevor das Flugzeug zur Landung ansetzte, flog es noch eine Runde über dem Meer. Beim Anblick des azurblauen Wassers und der Küste mit ihren langen Stränden vergaß Kim

fast ihre Übelkeit. Auf dem Wasser dümpelten kleine Boote, die von hier oben fast wie die Spielzeugboote aussahen, mit denen Ben und Lukas früher in der Badewanne gespielt hatten.

»Wahnsinn!«, hauchte Franzi, die an Kim vorbei aus dem Fenster sah.

Dann begann plötzlich der Sinkflug und Kims Magen krampfte sich zusammen. Sie versuchte, ganz ruhig ein- und auszuatmen, und fingerte nervös an der Papiertüte herum, die sie vorsichtshalber aus der Tasche am Vordersitz gezogen hatte. Hoffentlich musste sie sich nicht vor allen Passagieren übergeben – das wäre wirklich superpeinlich.

Aber Kim schaffte es, sich abzulenken, indem sie ganz fest an Michi dachte. Und dann war es auch schon vorbei. Das Flugzeug setzte auf der Landebahn auf und rollte in seine endgültige Parkposition.

Nachdem die drei !!! und Herr Grevenbroich ausgestiegen waren und ihr Gepäck geholt hatten, kümmerte sich Maries Vater um den Mietwagen, den die Produktionsfirma seines neuen Films für ihn vorbestellt hatte. Die drei !!! warteten solange vor dem Flughafengebäude. Kim sog die milde südfranzösische Luft ein, die leicht nach Pinien, Lavendel und Meer roch. Es wehte ein lauer Wind und in der Sonne war es so warm, dass Kim ihre Jeansjacke auszog. Vor dem Flughafen standen hohe Palmen, deren grüne Wedel sich gegen den blauen Himmel abzeichneten.

»Irre – das ist wirklich eine andere Welt.« Franzi sah sich staunend um. »Kaum zu glauben, dass wir noch vor ein paar Stunden zu Hause im Nieselregen herumgelaufen sind.«

»Stimmt.« Marie setzte ihre Sonnenbrille auf. »Ich liebe das südfranzösische Klima. Ich glaube, später lasse ich mich mal an der Côte d'Azur nieder. So wie Brad Pitt und Angelina Jolie. Wenn ich erst mal eine berühmte Schauspielerin bin, kann ich mir bestimmt auch eine dieser tollen Villen mit Pool leisten, die es hier überall an der Küste gibt. Vielleicht irgendwo in der Nähe von St. Tropez, da soll es sehr hübsch sein.«

Marie bereitete sich schon seit Jahren auf eine Karriere als Sängerin oder Schauspielerin vor, indem sie Gesangs- und Schauspielunterricht nahm und in der Theater-AG des Jugendzentrums mitspielte. Sie hatte auch schon mal eine Rolle in einem richtigen Theaterstück gehabt. Es war nur eine Statistenrolle gewesen, aber immerhin. Marie glaubte fest daran, irgendwann den Durchbruch zu schaffen.

»Willst du vor oder nach deinem ersten Oskar umziehen?« Franzi zwinkerte Kim zu. Sie zog Marie gerne ein bisschen mit ihren Ambitionen auf, aber im Grunde zweifelten weder sie noch Kim daran, dass Marie ihr Ziel erreichen würde. Talent hatte sie mehr als genug – und den nötigen Ehrgeiz sowieso.

Marie zuckte mit den Schultern. »Das ist mir egal.« Sie zeigte auf eine silberfarbene Limousine, die gerade vorfuhr. »Da ist Papa!«

Die Fahrt zum Hotel verging wie im Flug (nur dass Kim längst nicht so übel war). Herr Grevenbroich lenkte den großen Wagen sicher durch den Stadtverkehr und bog dann auf die Küstenstraße ein. Kim sah träge aus dem Fenster, hinter dem Strände mit bunten Sonnenschirmen, Palmen, Häuser und Hotels dahinglitten. Franzi hatte recht – es war wirklich eine andere Welt. Und Kim freute sich darauf, sie gemeinsam mit ihren Freundinnen zu entdecken. Wenn sie nur nicht so müde gewesen wäre ...

Kim erwachte, als der Wagen zum Stehen kam. Offenbar war sie kurz eingenickt. Müde rieb sie sich die Augen.

»Aufwachen, du Schlafmütze!«, rief Franzi. »Wir sind da!«

Marie und Franzi sprangen aus dem Auto, während Kim noch ausgiebig gähnte und langsam ihre Sachen zusammensuchte. Plötzlich wurde die Wagentür neben ihr aufgerissen und ein braun gebranntes Gesicht erschien.

»*Bonjour et bienvenue à l'*Hôtel d'Azur«, sagte ein Junge in sehr melodisch klingendem Französisch.

Kim zuckte zusammen und ließ vor Schreck ihre Umhängetasche fallen. Die Tasche landete neben dem Auto auf dem Boden und ihr gesamter Inhalt kullerte über das Pflaster.

»Mist!«, entfuhr es Kim. Sie sprang aus dem Auto, um ihre Habseligkeiten wieder einzusammeln.

»*Je peux vous aider, Mademoiselle?*«, fragte der Junge.

Kim verstand kein Wort. Zwar hatte sie auf dem letzten Zeugnis eine glatte Zwei in Französisch gehabt, aber ihre Lehrerin sprach auch längst nicht so schnell wie dieser Typ.

»Äh – *pardon?*«, stammelte Kim hilflos.

»Du bist Deutsche, stimmt's?«, fragte der Junge und kniete sich neben Kim. Er hatte einen leichten Akzent, konnte aber offenbar ziemlich gut Deutsch.

Kim nickte und stopfte schnell ihren Notfall-Schokoriegel und die Spucktüte, die sie sicherheitshalber aus dem Flugzeug mitgenommen hatte, zurück in ihre Tasche.

»Ich heiße Sandro«, stellte sich der Junge vor. Er trug eine dunkelblaue Uniform mit roten Knöpfen und eine farblich dazu passende Mütze und konnte höchstens ein paar Jahre älter als die drei !!! sein. Offenbar war er so eine Art Hotelboy. »Herzlich willkommen im *Hôtel d'Azur*.«
»Danke.« Kim nahm ihre Tasche und stand auf. »Arbeitest du hier?«
Sandro nickte. Er deutete auf einen anderen Hotelboy, der gerade das Gepäck aus dem Kofferraum holte. »Ich muss meinem Kollegen helfen. Sag einfach Bescheid, wenn du irgendetwas brauchst.« Er schenkte Kim ein strahlendes Lächeln, bevor er sich dem Gepäck widmete.
»Süßer Typ«, stellte Marie fest, die plötzlich neben Kim aufgetaucht war. »Genau der Richtige für einen kleinen Ferienflirt.«
»Spinnst du?«, fragte Kim entrüstet. »Er arbeitet hier.«
»Na und?« Marie zuckte mit den Schultern. »Er sieht trotzdem zum Anbeißen aus in seiner schicken Uniform.«
»Stimmt«, musste Kim zugeben. »Aber ich hab einen Freund, falls du das vergessen haben solltest.«
»Ach was, so ein kleiner Flirt im Urlaub ist doch völlig harmlos.« Marie grinste.
Kim konnte über Maries Einstellung nur den Kopf schütteln. Warum sollte sie mit anderen Typen herumflirten, solange sie so einen tollen Freund wie Michi hatte? Trotzdem fühlte sie sich irgendwie geschmeichelt, als Sandro ihr zuwinkte, bevor er das Gepäck ins Hotel brachte. Mit rotem Kopf winkte sie zurück.
»Das ging ja schnell.« Franzi erschien auf Kims anderer Seite.

»Wir sind noch keine fünf Minuten hier und du hast schon einen Verehrer.«

»Quatsch!«, brummte Kim. »Sandro ist nur nett zu mir, weil ich ein Hotelgast bin. Das ist sein Job, okay?«

»Sandro – ihr habt euch also schon vorgestellt.« Franzi klopfte Kim anerkennend auf die Schulter. »Alle Achtung, ich bin beeindruckt. Und eins ist sicher: Dieser Sandro steht auf dich.«

»Hey! Seht euch das an!« Marie zeigte auf eine riesige Limousine, die gerade beinahe lautlos vor dem Hotel vorfuhr. Der Wagen war ungefähr dreimal so lang wie der Mietwagen von Maries Vater. Der weiße Lack glitzerte in der Sonne. Er sah aus, als wäre er gerade erst frisch poliert worden.

»Wow!« Kim betrachtete die Luxuslimousine.

»Wer da wohl drinsitzt?« Marie versuchte, einen Blick ins Innere des Wagens zu werfen, aber die Scheiben waren dunkel getönt. »Vielleicht irgendein Promi. Dieses Hotel ist ein echter Geheimtipp, hier tauchen ständig alle möglichen VIPs auf.«

»Wahrscheinlich sind es Brad und Angelina«, witzelte Franzi. »Sie wollen die zukünftige Hollywood-Diva Marie Grevenbroich an der Côte d'Azur begrüßen.«

Kaum hatte der Wagen vor dem Hotel gehalten, stürzte auch schon ein Hotelboy herbei und öffnete die vordere Tür. Die drei !!! hielten den Atem an und Kim tastete nach ihrem Fotohandy. Würden sie gleich einen echten VIP zu sehen bekommen?

Der reine Wahnsinn

Die Tür schwang auf und eine kleine, zierliche Frau stieg aus der Limousine. Sie hatte kurze, dunkle Haare und trug einen schicken, grasgrünen Hosenanzug. Ihre Augen waren hinter einer großen Sonnenbrille verborgen.
»Kennt ihr die?«, fragte Kim.
Marie schüttelte den Kopf. »Noch nie gesehen. Schauspielerin ist sie jedenfalls nicht. Aber der Hosenanzug ist vom Feinsten. Ein echtes Designerstück. Maßgeschneidert, würde ich sagen. Und ihr Halstuch ist von einer französischen Edel-Marke. So ein Teil kostet ein paar hundert Euro.« Da Marie selbst gerne shoppen ging, kannte sie sich in der Modeszene bestens aus.
Franzi riss die Augen auf. »Ehrlich? Ein paar hundert Euro für ein Halstuch? Krass!«
Auf der anderen Seite stieg ein Mann aus. Er war im Gegensatz zu der Frau riesengroß. Das Sakko seines schwarzen Anzugs spannte über seinen breiten Schultern. Seine schwarzen Haare waren raspelkurz geschnitten und er trug ebenfalls eine dunkle Sonnenbrille.
»Der sieht ja aus wie Will Smith in *Men in Black*«, stellte Kim kichernd fest.
»Auf jeden Fall möchte ich mich mit dem lieber nicht anlegen.« Franzi schauderte. »Der verbringt bestimmt drei Stunden täglich im Fitnessstudio und stemmt Hanteln.«
»Wahrscheinlich hat er sein eigenes Fitnessstudio«, murmelte Marie.

Der Mann ging um die Limousine herum und öffnete die hintere Wagentür. Während er sich leicht verneigte, entstieg eine vermummte Gestalt der Limousine. Die drei !!! reckten die Hälse, aber die Gestalt wurde gleich von dem Mann und der Frau abgeschirmt. Offenbar war es ein Mädchen oder eine junge Frau. Genau war das nicht zu erkennen, weil sie einen langen, dunkelbraunen Mantel trug und sich die Kapuze tief ins Gesicht gezogen hatte.
»Du meine Güte, die Arme muss sich ja totschwitzen«, sagte Kim. »Warum in aller Welt trägt sie bei 25 Grad im Schatten einen dicken Wintermantel?«
»Weil sie inkognito hier ist natürlich«, erklärte Marie fachmännisch. »Sie will nicht erkannt werden, jede Wette. Vielleicht ist sie ein amerikanischer Jung-Star.«
»Oder der Geist von Michael Jackson.« Franzi kicherte. »Der lief doch auch immer total vermummt durch die Gegend. Fehlt nur noch der Mundschutz.«
Das Mädchen wurde von der Frau ins Hotel geführt. Der Mann öffnete den Kofferraum der Limousine und begann, Berge von Gepäck auszuladen. Ein Hotelboy eilte herbei, um ihm zu helfen, aber der Mann schüttelte den Kopf und machte eine abweisende Handbewegung. Er wollte sich offenbar selbst um die Koffer kümmern.
»Die haben tatsächlich noch mehr Koffer dabei als du«, sagte Franzi staunend zu Marie. »Und das will echt was heißen.«
Kim beobachtete, wie der Mann die Koffer – es waren insgesamt sieben – auf einen Gepäckwagen lud. »Warum lässt er das denn nicht den Hotelboy machen?«, fragte sie stirnrunzelnd.

Marie zuckte mit den Schultern. »Vielleicht hat er Angst, dass etwas wegkommt. Bei so vielen Koffern verliert man schnell mal die Übersicht.«
Als die drei !!! das Hotel betraten, fuhr der Mann mit dem Gepäckwagen an ihnen vorbei in Richtung Fahrstuhl. Kim sah sich beeindruckt in der großen Eingangshalle um. Der Marmorboden glänzte und neben der Rezeption standen zwei weiße Säulen. Dahinter führte eine gewaltige, mit rotem Teppich ausgelegte Treppe nach oben. Im Internet hatte Kim gelesen, dass das Hotel aus dem vorigen Jahrhundert stammte, vor einigen Jahren aber aufwendig renoviert worden war. Es wirkte so glamourös und gediegen wie ein hochherrschaftliches Schloss.
»Da seid ihr ja endlich!« Herr Grevenbroich kam auf die Mädchen zu. »Ich hab schon die Schlüssel geholt. Unsere Suiten sind im ersten Stock.«
»Wir wohnen in einer Suite?«, fragte Kim ungläubig.
»Na klar«, antwortete Marie, als wäre das völlig selbstverständlich. »Hast du etwa gedacht, wir teilen uns zu dritt ein Doppelzimmer? Das ist hier doch keine Jugendherberge.«
Franzi verdrehte hinter Maries Rücken die Augen. Kim grinste. Sie wusste, dass Franzi es nicht ausstehen konnte, wenn Marie zu sehr die verwöhnte Frau von Welt herauskehrte.
Während Herr Grevenbroich schon zum Fahrstuhl ging, steuerte Marie auf die Rezeption zu. »Bin gleich da, ich muss nur schnell etwas fragen«, rief sie über die Schulter zurück.
»Ich nehme die Treppe«, sagte Kim. »Wir sehen uns oben.«

Zum Glück musste Kim nicht fünfzehn, sondern höchstens zwei Minuten Treppen steigen, bis sie im ersten Stock angelangt war. Sie redete sich ein, dass sie bestimmt trotzdem ein paar Kalorien verbrannt hatte. Der Flur, der zu ihrer Suite führte, war ebenfalls mit dickem, rotem Teppich ausgelegt und verschluckte das Geräusch von Kims Schritten.
Plötzlich hörte sie einen spitzen Schrei aus einer Suite ganz in der Nähe, dann rief jemand: »Nein!« Es war Franzis Stimme! War ihr etwas zugestoßen? Kim rannte los. Sie stürzte in die Suite, deren Tür sperrangelweit offen stand, und blieb wie angewurzelt stehen. Franzi lag lang ausgestreckt auf einem riesigen, dunkelroten Sofa, das sehr bequem aussah, und strahlte über das ganze Gesicht.
»Alles in Ordnung?«, fragte Kim besorgt.
Franzi kicherte. »Ob alles in Ordnung ist? Sieh dich doch mal um! Ist das nicht irre?«
Erst jetzt nahm Kim ihre Umgebung richtig wahr – und die verschlug ihr glatt die Sprache. Sie stand in einem riesigen Zimmer, das ausgesprochen geschmackvoll eingerichtet war. Vor den hohen Fenstern bauschten sich bodenlange, dunkelrote Vorhänge. Davor befand sich das Sofa, auf dem Franzi lag. Es war mit unzähligen Kissen dekoriert und so groß, dass drei bis vier Personen bequem nebeneinander darauf Platz hatten. In der linken Zimmerecke entdeckte Kim einen gemütlichen Ohrensessel mit einer Fußbank und einer Leselampe. Der perfekte Ort, um in aller Ruhe in einem spannenden Krimi zu schmökern. Außerdem gab es noch einen Esstisch mit vier Stühlen und eine kleine Küchenzeile.
»Die Suite ist ja riesig!«, stellte Kim fest.

»Irre, oder?« Franzi sah sich versonnen um. »Daran könnte ich mich glatt gewöhnen. Vielleicht bin ich tief in meinem Inneren doch ein Luxusmensch.«
»Und wo schlafen wir?«, fragte Kim, die nirgendwo ein Bett entdecken konnte. »Kann man das Sofa ausziehen?«
»Unsinn!« Maries Stimme ertönte von nebenan. Neben der Küchenzeile ging noch ein Raum ab, den Kim bisher nicht bemerkt hatte. »Wir schlafen natürlich im Schlafzimmer, was denkst du denn?« Marie erschien auf der Türschwelle. »Komm her und sieh dir den Rest der Suite an.«
Kim folgte Marie in ein geräumiges Schlafzimmer mit einem großen Himmelbett für zwei Personen und einem Einzelbett. Die Bettwäsche leuchtete schneeweiß und auf jedem Kopfkissen lag eine Praline als kleiner Willkommensgruß.
»Hier hinten ist das Bad.« Marie ging voraus, als wäre sie eine professionelle Immobilienmaklerin.
»Ich fass es nicht!« Franzi war hinter Kim aufgetaucht. »Die Badewanne ist ja so groß, dass wir alle drei hineinpassen!« Sie betrachtete die in den Boden eingelassene Wanne.
»Ich bade trotzdem lieber allein, wenn es dir nichts ausmacht«, sagte Marie grinsend. »Das ist übrigens keine normale Badewanne, sondern ein Whirlpool.« Sie deutete auf die kleinen Löcher in der Badewannenwand.
»Unglaublich!« Kim betrachtete die glänzenden Armaturen, die große Spiegelwand und die rote Rose, die in einer schmalen, silbernen Vase zwischen den beiden Waschbecken stand. »Ich komme mir vor, als wäre ich in einer Fernsehserie gelandet.«
»Na ja, in einem Fünf-Sterne-Hotel kann man schon einen

gewissen Standard erwarten«, sagte Marie abgeklärt. »Habt ihr schon den Balkon gesehen?«

Der Balkon war das absolute i-Tüpfelchen. Er war riesengroß und mit einer Hollywoodschaukel und bequem gepolsterten Gartenmöbeln ausgestattet. Aber das Beste war der Blick. Unter ihnen fiel das Hotelgrundstück terrassenförmig zum Meer hin ab und mündete in einem breiten Streifen Sandstrand, der ausschließlich den Hotelgästen vorbehalten war. Dahinter erstreckte sich das in der Sonne glitzernde Mittelmeer bis zum Horizont.

»Der reine Wahnsinn!«, murmelte Kim und Franzi nickte stumm. Selbst Marie hatte es für einen Moment die Sprache verschlagen.

Kim zuckte zusammen, als auf dem Balkon nebenan die Tür geöffnet wurde und ein Mädchen erschien. Es hatte schwarze Haare, die ihm schillernd auf den Rücken fielen und fast bis zur Taille reichten. Sein Gesicht mit den mandelförmigen Augen und den hohen Wangenknochen war wunderschön und hatte etwas Exotisches. Obwohl das Mädchen ganz normale Klamotten trug, erinnerte es Kim irgendwie an eine Prinzessin aus *1001 Nacht*. Das Auffälligste an ihm war aber nicht seine ungewöhnliche Schönheit, sondern die Traurigkeit, die es zu umgeben schien wie ein dunkler Schleier.

»Das ist das Mädchen, das vorhin aus der Limousine gestiegen ist«, flüsterte Marie.

»Bist du sicher?«, fragte Franzi leise. »Sie war doch total vermummt.«

»Ich erkenne ihre Schuhe wieder.« Marie deutete unauffällig

auf die schokobraunen Ballerinas mit Goldbesatz, die das fremde Mädchen zu einer Röhrenjeans trug.
Jetzt hatte das Mädchen auf dem Nachbarbalkon bemerkt, dass es beobachtet wurde. Es lächelte den drei !!! etwas unsicher zu. Seine dunklen Augen sahen so traurig aus, dass sich Kims Herz vor Mitleid zusammenzog. Sie war plötzlich ganz sicher, dass das Mädchen sehr, sehr unglücklich war.
»Hallo«, sagte Marie. »Ich heiße Marie. Und wer bist du?«
Das Mädchen wollte gerade etwas sagen, da schoss die Frau im grünen Hosenanzug auf den Balkon und begann, in einer fremden Sprache leise auf es einzureden. Ihre Stimme klang hart und unfreundlich und die Miene des Mädchens verdüsterte sich. Es konnte sich gerade noch mit einem hilflosen Schulterzucken bei den drei !!! für seinen überstürzten Abgang entschuldigen, dann wurde es auch schon von der Frau zurück in die Suite gezogen.
»Schade«, sagte Franzi. »Ich hätte gerne gewusst, wer sie ist und was sie hier macht. Wie ein amerikanischer Jung-Star sieht sie jedenfalls nicht aus.«
»Sie ist mit ihren Eltern hier«, berichtete Marie. »Ihr Vater ist ein steinreicher, ausländischer Geschäftsmann. Er will hier mit seiner Familie ausspannen.«
Kim und Franzi starrten Marie überrascht an.
»Woher weißt du das denn schon wieder?«, wollte Kim wissen.
Marie grinste. »Ich hab vorhin den Portier an der Rezeption gefragt. Leider hab ich nicht mehr herausbekommen, er war geradezu unanständig diskret.«
»Merkwürdig …« Kim runzelte die Stirn. »Ich wäre nie auf

die Idee gekommen, dass Will Smith der Vater des Mädchens ist.« Irgendetwas störte sie an dem Gedanken. Sie dachte angestrengt nach, und dann fiel es ihr plötzlich wieder ein. »Er hat sich verbeugt, als sie ausgestiegen ist!«, sagte sie. »Und er hat die Koffer getragen. Darum hab ich ihn automatisch für einen Angestellten gehalten.«
»Er hat sich verbeugt?«, fragte Franzi. »Hab ich gar nicht gesehen.«
»Doch, ganz sicher. Er hat den Kopf geneigt, ungefähr so ...« Kim machte es den anderen vor.
»Vielleicht sollte das ein Witz sein«, vermutete Marie.
»Oder er ist kurz eingenickt.« Franzi kicherte.
»Ihr habt recht, wahrscheinlich hat es nichts zu bedeuten«, gab Kim zögernd zu. Aber sie konnte die dunklen Augen des Mädchens einfach nicht vergessen. Genauso wenig wie sein trauriges Lächeln. Kim bekam eine Gänsehaut. Ihr Gefühl sagte ihr, dass das Mädchen ein Geheimnis hatte und bald Hilfe brauchen würde.
Sie konnte nicht ahnen, wie recht sie damit hatte.

Panik am Pool

Nachdem die drei !!! ausgepackt und sich in ihrer Suite eingerichtet hatten, zogen sie Badesachen an und machten sich auf den Weg zum Pool, der sich hinter dem Hotel gleich neben dem Palmengarten befand.

»Ist es nicht herrlich?« Marie schob ihre Sonnenbrille nach oben und betrachtete zufrieden das türkisfarbene, in der Sonne glitzernde Wasser, in dem bereits einige Hotelgäste ihre Bahnen schwammen. Am Beckenrand tobten ein paar Kinder herum. Die Liegestühle rund um den Pool waren fast alle belegt. Bei dem schönen Wetter waren die drei !!! offenbar nicht die Einzigen, die ein bisschen in der Sonne relaxen und sich zwischendurch im Wasser abkühlen wollten.

»Dahinten ist noch was frei!« Marie ging zielstrebig auf drei unbesetzte Liegestühle zu und ließ sich, ohne zu zögern, auf einen von ihnen fallen. Ein Ehepaar, das die Liegestühle von der anderen Seite her angesteuert hatte, hatte das Nachsehen. Leise schimpfend traten sie den Rückzug an.

»Ich weiß ja nicht, was ihr vorhabt, aber ich werde mich die nächsten zwei Stunden nicht von der Stelle bewegen.« Marie zupfte das Oberteil ihres brandneuen, goldfarbenen Bikinis zurecht und lehnte sich entspannt zurück.

Kim legte ihr Handtuch auf den Liegestuhl neben Marie und holte eine Tube Sonnencreme aus ihrer Tasche. »Du solltest dich erst eincremen, sonst holst du dir noch einen Sonnenbrand.«

Marie seufzte. »Ich hasse dieses ständige Eincremen! Au-

ßerdem will ich doch braun werden. Aber gut, wenn du meinst ...« Sie griff nach der Tube und begann, die Sonnencreme gleichmäßig auf ihren Armen und Beinen zu verteilen.
»Darf ich Ihnen vielleicht behilflich sein?« Ein junger Mann, der auf dem Liegestuhl neben Marie saß und in einer deutschen Tageszeitung blätterte, lächelte ihr zu. »Ich könnte Ihnen den Rücken eincremen.«
Marie sah den Mann mit gerunzelter Stirn an. Er war vielleicht Anfang zwanzig, hatte kurze, braune Haare und eine ziemlich große Nase. Er sah weder besonders gut noch besonders schlecht aus. Aber sein Lächeln wirkte sympathisch. Marie zuckte mit den Schultern. »Warum nicht?« Sie reichte ihm die Sonnencremetube und drehte ihm den Rücken zu. »Wir können uns übrigens auch duzen. Ich bin Marie. Und das sind Kim und Franzi.« Sie zeigte auf ihre Freundinnen.
»Ich heiße Hubertus.« Hubertus verteilte eifrig Sonnencreme auf Maries Rücken. »Seid ihr heute angekommen?«
Marie nickte. »Vor ungefähr einer Stunde. Wir wollen hier ein bisschen ausspannen. Und du?«
»Ich bin seit gestern hier«, antwortete Hubertus. »Das Hotel ist wirklich toll.« Er wischte sich die Hände an seinem Handtuch ab.
»Bist du Fotograf?« Kim zeigte auf die Kamera, die sie auf einem kleinen Tisch neben Hubertus' Liegestuhl entdeckt hatte. Sie war sehr groß und sah ziemlich teuer aus. Ein richtiges Profi-Gerät.
»Nein, nein«, sagte Hubertus schnell. »Fotografieren ist nur ein Hobby von mir. Ich bin ... Geschäftsmann.«

Das kurze Zögern war Kim nicht entgangen und machte sie sofort misstrauisch. Seit sie als Detektivin arbeitete, hatte sie ein gutes Gespür dafür entwickelt, ob jemand die Wahrheit sagte oder log. Bei Hubertus war sie sich gerade nicht sicher.
»Geschäftsmann – interessant. In welcher Branche denn?«, hakte sie nach.
»Im- und Export«, antwortete Hubertus wie aus der Pistole geschossen. »Ich habe eine kleine Firma in der Nähe von München. Das ist mein erster Urlaub seit fünf Jahren – und den will ich voll und ganz genießen.« Er griff nach seiner Kamera. »Darf ich vielleicht ein paar Fotos von euch machen? Ihr drei seid wirklich fotogen.«
»Vielen Dank.« Marie lächelte geschmeichelt und drapierte ihre Haare möglichst dekorativ um ihre Schultern.
Kim verzog das Gesicht. Sie hasste es, fotografiert zu werden. Außerdem hatte sie es leider vor dem Urlaub trotz täglichen Treppensteigens und Fahrradfahrens nicht mehr geschafft, ihr anvisiertes Wunschgewicht zu erreichen. Sie fand, dass sie in ihrem Badeanzug aussah wie eine Wurst in der Pelle. Das musste wirklich nicht für die Nachwelt festgehalten werden.
»Dahinten kommt dein Verehrer, Kim.« Franzi zeigte zum anderen Ende des Pools.
Tatsächlich! Sandro steuerte direkt auf sie zu. Kim rutschte etwas tiefer in den Liegestuhl und schob sich ihre Sonnenbrille auf die Nase. Sie hatte zwar insgeheim ein bisschen gehofft, ihn irgendwann im Laufe des Tages wiederzusehen (auch wenn sie das nie jemandem verraten hätte, nicht einmal Franzi und Marie), aber bestimmt nicht im Badeanzug,

der all ihre Problemzonen gnadenlos enthüllte. Dummerweise hatte Sandro die drei !!! bereits entdeckt. Er kam lächelnd näher und blieb neben Kims Liegestuhl stehen.
»Guten Tag, die Damen«, grüßte er höflich. »Darf ich euch etwas zu trinken bringen? Oder vielleicht einen kleinen Snack? Wir haben heute hausgemachte Zitronen-Tarte im Angebot, die kann ich besonders empfehlen.«
»Prima, ich nehme ein Stück«, sagte Marie. »Und dazu einen Eiscafé bitte.«
»Für mich dasselbe«, schloss sich Franzi an.
»Und was möchtest du?« Sandro sah Kim so intensiv an, dass ihr ganz warm wurde. Möglichst unauffällig zog sie ihr Handtuch über die Oberschenkel. Warum machte dieser Typ sie nur so nervös?
»Für mich nur ein Mineralwasser«, murmelte sie.
»Kommt sofort.« Sandro lächelte Kim noch einmal zu, dann verschwand er wieder.
»Mann, der hat dich mit seinem Blick ja förmlich verschlungen«, stellte Franzi fest.
Kim seufzte. »Wahrscheinlich hat er noch nie so unförmige Oberschenkel gesehen. Warum sollte ein Typ wie Sandro ausgerechnet auf mich stehen? Hier laufen massenweise Frauen herum, die tausendmal besser aussehen als ich.«
»Vielleicht findet er dich einfach sympathisch«, sagte Franzi. »Mal ganz davon abgesehen, dass deine Oberschenkel völlig in Ordnung sind und du mit all den Nobel-Tussis hier locker mithalten kannst. Du könntest übrigens ruhig ein bisschen freundlicher zu Sandro sein, sonst hält er dich noch für eine arrogante Kuh.«

Marie unterhielt sich angeregt mit Hubertus, der währenddessen jede Menge Fotos von ihr schoss. Die beiden schienen sich blendend zu verstehen. Kim schloss die Augen und döste in ihrem Liegestuhl vor sich hin. Die Sonne machte sie träge, außerdem war die Reise anstrengend gewesen.

Als Sandro zurückkam, um die Getränke und den Kuchen zu bringen, setzte sich Kim auf. Sie beschloss, Franzis Rat zu befolgen. Es war nicht fair, unfreundlich zu Sandro zu sein, nur weil sie selbst unsicher war.

»Super!« Kim lächelte Sandro zu. »Ich bin kurz vorm Verdursten.« Als Sandro ihr das Mineralwasser reichte, berührten sich kurz ihre Finger. Es war, als würde Kim einen Stromschlag bekommen. Schnell zog sie ihre Hand zurück und verschüttete dabei etwas Wasser auf ihrem Badeanzug.

»Mist!« Kim wäre am liebsten im Erdboden versunken. Warum benahm sie sich in Sandros Gegenwart eigentlich jedes Mal wie ein kompletter Idiot?

»Entschuldigung, das wollte ich nicht!« Sandro sah ehrlich bestürzt aus. »Es tut mir wahnsinnig leid.«

»Nein, nein, es war meine Schuld.« Kim stellte das Glas ab und rubbelte mit dem Handtuch an ihrem Badeanzug herum. »Ist ja zum Glück nur Wasser, das trocknet schnell wieder.«

»Ich würde das gern wiedergutmachen«, sagte Sandro. »Soll ich dir vielleicht doch ein Stück Zitronen-Tarte bringen? Auf Kosten des Hauses?«

»Nicht nötig. Aber danke für das Angebot.« Kim lächelte Sandro noch einmal zu, aber diesmal lächelte er nicht zurück.

»Kein Problem.« Sandro schien es plötzlich eilig zu haben. Ohne auf Hubertus zu achten, der ihm zuwinkte, um noch etwas zu bestellen, drehte er sich um und verschwand mit gesenktem Kopf in Richtung Hotel.

Kim sah ihm mit gerunzelter Stirn nach. Was war denn jetzt los? Hatte sie etwas Falsches gesagt?

»Sieh mal, wer da kommt!«, zischte Franzi in diesem Moment.

Kim entdeckte das Mädchen aus der Nachbarsuite. Sie trug einen schlichten, schwarzen Badeanzug und hatte sich ein buntes Tuch wie einen Wickelrock um die Hüften geschlungen. Ihre Haare waren zu einem langen Zopf geflochten, der bei jedem Schritt auf ihrem Rücken hin und her schwang. Obwohl sie eher unauffällig gekleidet war, zog sie automatisch die Blicke der anderen Gäste auf sich. Zwei Männer, die direkt neben dem Hoteleingang saßen, beobachteten sie besonders genau. Sie schienen jeden ihrer Schritte aufmerksam zu verfolgen. Die Mutter des Mädchens sah sich unruhig um, während der Vater zu drei freien Liegestühlen hinüberging, die etwas abseits im Schatten einer Palme standen.

»Sie sieht einfach super aus«, seufzte Franzi.

Kim nickte. »So eine tolle Figur hätte ich auch gerne. Aber findest du es nicht komisch, dass ihre Eltern gar keine Badesachen anhaben?«

Die Frau hatte den grünen Hosenanzug gegen ein geblümtes Sommerkleid ausgetauscht. Der Vater des Mädchens trug immer noch den schwarzen Anzug, was zwischen den anderen Hotelgästen in Badesachen etwas lächerlich wirkte. Er setzte sich kerzengerade auf einen Liegestuhl und ließ seinen

Blick prüfend über den Pool und die Badenden schweifen. Kim hatte den Eindruck, dass er den beiden Männern neben dem Eingang unauffällig zunickte. Kannte er sie? Aber warum hatte er sie dann gerade nicht begrüßt? Er war doch direkt an ihnen vorbeigegangen.
Franzi zuckte mit den Schultern. »Vielleicht sind sie wasserscheu, so was soll's ja geben.«
Das Mädchen setzte sich gar nicht erst hin. Sie legte ihr Handtuch auf einen Liegestuhl, wickelte das Tuch von ihrer Hüfte und ging zum Pool hinüber. Mit einem eleganten Kopfsprung sprang sie ins Wasser.
»Kommst du mit?« Franzi nahm ihre Sonnenbrille ab und stand auf. »Ich brauche dringend eine kleine Abkühlung.«
Kim nickte und folgte Franzi zum Pool. Marie quatschte immer noch mit Hubertus. Kim setzte sich an den Beckenrand und ließ die Beine ins Wasser baumeln, während Franzi bereits munter draufloskraulte. Als Kim gerade überlegte, ob sie auch eine Runde schwimmen sollte, tauchte das Mädchen mit dem Zopf direkt neben ihr auf. Sie hielt sich prustend am Beckenrand fest und strich sich das Wasser aus den Haaren. Jetzt sah sie viel entspannter aus als vorhin auf dem Balkon, auch wenn der schwermütige Ausdruck noch nicht ganz von ihrem Gesicht verschwunden war.
»Hallo«, sagte Kim spontan. Dann fiel ihr ein, dass sie ja in Frankreich war, und sie stotterte: »Äh, ich meine ... *Bonjour. Ça va?*« Sie versuchte, sich an die vielen Französischvokabeln zu erinnern, die sie in diesem Schuljahr mühsam auswendig gelernt hatte, aber ihr Kopf war wie leer gefegt.
Ein wunderschönes Lächeln erschien auf dem Gesicht des

Mädchens und verscheuchte für einen Moment die Traurigkeit aus ihren Augen. »Hallo, ich bin Zara.«
»Du sprichst Deutsch, ein Glück!« Kim seufzte erleichtert. »Mein Französisch ist leider nicht besonders gut. Ich bin Kim. Und das sind meine Freundinnen Franzi und Marie.« Kim zeigte erst zu Franzis rotem Haarschopf im Wasser hinüber und dann zu Marie, die mit geschlossenen Augen in ihrem Liegestuhl lag und sich von der Sonne braten ließ, während Hubertus Fotos vom Pool und der Hotelfassade schoss. »Meine Freundinnen und ich haben die Suite neben euch.«
»Stimmt, ich hab euch auf dem Balkon gesehen.« Ein sehnsüchtiger Ausdruck erschien auf Zaras Gesicht. »Es muss toll sein, zu dritt hier Urlaub zu machen. Ich bin immer allein.«
»Wir können ja mal was zusammen unternehmen«, schlug Kim vor.
Zaras Augen verdunkelten sich wieder. »Ich weiß nicht, ob das geht …« Sie sah zu ihrem Vater hinüber, der sie keinen Moment aus den Augen gelassen hatte.
»Deine Eltern sind ziemlich streng, was?«, vermutete Kim. »Das kenne ich, meine Mutter ist auch ein totaler Kontrollfreak. Aber warum sollten sie etwas dagegen haben, wenn du dich mit uns triffst?«
Zara wollte gerade etwas sagen, da tauchte Hubertus mit seiner Kamera vor ihnen auf. »Darf ich ein paar Fotos von euch Badeschönheiten machen?« Ohne eine Antwort abzuwarten, knipste er wie wild drauflos.
»Muss das sein?« Kim kniff geblendet vom Blitzlicht die Augen zusammen.

In diesem Moment sprang Zaras Vater auf. Mit wenigen Schritten war er bei Hubertus und packte ihn am Kragen seines T-Shirts. *»No photos!«*, sagte er bestimmt und griff nach Hubertus' Kamera.

»He, was soll das? Sind Sie verrückt geworden?« Hubertus versuchte sich zu befreien, aber er hatte nicht die geringste Chance. Zaras Vater war mindestens einen Kopf größer und wesentlich stärker als er. Er schnappte sich ohne Mühe die Kamera und drückte auf ein paar Knöpfe.

»Nicht löschen!«, rief Hubertus. »Das dürfen Sie nicht!«

Doch Zaras Vater ließ sich von Hubertus' lautstarkem Protest nicht im Geringsten beeindrucken, sondern löschte ein Foto nach dem anderen.

»Was ist denn hier los?«, fragte Franzi, die gerade angeschwommen kam. Auch die anderen Hotelgäste beobachteten inzwischen neugierig die Szene.

Kim zuckte mit den Schultern. »Weiß ich auch nicht.«

Zaras Mutter war ebenfalls aufgesprungen. Sie lief eilig zum Pool und winkte Zara, sofort aus dem Wasser zu kommen. Zara schüttelte den Kopf. Ihre Mutter trat an den Beckenrand und zischte ein paar scharf klingende Worte, die Kim leider nicht verstand.

Zara kniff die Lippen zusammen und wandte sich an Kim. »Tut mir leid, ich muss gehen. Vielleicht sehen wir uns später.« Als sie aus dem Becken stieg, griff ihre Mutter sofort nach ihrem Arm und zog sie ins Hotel. Zaras Vater gab Hubertus die Kamera zurück und verschwand ebenfalls im Gebäude. Die anderen Gäste schüttelten ratlos die Köpfe, bevor sie ihre Unterhaltungen fortsetzten.

Nur Hubertus starrte immer noch fassungslos auf seine Kamera. »Alle Fotos gelöscht! Einfach so! Der Typ hat sie doch nicht mehr alle!«

»Nimm's nicht so schwer«, versuchte Marie ihn zu trösten. »Du kannst mich gerne noch mal fotografieren, wenn du möchtest.« Sie setzte sich auf ihrem Liegestuhl in Position, aber Hubertus schien die Lust am Fotografieren vergangen zu sein. Er schnappte sich sein Handtuch und verließ wie ein begossener Pudel den Poolbereich.

Marie sah ihm verdutzt nach. Es passierte nicht oft, dass sie von einem männlichen Verehrer einfach sitzen gelassen wurde. Dann stand sie auf und ging zu Kim und Franzi hinüber. »Wisst ihr, was hier abgeht?«

Kim schüttelte den Kopf. »Keine Ahnung. Aber eins weiß ich ganz genau: Mit Zara und ihrer Familie stimmt was nicht.« Sie erzählte von dem kurzen Gespräch mit Zara. »Da ist was faul, hundertprozentig. Warum führen sich ihre Eltern so merkwürdig auf? Sie benehmen sich ja wie Gefängniswärter. Übrigens wurde Zara auch von den beiden Männern dahinten beobachtet.« Kim nickte zum Hoteleingang hinüber, aber die Liegestühle waren leer. »Nanu, wo sind sie denn?« Kim sah sich um, konnte die Männer aber nirgendwo entdecken.

»Die Sache klingt wirklich komisch«, stellte Franzi fest. »Vielleicht sollten wir noch mal mit Zara reden, um mehr herauszubekommen und ihr notfalls unsere Hilfe anzubieten.«

»Dazu müssten wir erst mal an sie herankommen«, sagte Marie. »Und das scheint ja nicht so einfach zu sein. Hat jemand eine Idee?«

Kim dachte angestrengt nach, als sie plötzlich etwas Glitzerndes neben Marie am Beckenrand entdeckte. »Was ist denn das?« Sie griff danach und hielt es hoch. Es war ein schmales, goldenes Kettchen mit einem herzförmigen Anhänger. Auf dem Herz funkelte ein durchsichtiger Edelstein.
»Ein Fußkettchen!«, rief Marie. Sie betrachtete das Schmuckstück genauer. »Mit einem echten Diamanten, wenn mich nicht alles täuscht. Das Ding ist bestimmt ein kleines Vermögen wert.«
»Jemand muss es verloren haben. Wir sollten es an der Hotelrezeption abgeben«, schlug Franzi vor.
»Nein, das sollten wir nicht«, sagte Kim ruhig.
Franzi und Marie starrten sie verdutzt an.
»Und warum nicht?«, fragte Franzi.
»Weil wir das Fußkettchen seiner rechtmäßigen Besitzerin zurückgeben sollten«, erklärte Kim.
Marie zog eine Augenbraue hoch. »Du weißt, wem es gehört?«
Kim nickte. »Es gehört Zara. Ich habe es vorhin bemerkt, als sie ins Wasser gesprungen ist. Damit hätte sich auch das Problem gelöst, wie wir an sie herankommen.«
Ein breites Grinsen erschien auf Franzis Gesicht. »Stimmt! Das Fußkettchen ist der perfekte Vorwand, um an ihrer Suite zu klopfen. Sollen wir uns schnell umziehen und das sofort erledigen?«
»Gute Idee.« Marie stand auf. »Ich kann's kaum erwarten, Zara endlich persönlich kennenzulernen.«

Heimlicher Hilferuf

Eine Viertelstunde später standen die drei !!! vor Zaras Suite.
»*Showtime!*« Marie hob die Hand und klopfte.
Eine Weile passierte gar nichts. Dann öffnete sich die Tür einen Spaltbreit und Zaras Vater erschien. Er musterte die Mädchen misstrauisch.
»*Yes?*«, fragte er mit seiner tiefen Stimme.
»Entschuldigen Sie bitte die Störung«, sagte Kim höflich. »Wir würden gerne mit Zara sprechen. Ist sie da?«
Zaras Vater schüttelte entschieden den Kopf. »*No!*«
Doch in diesem Moment tauchte Zara hinter ihrem Vater auf. Sie strahlte über das ganze Gesicht, als sie die drei !!! erkannte.
»Hallo!« Kim hielt die goldene Kette hoch. »Die hast du am Pool verloren. Wir wollten sie zurückbringen.«
»Meine Fußkette!«, jubelte Zara. Sie drängte sich an ihrem Vater vorbei und nahm Kim das Schmuckstück aus der Hand. »Vielen Dank! Ich hab sie schon vermisst. Sie bedeutet mir sehr viel, wisst ihr.«
»Keine Ursache«, sagte Kim.
»Kommt doch rein!« Zara griff nach Kims Arm und wollte sie über die Türschwelle ziehen, aber ihr Vater schüttelte stumm den Kopf. Zara begann, in einer fremden Sprache auf ihn einzureden, bis er schließlich nachgab und die Tür widerstrebend freigab. Neugierig betraten die drei !!! die Suite.
»Wow!« Kim sah sich beeindruckt um. »Eure Suite ist ja noch größer als unsere.«

»Setzt euch doch.« Zara deutete auf ein großes Ledersofa und die drei !!! nahmen nebeneinander Platz. »Mögt ihr Tee?«

»Gerne.« Kim, Franzi und Marie nickten.

Zara ließ sich auf einen Sessel fallen, während ihr Vater zur Küchenzeile ging und dampfenden Tee aus einer silbernen Kanne in vier Tassen goss. Er stellte die Tassen auf den Tisch und bezog hinter Zaras Sessel Position, ohne die drei !!! auch nur eine Sekunde aus den Augen zu lassen. Er wirkte wie ein stummer Wächter, dem nichts entgeht. Ein unbehagliches Schweigen breitete sich aus.

Kim trank einen Schluck Tee. Er war heiß, würzig und sehr süß. Sie mussten irgendwie ein Gespräch in Gang bringen, sonst würden sie garantiert nichts herausfinden. Kim stellte die Tasse zurück auf den Tisch und räusperte sich. »Wie lange macht ihr hier Urlaub?«

Zara zuckte mit den Schultern. »Ich weiß nicht so genau. Drei oder vier Wochen vielleicht, das kommt darauf an.«

»Musst du gar nicht zur Schule?«, fragte Marie. »Oder habt ihr so lange Ferien? Woher kommst du eigentlich?«

»Von sehr weit her.« Zara seufzte. »Mein Land ist so klein, dass ihr bestimmt noch nie davon gehört habt. Ich habe einen Privatlehrer, darum kann ich Ferien machen, wann ich will.«

»Cool!«, rief Franzi. »Du bist echt zu beneiden.«

Zara runzelte die Stirn. »Ich weiß nicht. Manchmal wäre ich viel lieber in einer normalen Schule, zusammen mit anderen Schülern. Das stelle ich mir total lustig vor.«

Franzi verzog das Gesicht. »Na ja, geht so. Ehrlich gesagt könnte ich locker darauf verzichten.«

»Du sprichst super Deutsch«, sagte Kim. »Wo hast du das gelernt? Bei deinem Privatlehrer?«

Zaras Gesicht wurde weich. »Nein, bei Elisabeth, meinem deutschen Kindermädchen. Sie hat sich um mich gekümmert, seit ich ein kleines Mädchen war. Leider ist sie letztes Jahr nach Deutschland zurückgekehrt, um zu heiraten. Ich vermisse sie schrecklich.«

»Du hast nicht nur einen Privatlehrer, sondern auch ein eigenes Kindermädchen?« Marie sah beeindruckt aus. »Deine Eltern müssen ganz schön reich sein. Was macht dein Vater denn beruflich?«

In diesem Moment betrat Zaras Mutter die Suite. Als sie die drei !!! entdeckte, wurde ihr Gesicht so starr wie eine Maske. Wütend fuhr sie ihren Mann an, der abwehrend die Hände hob.

Zara sprang auf, hielt das goldene Fußkettchen hoch und redete beschwörend auf ihre Mutter ein. Kim hätte zu gern verstanden, worum es ging. Passte es Zaras Mutter nicht, dass ihre Tochter Freundschaft mit Gleichaltrigen schloss? Oder waren die drei !!! ihrer Meinung nach nicht der richtige Umgang für Zara?

Schließlich schnitt Zaras Mutter ihrer Tochter und ihrem Mann mit einer energischen Handbewegung das Wort ab. Zara war den Tränen nahe. Sie starrte ihre Mutter so wütend an, als würde sie ihr am liebsten an die Gurgel springen. Dann drehte sie auf dem Absatz um und rannte in ein Nebenzimmer.

Das Lächeln, mit dem sich Zaras Mutter nun an die drei !!! wandte, wirkte künstlich und aufgesetzt. »Vielen Dank für eure Hilfe«, sagte sie mit einem starken Akzent. »Das war wirklich sehr nett. Aber jetzt müsst ihr gehen. Auf Wiedersehen!« Ihr Deutsch klang hart und sie betonte jede einzelne Silbe.

Mit betretenen Mienen standen die drei !!! auf. Kim konnte es einfach nicht glauben, dass Zaras Mutter sie einfach so rausschmiss. Die Frau wurde ihr immer unsympathischer. Als sie die Suite gerade verlassen wollten, tauchte Zara wieder auf. Ihre Augen waren gerötet. Sie sah aus, als hätte sie geweint.

»Wartet!«, rief sie. »Ich möchte mich noch von euch verabschieden.«

Unter den Argusaugen ihrer Eltern sagte sie erst Marie, dann Franzi und schließlich Kim auf Wiedersehen. Kims Hand drückte sie eine Sekunde länger als die Hände der anderen und sah ihr dabei bedeutungsvoll in die Augen. Kim verstand erst nicht, warum, bis sie etwas Glattes, Festes in ihrer Hand spürte. Was war das? Ein zusammengefalteter Zettel? Kim öffnete den Mund und schloss ihn wieder.

»Auf Wiedersehen«, sagte Zara und ließ Kims Hand endlich los. Kim schloss ihre Finger möglichst unauffällig um den Zettel. Zaras Eltern schienen nichts bemerkt zu haben. Ihre Mutter schob die drei !!! auf den Flur hinaus und die Tür fiel hinter ihnen ins Schloss.

Marie schüttelte den Kopf, als die drei !!! wieder in ihrer Suite waren. »Ich fass es nicht! Schmeißt uns die Frau einfach raus! Das ist echt unhöflich.«

»Und herausgefunden haben wir auch nichts.« Franzi ließ sich aufs Sofa fallen. »Die ganze Aktion war völlig sinnlos.«

»Das würde ich nicht sagen.« Kim öffnete ihre Hand, in der tatsächlich ein winzig klein zusammengefalteter Zettel lag. Marie runzelte die Stirn. »Was ist das?«
»Eine geheime Botschaft von Zara.« Hastig faltete Kim den Zettel auseinander. Er war offenbar aus einem Notizbuch herausgerissen worden. In schwarzen, schön geschwungenen Buchstaben stand dort:

Helft mir!!! Kommt morgen um 9.00 Uhr in den Wellness-Bereich. Dort werde ich euch alles erklären. Ihr seid meine einzige Hoffnung!
Zara

Kim ließ den Zettel sinken. Ihr Gefühl hatte sie nicht getrogen. Zara steckte tatsächlich in Schwierigkeiten.
»Ein Hilferuf«, stellte Franzi verblüfft fest. »Und was machen wir jetzt?«
»Zara beistehen natürlich.« Kim machte ein entschlossenes Gesicht. »Wir können sie nicht im Stich lassen.«
»Was wohl mit ihr los ist?«, überlegte Marie. »Die Nachricht klingt ja total verzweifelt.«
»Es gibt nur einen Weg, um das herauszufinden«, sagte Kim. »Wir müssen morgen früh um neun Uhr im Wellness-Bereich sein und uns Zaras Geschichte anhören.«

Detektivtagebuch von Kim Jülich
Ostermontag, 18:25 Uhr
Wir haben einen neuen Fall! Zumindest sieht alles danach aus. Typisch – wenn man überhaupt nicht damit rechnet, ist es plötzlich so weit. Dabei haben wir hier im Urlaub nicht einmal unsere Detektivausrüstung dabei. Aber vielleicht kommen wir diesmal ja auch ohne Fingerabdruckset, Abhöranlage und Taschenlampe aus.
Ein mysteriöses Mädchen namens Zara hat uns um Hilfe gebeten. Sie sieht aus wie eine Prinzessin aus einem orientalischen Märchen. Wir wissen noch nicht genau, worum es geht, werden aber morgen hoffentlich nähere Einzelheiten erfahren. Ich kann's kaum erwarten!
Ich habe das Gefühl, dass Zara in großer Gefahr schwebt. Hoffentlich können wir ihr helfen …

Geheimes Tagebuch von Kim Jülich
Montag, 18:33 Uhr
Achtung: Lesen für Unbefugte (alle außer Kim Jülich) streng verboten! Das gilt auch für euch, Marie und Franzi, falls ihr das Tagebuch zufällig unter meinem Kopfkissen finden solltet. Und für sämtliche Zimmermädchen, Raumpflegerinnen und Hotelboys (für Letztere ganz besonders).
Hilfe, was geschieht mit mir? Sandros braune Augen gehen mir einfach nicht mehr aus dem Kopf. Ich muss die ganze Zeit an ihn denken. Dabei liebe ich doch Michi! Soll ich trotzdem mit Sandro flirten? Michi würde es nie erfahren … Nein, nein, nein! Ich bin doch nicht Marie! Sie flirtet locker mit mehreren Jungs gleichzeitig, aber ich kann das nicht. Treue und Vertrau-

en sind für mich das Wichtigste in einer Beziehung. Michi vertraut mir und ich will ihn nicht enttäuschen. Also werde ich Sandro vergessen – auch wenn er mich noch so süß anlächelt! Mist! Gerade fällt mir ein, dass ich Michi noch gar keine SMS geschrieben habe. Dabei hab ich ihm doch fest versprochen, mich jeden Tag zu melden. Ich werde das sofort nachholen. Und danach muss ich mich umziehen. Unser Hotel ist so vornehm, dass man nicht in normalen Klamotten zum Abendessen erscheinen darf, sondern sich extra chic machen muss. Wahnsinn, oder?! Na ja, Hauptsache das Essen ist gut, ich hab nämlich einen Mordshunger!

»*Bonsoir, Monsieur, bonsoir, Mesdemoiselles!*« Ein Mann in schwarzem Anzug und mit dezenter hellgrauer Krawatte kam lächelnd auf Herrn Grevenbroich und die drei !!! zu, als sie den Speisesaal betraten.
Während Maries Vater etwas auf Französisch erwiderte, sah sich Kim mit großen Augen um. Das abendliche Menü wurde im Goldenen Saal serviert, und dieser Name passte einfach perfekt. Der Saal war riesig und hatte eine hohe Decke, die mit verschlungenen Malereien verziert war. Pausbackige Engel, nackte Götter, grinsende Teufel und sich windende Schlangen sahen auf Kim hinab. Rechts und links von den drei !!! standen vergoldete Säulen, die dem Saal seinen Namen gegeben hatten. An den Wänden hingen große Spiegel, in denen sich die Säulen unendlich oft aneinanderreihten, wodurch der Raum noch größer wirkte. Die Tische waren mit schneeweißen Tischtüchern und weißem Porzellan gedeckt. Das Besteck funkelte im Schein der Kerzen, die in

massiven Silberleuchtern auf den Tischen standen. An den meisten Tischen hatten sich bereits Hotelgäste niedergelassen, unterhielten sich gedämpft oder prosteten sich mit ihren Weingläsern zu. Alle Männer trugen Anzüge und die Frauen tief ausgeschnittene Abendkleider aus glänzenden Stoffen. An den Ohren der Damen baumelten wertvolle Ohrringe und ihre Dekolletés waren mit Perlenketten oder Diamant-Colliers geschmückt.

Kim zupfte an ihrem schlichten, hellblauen Sommerkleid herum. Oben in der Suite war sie mit ihrem Aussehen noch ganz zufrieden gewesen, aber jetzt kam sie sich völlig fehl am Platz vor. Das war einfach nicht ihre Welt.

Franzi schien es ähnlich zu gehen. Sie betrachtete mit gerunzelter Stirn die anderen Gäste. »Du meine Güte, die Leute hier sind ja total aufgetakelt!«, sagte sie halblaut zu Kim. »Das ist doch kein königlicher Ball, sondern nur ein stinknormales Abendessen.«

Kim musste grinsen und fühlte sich gleich etwas besser. Herr Grevenbroich ließ sich von dem Mann im schwarzen Anzug an einen freien Tisch führen. Die drei !!! folgten ihnen. Hubertus, der an einem Einzeltisch am Fenster saß, winkte Marie zu. Marie nickte huldvoll zurück. Sie hatte ihm noch nicht ganz verziehen, dass er vorhin am Pool nach der missglückten Fotoaktion einfach abgehauen war.

»Ist das ein Kollege deines Vaters?« Franzi nickte zu dem Mann im schwarzen Anzug hinüber.

Marie machte ein verdutztes Gesicht, dann prustete sie los. »Quatsch! Das ist der *Chef de Rang.*«

Franzi runzelte die Stirn. »Der was?«

»Der Oberkellner«, übersetzte Kim.

»So kann man es auch nennen.« Marie ließ sich elegant an dem Tisch nieder, den der *Chef de Rang* ihnen zugewiesen hatte. Die vornehme Umgebung schien sie kein bisschen einzuschüchtern. Im Gegenteil, sie war völlig in ihrem Element. Kein Wunder – im Gegensatz zu Franzi und Kim war das schließlich nicht ihr erster Urlaub in einem Hotel der Luxusklasse. In ihrem schwarzen Abendkleid und mit der komplizierten Hochsteckfrisur sah sie einfach umwerfend aus – wie ein echter Filmstar.

Einer der Kellner servierte den ersten Gang, während der *Chef de Rang* Herrn Grevenbroich eine Weinflasche präsentierte. Kims Magen knurrte, als sie die winzige Salatportion auf ihrem Teller betrachtete. Die einzelnen Blätter waren kunstvoll zu einem kleinen Stillleben arrangiert, das von einer Erdbeere gekrönt wurde. Kim bezweifelte, dass sie davon satt werden würde. Aber zum Glück gab es ja noch vier weitere Gänge.

»Guten Appetit«, wünschte Herr Grevenbroich.

Kim starrte hilflos auf die drei Gabeln, die neben ihrem Teller lagen. Welche war für den Salat bestimmt? Sie schielte zu Marie hinüber, die bereits nach der äußersten Gabel gegriffen hatte und sich eine Portion Salat in den Mund schob – natürlich ohne auch nur im Geringsten mit der Soße zu kleckern.

»Man benutzt das Besteck immer von außen nach innen«, nuschelte Marie wenig vornehm mit vollem Mund, nachdem sie Kims Blick bemerkt hatte. Kim nickte dankbar und begann ebenfalls zu essen.

»Ich habe vorhin einen wunderbaren Strandspaziergang gemacht«, erzählte Herr Grevenbroich. »Und zum Abschluss ein Bad im Meer genommen. Das Wasser ist noch ziemlich kühl, aber sehr erfrischend. Ich fühle mich wie neugeboren! Und wie habt ihr den Nachmittag verbracht?«

Die drei !!! wechselten einen Blick. Sie hatten beschlossen, Maries Vater nichts von ihrem neuen Fall zu erzählen, um die Ermittlungen nicht zu verkomplizieren. Herr Grevenbroich war zwar ziemlich locker und ließ Marie viele Freiheiten, aber sie wollten kein Risiko eingehen.

»Wir waren am Pool und haben ein bisschen in der Sonne gelegen«, berichtete Marie.

»Es ist wirklich super hier«, sagte Kim.

Franzi nickte. »Ganz große Klasse.«

»Das freut mich.« Herr Grevenbroich trank einen Schluck Wein. »Ich werde leider nicht viel Zeit für euch haben. Morgen früh um sieben beginnen die Dreharbeiten in einem kleinen Dorf hier in der Nähe. Sie dauern den ganzen Tag. Aber ich versuche, zum Abendessen wieder im Hotel zu sein.«

»Keine Sorge, uns wird bestimmt nicht langweilig«, versicherte Marie. »Du kannst beruhigt zum Set fahren.«

Kim ließ ihren Blick unauffällig durch den Saal schweifen. Ob Sandro beim Abendessen servierte? Aber als Hotelboy hatte er vermutlich andere Aufgaben. Warum dachte sie überhaupt schon wieder an ihn? Sie hatte doch beschlossen, ihn aus ihrem Kopf zu verbannen! In diesem Moment entdeckte sie Zara und ihre Eltern an einem Tisch ganz hinten im Saal. Sie saßen etwas versteckt in einer kleinen Nische.

Wollten sie einfach nur ihre Ruhe haben oder schotteten sie sich bewusst von den restlichen Gästen ab? Als Zara sich vorbeugte, um nach dem Salzstreuer zu greifen, konnte Kim kurz ihr Gesicht sehen. Ihre Lippen waren zusammengekniffen. Sie sah blass, angespannt und ziemlich unglücklich aus. Franzi hatte sie ebenfalls entdeckt. »Dahinten ist Zara!«, flüsterte sie, als der Kellner die Salatteller abräumte.
Kim nickte. Dann erstarrte sie. Am Tisch direkt neben der Nische saßen die beiden Männer, die Zara am Pool beobachtet hatten! Es war kein Zweifel möglich, Kim erkannte sie hundertprozentig wieder. Auf den ersten Blick wirkten sie wie normale Hotelgäste, aber irgendetwas kam Kim merkwürdig vor. Und nach einer Weile wusste sie auch, was. Die Männer unterhielten sich nicht. Sie sprachen kein Wort miteinander, während sie mechanisch ihren Salat in sich hineinstopften. Der eine ließ Zara nicht aus den Augen, während der andere den Eingang des Saals zu beobachten schien.
Kim runzelte die Stirn. Diese Männer waren keineswegs harmlose Touristen, so viel war klar. Aber wer waren sie dann?

Zaras Geschichte

Am nächsten Morgen betraten die drei !!! um Punkt neun Uhr den Wellnessbereich, der sich im Souterrain des Hotels befand.
Durch eine Glastür gelangten die Detektivinnen in eine große Halle mit hell gefliestem Boden. An der Wand befand sich ein farbenprächtiges Mosaik, das offenbar den Palmengarten darstellen sollte, und in der Mitte plätscherte ein Springbrunnen, auf dessen Wasseroberfläche rosafarbene Blütenblätter schwammen. Im Hintergrund lief eine CD mit leiser Entspannungsmusik.
Zara wartete bereits auf sie. Sie stand in einen langen, weißen Bademantel gehüllt neben dem Springbrunnen und trat nervös von einem Fuß auf den anderen. Als sie die drei !!! erblickte, hellte sich ihre Miene auf.
»Da seid ihr ja!« Ihr Lächeln war so herzlich, dass Kim automatisch ebenfalls lächeln musste. »Vielen, vielen Dank, dass ihr gekommen seid! Ihr könnt euch gar nicht vorstellen, wie viel mir das bedeutet.«
»Kein Problem«, sagte Marie.
»Wenn jemand unsere Hilfe braucht, sind wir sofort zur Stelle«, fügte Franzi hinzu.
»Wir sind Detektivinnen«, erklärte Kim und zog eine Visitenkarte aus der Tasche ihres Bademantels.
Überrascht nahm Zara die Visitenkarte entgegen und las den kurzen Text:

Zara ließ die Karte sinken und sah die drei !!! verblüfft an.
»Ihr seid richtige Detektivinnen?«
Franzi, Kim und Marie nickten. »Wir haben schon siebzehn Fälle gelöst«, berichtete Franzi stolz.
»Und einige davon waren ganz schön verzwickt«, fügte Marie hinzu.
»Du siehst also, dass wir jede Menge Erfahrung haben«, sagte Kim. »Was auch immer dein Problem ist, wir werden dir helfen.«
»Worum geht es eigentlich genau?«, wollte Franzi wissen.
Zara sah sich schnell um, als hätte sie Angst, jemand könnte hinter dem Springbrunnen hocken und sie belauschen. Aber um diese morgendliche Uhrzeit ging noch niemand in die Sauna. Die anderen Hotelgäste schliefen wahrscheinlich noch oder ließen sich die Köstlichkeiten des fulminanten Frühstücksbuffets schmecken. Die vier Mädchen waren allein im Wellnessbereich. Trotzdem ging Zara zur Dampfsauna hinüber und winkte den anderen, ihr zu folgen. Kim schlüpfte aus ihren Badelatschen, hängte ihren Bademantel

an einen Haken neben der Tür und wickelte sich in ein großes Handtuch, bevor sie die Sauna betrat. Dampfschwaden waberten ihr entgegen. Sie waren so dicht, dass man kaum etwas sehen konnte. An den gefliesten Wänden liefen Wassertropfen hinab und irgendwo plätscherte es. Kim begann sofort zu schwitzen. Sie ging nicht gerne in die Sauna, weil sie befürchtete, wegen ihrer Platzangst eine Panikattacke zu bekommen. Auch jetzt spürte sie, wie sich ihr Herzschlag in dem kleinen, vom Dampf erfüllten Raum augenblicklich beschleunigte. Als sich die Tür hinter ihnen schloss, begannen ihre Hände zu zittern. Doch Kim biss die Zähne zusammen und versuchte, ruhig zu bleiben. Sie war fest entschlossen, die aufsteigende Panik diesmal zurückzudrängen.

Zara ließ sich auf einer steinernen Bank nieder. Kim setzte sich mit weichen Knien neben sie, Franzi und Marie nahmen auf Zaras anderer Seite Platz.

»Hier sind wir hoffentlich ungestört«, sagte Zara. »Was ich euch jetzt erzähle, darf niemand sonst wissen. Es muss absolut geheim bleiben, versteht ihr?« Zara sah die drei !!! der Reihe nach eindringlich an. Dann fügte sie hinzu: »Mein Leben hängt davon ab.«

Kim spürte, wie sie trotz der dampfigen Hitze in der Sauna eine Gänsehaut bekam. Sie hatte plötzlich einen Kloß im Hals und räusperte sich. »Erzähl uns am besten der Reihe nach, was passiert ist.«

»Okay.« Zara holte tief Luft. »Ich bin Prinzessin Zara Yasmin, einzige Tochter des Sultans von Dorisien.«

Kim schnappte nach Luft. Vor Überraschung bekam sie keinen Ton heraus.

Franzi schüttelte ungläubig den Kopf. »Du willst uns erzählen, dass du eine echte Prinzessin bist?«
Zara nickte.
»Genau wie in *1001 Nacht*«, murmelte Kim. Sie hatte mit ihrem allerersten Eindruck also gar nicht so falschgelegen.
»Hast du auch eine Krone?« Marie strich sich eine feuchte Haarsträhne aus der Stirn.
»Ja, aber die trage ich nur zu besonderen Anlässen«, antwortete Zara, als wäre das völlig selbstverständlich.
»Aha.« Kim konnte es immer noch nicht fassen. »Wie ... wie sollen wir dich denn jetzt anreden? Königliche Hoheit? Oder Majestät?« Es kam ihr irgendwie unpassend vor, weiterhin mit Zara zu sprechen wie mit einem normalen Mädchen.
Zara verzog das Gesicht. »Bloß nicht! Sagt bitte einfach weiterhin Zara zu mir.«
Franzi hatte sich als Erste von der überraschenden Neuigkeit erholt. »Wo liegt Dorisien?«, fragte sie. »Ehrlich gesagt habe ich noch nie von einem Land mit diesem Namen gehört. Ihr etwa?« Sie sah zu Kim und Marie, die beide die Köpfe schüttelten.
»Dorisien ist ein winzig kleines Land.« Zara lächelte beinahe entschuldigend. »Es liegt in Asien und ist ungefähr so groß wie Monaco.«
»Und dein Vater ist tatsächlich Sultan?« Kim musste daran denken, wie Zaras Vater ihnen in der Suite Tee serviert hatte. »Irgendwie hatte ich mir einen Sultan ganz anders vorgestellt.«
Zara schüttelte den Kopf. »Es ist nicht so, wie ihr denkt. Der, den ihr für meinen Vater haltet, ist in Wirklichkeit der

persönliche Leibwächter meines Vaters. Er heißt Ali und soll auf mich aufpassen. Und die Frau, die ihr für meine Mutter haltet, ist meine Tante Selma, die Schwester meines Vaters. Meine Mutter ist schon lange tot, ich kann mich kaum an sie erinnern.« Sie seufzte, als sie die verwirrten Gesichter der drei !!! sah. »Am besten fange ich ganz von vorne an. Mein Vater herrscht bereits seit vielen Jahren über Dorisien. Doch vor sechs Monaten hat sein Cousin, Scheich Achmed, offiziell Anspruch auf die Krone erhoben. Er hält sich für den rechtmäßigen Herrscher und will meinen Vater vom Thron stoßen. Seitdem herrscht ein erbitterter Kampf zwischen den beiden. In den letzten Wochen hat sich die Situation dramatisch zugespitzt. Scheich Achmed hat immer mehr Anhänger um sich geschart und die Stimmung im Land droht zu seinen Gunsten zu kippen.«
Kim beugte sich gespannt vor. »Und was ist dann passiert?«
»Mein Vater hatte Angst, Achmed könnte mich entführen lassen und als Druckmittel im Kampf um die Krone benutzen.« Zaras Stimme klang plötzlich bitter.
»Was?«, rief Franzi empört. »Aber du hast doch mit diesem blöden Streit gar nichts zu tun! Außerdem entführt man nicht jemanden aus seiner eigenen Familie, nur um mehr Macht zu bekommen!«
Zara senkte den Kopf. Selbst durch den Dunstschleier, der sie umgab, konnte Kim erkennen, dass ihr Gesicht sehr traurig aussah. »Doch, Onkel Achmed würde so etwas tun. Er würde alles tun, um an Macht zu gewinnen, genau wie mein Vater.« Sie hob den Kopf und sah die drei !!! düster an. »Sogar über Leichen gehen.«

Kim sog scharf die Luft ein. Es war, als würde ein eiskalter Hauch durch das Dampfbad wehen. Sie fröstelte und zog das Handtuch enger um sich.

»Darum hat mein Vater mich ins Ausland geschickt«, erklärte Zara. »Wir sind inkognito hier. Niemand darf wissen, wer ich wirklich bin, sonst könnte das sehr gefährlich für mich werden. Angeblich hat Onkel Achmed schon seine Leute auf mich angesetzt. Ali und Tante Selma sind für meinen Schutz zuständig. Sie sollen auf mich aufpassen.« Zara seufzte. »Und das machen sie wirklich sehr gut. Sie lassen mich keine Sekunde aus den Augen. Tante Selma hat sogar die Balkontür in meinem Zimmer abgeschlossen und den Schlüssel versteckt, stellt euch das mal vor!«

Kim fiel ein, wie der massige Leibwächter, den sie für Zaras Vater gehalten hatte, Zara gestern am Pool die ganze Zeit beobachtet hatte. Und wie ihre Tante dafür gesorgt hatte, dass sie keinen Kontakt zu den anderen Hotelgästen aufnehmen konnte – zum Beispiel zu den drei !!!. Plötzlich fiel ihr etwas ein. »Sag mal, hast du dein Fußkettchen etwa absichtlich am Pool verloren?« Kim warf Zara einen neugierigen Blick zu. »Um uns einen Vorwand zu liefern, an eurer Suite zu klopfen?«

»Schon möglich.« Zara lachte leise. »Ali und Selma haben ihre Tricks und ich habe meine. Wenn Tante Selma wüsste, dass wir uns hier gerade unterhalten, würde sie auf der Stelle tot umfallen.«

»Wo steckt sie eigentlich?« Franzi sah sich um, als könnte Zaras Tante jeden Moment aus dem Dunst auftauchen. »Sie hat dich doch bestimmt nicht einfach so gehen lassen, oder?«

Zara schüttelte den Kopf. »Natürlich nicht. Sie ist nebenan und lässt sich massieren. Das ist eine ihrer wenigen Leidenschaften. Einer guten Massage kann sie einfach nicht widerstehen. Ich habe ihr zu einer Ganzkörper-Aromaöl-Massage mit anschließender Schlammpackung geraten. Die dauert über zwei Stunden.« Zara kicherte. »Wer hätte gedacht, dass sich Tante Selmas Massage-Tick einmal als so nützlich erweisen würde?«

»Nicht schlecht.« Kim musste ebenfalls grinsen. »Aber eins ist mir immer noch nicht klar: Wie können wir dir helfen? Ehrlich gesagt erscheint es mir sehr sinnvoll, dass deine Tante und dieser Leibwächter rund um die Uhr auf dich aufpassen. Und an dem Streit zwischen deinem Vater und seinem Cousin können wir sicher auch nichts ändern.«

»Ich habe euch noch nicht alles erzählt.« Zara zeigte auf das goldene Fußkettchen, das an ihrem Knöchel baumelte. »Wisst ihr, warum mir dieses Fußkettchen so wichtig ist?« Die drei !!! schüttelten die Köpfe. »Weil Farid es mir geschenkt hat.«

»Wer ist Farid?«, fragte Kim, obwohl sie sich die Antwort beinahe denken konnte. Der helle Glanz, der plötzlich in Zaras Augen trat, sprach Bände.

»Farid ist mein Freund«, antwortete sie schlicht. »Ich liebe ihn mehr als mein Leben.«

»Wow, das ist ja toll!« Marie lächelte Zara zu. »Es ist schließlich gar nicht so leicht, seinen Traummann zu finden. Du musst total glücklich sein. Und wo liegt das Problem?«

Zaras Miene verdüsterte sich wieder. »Farid ist Scheich Achmeds Sohn.«

Das Lächeln verschwand von Maries Gesicht. »Wie bitte?«
»Das gibt's doch nicht!«, rief Franzi. »So ein Mist!«
»Du Ärmste.« Kim sah Zara voller Mitgefühl an. »Heißt das, ihr dürft euch jetzt nicht mehr sehen?«
Zara schluckte. »Farid und ich sind schon seit über einem Jahr zusammen. Erst hatten unsere Väter nichts dagegen, aber seit sie um den Thron kämpfen, hat sich das geändert. Sie haben uns verboten, einander zu sehen.« Ihre Stimme zitterte verdächtig.
»Das ist ja fast wie bei *Romeo und Julia*.« Kim schüttelte den Kopf. »Es muss schrecklich für euch sein!«
»Allerdings.« Zara seufzte. »In Dorisien haben wir uns noch ein paar Mal heimlich getroffen, auch wenn es sehr schwierig war, unsere Leibwächter an der Nase herumzuführen. Aber seit mein Vater beschlossen hat, mich ins Exil zu schicken, hatte ich keinen Kontakt mehr zu Farid – bis gestern.«
»Er hat sich bei dir gemeldet?«, fragte Franzi aufgeregt. »Woher wusste er denn, wo du bist? Ihr seid doch inkognito unterwegs!«
Zara zuckte mit den Achseln. »Keine Ahnung. Er muss es irgendwie herausbekommen haben. Auf jeden Fall ist er mir nachgereist. Er versteckt sich in einer alten Fischerhütte irgendwo hier in der Nähe und will sich heute Nacht mit mir treffen.«
»Jetzt verstehe ich ...« Kim konnte sich allmählich denken, wofür Zara ihre Hilfe brauchte.
Zara sah die drei !!! flehend an. »Ich muss Farid unbedingt sehen! Aber allein schaffe ich es nicht, unbemerkt aus der Suite zu kommen.«

Marie nickte. »Keine Sorge, wir helfen dir.«
Zara lächelte. »Danke! Das ist wahnsinnig nett von euch.«
»Wann und wo soll das Treffen stattfinden?«, erkundigte sich Franzi.
»Heute Nacht um ein Uhr am Strand«, antwortete Zara.
»Prima!« Kim beugte sich vor. »Dann haben wir ja noch genug Zeit für die Vorbereitungen.«

Als die drei !!! und Zara eine Viertelstunde später die Dampfsauna verließen, hatten sie einen ebenso einfachen wie genialen Plan entwickelt. Kim atmete erleichtert auf, als sie wieder in der Halle mit dem Springbrunnen stand. Sie war wahnsinnig stolz auf sich. Zum ersten Mal hatte sie es geschafft, sich länger als ein paar Minuten in einem engen, fensterlosen Raum aufzuhalten, ohne in Panik zu geraten. Vielleicht würde es ihr ja irgendwann sogar gelingen, ihre Platzangst völlig zu überwinden.
»Herrlich, so ein Dampfbad!«, seufzte Marie. »Ich fühle mich wie ein neuer Mensch. Jetzt schnell ins kalte Tauchbecken und dann ab in den Ruheraum. Kommt ihr mit?«
Franzi schauderte. »In einen Bottich mit eiskaltem Wasser kriegen mich keine zehn Pferde.«
»Und das will bei dir schon was heißen.« Marie, die sich gerne ein bisschen über Franzis Pferdetick lustig machte, kicherte. »Was ist mit dir, Kim?«
Kim schüttelte den Kopf. »Das ist nichts für mich.«
»Und ich muss jetzt leider zurück zu meiner Tante.« Zara verzog das Gesicht. »Sonst wird sie noch misstrauisch.«
»Dann bis heute Abend.« Kim lächelte Zara aufmunternd

zu. »Und mach dir keine Sorgen, es klappt bestimmt alles wie am Schnürchen.«
»Ihr seid einfach toll!« Zara warf den drei !!! eine Kusshand zu, bevor sie eilig in Richtung Massageraum verschwand.
»Sie ist echt nett«, stellte Franzi fest.
»Wer hätte gedacht, dass wir mal eine echte Prinzessin kennenlernen?«, murmelte Marie verträumt. »Das ist fast wie im Märchen …«
Kim kicherte. Doch dann blieb ihr das Lachen im Hals stecken. Direkt neben der Tür zur Dampfsauna saßen zwei Männer. Sie trugen Bademäntel und nahmen ein Fußbad. Sie taten so, als würden sie Zeitung lesen, aber Kim spürte ihre verstohlenen Blicke über den Zeitungsrand hinweg wie Nadelstiche auf der Haut. Es waren die beiden Männer, die Zara am Pool und im Speisesaal beobachtet hatten.
»Was ist los?«, fragte Franzi. »Du bist ja ganz blass.«
»Nichts«, sagte Kim schnell. In ihrem Kopf wirbelten die Gedanken durcheinander. Hatten die Männer sie etwa im Dampfbad belauscht? Wussten sie, wer Zara war? Hatten sie es auf sie abgesehen? Sie musste mit Marie und Franzi darüber reden. Doch hier war eindeutig nicht der richtige Ort dafür.

Freiheit für die Prinzessin

Am selben Abend um 21.30 Uhr begann die Aktion »Romeo und Julia«. Nach einer längeren und teils ziemlich hitzigen Diskussion hatten die drei !!! beschlossen, den Plan trotz der beiden merkwürdigen Typen in der Sauna wie geplant durchzuziehen. Kim hatte zwar ein mulmiges Gefühl bei der Sache, aber Franzi und Marie hatten sie schließlich überstimmt. Nachdem die Mädchen beim abendlichen Fünf-Gänge-Menü von Herrn Grevenbroich mit witzigen Geschichten von seinem ersten Drehtag unterhalten worden waren, hatten sie sich unter dem Vorwand, müde vom Schwimmen im Pool zu sein, in ihre Suite zurückgezogen. Doch statt sich hinzulegen, trat Marie um kurz vor halb zehn in Schlafrock und Hausschuhen wieder auf den Flur hinaus und ging zur Nachbarsuite hinüber. Sie zerzauste sich die Haare, setzte ihr liebenswürdigstes Lächeln auf und klopfte an die Tür.
Zaras Tante öffnete. Sie sah Marie mit gerunzelter Stirn an, ohne etwas zu sagen.
Marie ignorierte Selmas unfreundlichen Gesichtsausdruck. »Guten Abend!«, zwitscherte sie. »Entschuldigen Sie bitte die späte Störung, aber ich habe eine riesengroße Bitte.«
»Zara schläft schon.« Tante Selmas Stimme war so hart wie Stahl. »Du kannst jetzt nicht zu ihr.«
»Oh nein, darum geht es auch gar nicht«, sagte Marie zuckersüß. »Es geht um die Musik.«
Zaras Tante zog eine Augenbraue hoch. »Musik? Welche Musik?«

»Es wäre wahnsinnig nett, wenn Sie sie etwas leiser stellen könnten.« Marie zauberte einen bittenden Ausdruck auf ihr Gesicht. Jetzt zahlten sich die teuren Schauspielstunden wieder aus. »Meine Freundinnen und ich können bei der lauten Musik einfach nicht einschlafen.«

»Hier gibt es keine Musik«, sagte Selma abweisend. Sie wollte die Tür wieder schließen, aber Marie schob geistesgegenwärtig ihren pinkfarbenen Plüschhausschuh in den Türspalt. »Oh doch!«, sagte sie sanft. »Wir können durch die Wand jeden einzelnen Ton hören. Übrigens hätte ich nicht gedacht, dass Sie auf *Abba* stehen. Ich *liebe* die Popmusik der siebziger und achtziger Jahre! Mein Lieblingssong von *Abba* ist *Dancing Queen*.« Marie begann zu singen. »*You are my Dancing Queen* ...« Sie trällerte den Refrain und deutete dabei einige Tanzschritte an.

Zaras Tante stand verblüfft in der Tür und betrachtete Marie, als sei sie komplett durchgeknallt. Hinter Selmas Rücken huschte Zara wie ein lautloser Schatten durch die Suite. Sie zwinkerte Marie zu und reckte den Daumen in die Höhe. Dann verschwand sie in ihrem Zimmer.

Marie beendete ihre kleine Showeinlage. »*Abba* ist einfach eine tolle Band!« Sie seufzte. »Schade, dass sie sich 1982 aufgelöst haben.«

»Wie ich schon sagte, wir hören hier keine Musik«, wiederholte Selma.

»Oh. Dann habe ich mich wohl getäuscht. Vielleicht kommt die Musik ja aus der Suite unter uns.« Marie lächelte entschuldigend. »Tut mir leid, wenn ich Sie gestört habe. Gute Nacht!«

Zaras Tante schloss die Tür, ohne sich von Marie zu verabschieden. Marie grinste in sich hinein und kehrte zufrieden vor sich hin summend zu Kim und Franzi zurück. Teil eins der Aktion »Romeo und Julia« war erfolgreich abgeschlossen.

Der zweite Teil des Befreiungsplans sollte um Mitternacht beginnen. Die drei !!! hatten alle Lichter in ihrer Suite gelöscht. Sie standen im Schatten der Markise auf dem Balkon und ließen die Nachbarsuite nicht aus den Augen. Auch dort war es dunkel und still. Nichts regte sich. Man hätte meinen können, sämtliche Bewohner lägen in tiefem Schlaf …
»Wo bleibt sie denn?«, flüsterte Kim nervös. Sie warf einen Blick auf ihre Armbanduhr. Es war fünf nach zwölf.
»Vielleicht ist sie eingeschlafen«, überlegte Franzi.
»Oder ihre Tante hat sie erwischt«, unkte Marie.
In diesem Moment regte sich etwas auf dem Nachbarbalkon. Lautlos schwang die Tür auf und eine dunkel gekleidete Gestalt erschien. Zara! Ihr schwarzes Haar schimmerte im Mondlicht. Kim trat aus dem Schatten der Markise und winkte ihr zu. Zara lächelte und für den Bruchteil einer Sekunde blitzten ihre weißen Zähne auf.
»Alles klar?«, flüsterte Kim. Zara nickte.
»Jetzt musst du nur noch zu uns rüberklettern«, ordnete Franzi mit gesenkter Stimme an. »Keine Angst, wir helfen dir. Es ist ganz leicht!«
Zara trat an die Brüstung und warf einen skeptischen Blick hinunter. Der Abstand zwischen den beiden Balkonen war nicht besonders groß, aber es ging tief nach unten. Irgendwo

in der Dunkelheit lag die Hotelterrasse. Ein Sturz vom Balkon auf die Steinfliesen würde böse enden. Kim sah, wie etwas in Zaras Augen aufblitzte: Angst. Kim kannte dieses Gefühl sehr gut. Sie wäre an Zaras Stelle vermutlich augenblicklich wieder umgekehrt und hätte auf das Rendezvous verzichtet.
Aber Zara gab nicht so schnell auf. Die Liebe schien ihr ungeahnte Kräfte zu verleihen. Sie biss die Zähne zusammen und schwang ein Bein über die Brüstung.
Sofort streckte Franzi beide Arme aus. »Nicht nach unten schauen!«, zischte sie. »Sieh mich an! Und jetzt nimm meine Hand. Genau, sehr gut.«
Zara umklammerte Franzis Hand so fest, dass ihre Fingerknöchel weiß hervortraten. Einen Moment hing sie zwischen beiden Balkonen in der Luft. Kim hielt den Atem an. Sie konnte förmlich vor sich sehen, wie Zara abstürzte und mit zerschmetterten Knochen auf der Hotelterrasse landete. Doch dann griffen Kim und Marie gleichzeitig nach Zaras anderem Arm und zogen sie mit vereinten Kräften auf ihren Balkon herüber. Als Zara heil und unverletzt vor ihnen stand, sah Kim, dass ihre Beine zitterten. Auch die anderen waren etwas blass um die Nase.
»Na also, hat doch prima geklappt.« Franzi grinste schief. »Willkommen in der Freiheit, Prinzessin!«
Zara lächelte tapfer. »Danke.«
»Lasst uns lieber reingehen«, flüsterte Kim. »Bevor wir noch Zaras Tante aufwecken.«
In der Suite ließen sich die Mädchen auf die Couch fallen.
Zara lehnte sich erschöpft zurück. »Mir ist immer noch ganz

schlecht«, seufzte sie. »Ich habe Höhenangst. Ich war mir ganz sicher, dass ich abstürzen würde.«

»Du hast das toll gemacht«, lobte Franzi, die selbst ein echtes Klettertalent war. »Fast wie ein Profi. Und mit dem Schlüssel hat auch alles geklappt?«

Zara nickte. »Marie war einfach spitze. Sie hat Tante Selma so lange abgelenkt, bis ich den Schlüssel zur Balkontür in ihrem Schminktäschchen gefunden hatte. Danach musste ich nur noch so tun, als würde ich früh zu Bett gehen, und warten, bis Selma und Ali eingeschlafen waren.«

Marie grinste. »Das war eindeutig mein peinlichster Auftritt seit Jahren. Deine Tante hält mich jetzt wahrscheinlich für total gestört.«

»Na ja, sie hat tatsächlich etwas in der Richtung angedeutet.« Zara kicherte.

Kim kontrollierte die Uhrzeit auf ihrer Armbanduhr und stand auf. »Wenn wir pünktlich am Strand sein wollen, sollten wir jetzt aufbrechen.«

Zara erhob sich ebenfalls. »Ihr müsst wirklich nicht mitkommen. Ihr habt schon genug für mich getan. Den Rest schaffe ich auch allein.«

Franzi schüttelte energisch den Kopf. »Auf keinen Fall! Wir begleiten dich. Es wäre viel zu gefährlich, wenn du mitten in der Nacht alleine am Strand herumläufst. Was, wenn dir Achmeds Gefolgsleute auflauern?«

Zara lächelte. »Farid würde mich mit seinem Leben verteidigen.«

»Schon möglich«, sagte Kim. »Aber wir kommen trotzdem mit.« Sie überlegte kurz, ob sie Zara von den beiden Männern in der Sauna erzählen sollte, beschloss dann aber, sie lieber nicht zu beunruhigen. Doch das mulmige Gefühl in ihrer Magengegend blieb. Was, wenn die Männer Spione von Scheich Achmed waren? Was, wenn das Treffen mit Farid eine Falle war?

Kim versuchte, ihre bedrückenden Gedanken zu ignorieren, während sie hinter den anderen die Suite verließ und über den dunklen Flur zum Treppenhaus lief. Sie hatten beschlossen, nicht den Lift zu nehmen, um das Hotel ungesehen verlassen zu können.

Der Plan ging auf. Tatsächlich begegnete ihnen niemand im Treppenhaus. Draußen wehten leise Klaviermusik und das Lachen einiger Nachtschwärmer durch die weit geöffneten Fenster der Hotelbar zu ihnen herüber. Offenbar wurde dort noch gefeiert.

Die Mädchen huschten im Schatten hoher Hecken über die verschlungenen Wege des Hotelgeländes. Sie kamen am Pool vorbei, der einsam und verlassen dalag. Der Mond spiegelte sich im glatten Wasser. Dahinter ragten die Bäume des Palmengartens auf. Die Palmenwedel raschelten leise in der Brise, die vom Meer herüberwehte.

Der Strand war um diese Uhrzeit menschenleer. Abgesehen vom Rauschen der Wellen war nichts zu hören. Die Nacht war sternenklar und ziemlich kühl. Kim ließ ihren Blick über den feinen, feuchten Sand schweifen. Keine Fußspuren. Sie sah nach rechts und links, aber es war niemand da. Sie waren allein. Die Hoteluhr schlug ein einziges Mal.

Zaras Augen flackerten nervös und ihr Blick wanderte ruhelos hin und her.

»Dein Romeo kommt bestimmt gleich«, versuchte Marie, sie zu beruhigen. »Er hat sich bestimmt nur etwas verspätet.«
Zara biss sich auf die Unterlippe. »Farid hat sich noch nie verspätet. Er ist immer schon vor mir da, wenn wir verabredet sind.«
In diesem Augenblick trat ein dunkler Schatten hinter einer Palme hervor. Zara schrie leise auf und Kim zuckte zusammen. War das einer von Scheich Achmeds Männern? Wie sollten sie Zara gegen einen durchtrainierten Bodyguard verteidigen?
Die Gestalt kam mit langen Schritten auf sie zu. Das Mondlicht fiel auf ihr Gesicht und Kim erkannte eine schmale, leicht gebogene Nase und dunkle, leidenschaftliche Augen.
Mit einem Freudenschrei stürzte Zara auf die Gestalt zu. »Farid!« Sie warf sich in seine Arme. Die beiden verschmolzen zu einem einzigen Schatten, als sie sich küssten.
Kim sah verlegen zur Seite. »Wir sollten die zwei besser alleine lassen«, raunte sie Franzi und Marie zu. »Jetzt kann Zara ja nichts mehr passieren.«
Leise zogen sich die drei !!! zurück. Zara und Farid bekamen nichts davon mit, sie hatten nur Augen füreinander.
»Ist das nicht romantisch?«, fragte Marie, als sie zum Hotel zurückgingen. »Das Rauschen des Meeres, ein Himmel voller Sterne und ein Paar, das sich über alles liebt.« Sie seufzte. »Ich wünschte, ich hätte meinen Traumjungen auch schon gefunden.«
Sie sah plötzlich traurig aus und Kim wusste, dass sie an ihren Ex-Freund Holger dachte. Eine Weile waren die beiden das perfekte Paar gewesen, aber dann hatten sie sich allmäh-

lich auseinandergelebt und schließlich Schluss gemacht. Die Trennung war schon eine Weile her, aber Marie knabberte immer noch daran – auch wenn sie nach außen hin so tat, als wäre alles in bester Ordnung.
»Und was ist mit Adrian?«, fragte Franzi. »Ich dachte, er ist dein neuer Traumtyp. Auch wenn ich immer noch finde, dass er zu alt für dich ist.«
»Ja, Adrian ist echt süß«, gab Marie zu. »Ich muss ihm nur noch irgendwie klarmachen, dass ich auch die Frau seiner Träume bin.«
»Das schaffst du schon«, sagte Kim. »Und bis es so weit ist, kannst du ja auf deine anderen Verehrer zurückgreifen.« Marie brachte die Herzen der Jungs reihenweise zum Schmelzen. Insgeheim beneidete Kim sie ein bisschen um ihre tolle Ausstrahlung.
»Wie wär's zum Beispiel mit Hubertus?« Franzi kicherte. »Ich glaube, er ist dir auf den ersten Blick verfallen.«
»Dummerweise ist er eigentlich auch zu alt für Marie«, gab Kim zu bedenken.
»Ach was, das ist doch egal.« Marie wischte Kims Einwand mit einer ungeduldigen Handbewegung beiseite. »Hubertus ist gar nicht so übel. Wenn er nur nicht so auf seine dämliche Kamera fixiert wäre. Das ständige Geknipse ist ganz schön nervig.«
»Wenigstens hat Kim ihren Traummann bereits gefunden«, stellte Franzi fest.
Kim lächelte schwach. Sie versuchte sich vorzustellen, wie sie mit Michi am Strand entlangging, aber das Bild blieb blass und unscharf. Stattdessen schob sich Sandros Gesicht vor ihr

inneres Auge. Er sah sie mit seinen dunklen Augen an und lächelte. Kims Herzschlag beschleunigte sich. Sie versuchte, das Bild zu verscheuchen, aber es klappte nicht. Sandro blieb hartnäckig in ihrem Kopf – und in ihrem Herzen. Kim seufzte. Die Angelegenheit war offenbar wesentlich komplizierter, als sie gedacht hatte.

Schock am frühen Morgen

Kim erwachte von einem Geräusch, das sie im ersten Moment für Donnergrollen hielt. Sie setzte sich auf und blinzelte verwirrt. Gab es etwa ein Gewitter? Nein, die Sonne schien hell zwischen den Vorhängen hindurch und kitzelte Kim an der Nase. Sie musste dreimal hintereinander niesen, was den Schlaf endgültig verscheuchte. Jetzt wurde ihr auch klar, woher das Geräusch kam, das sie geweckt hatte. Jemand klopfte an die Tür. Vielleicht war es Herr Grevenbroich, der sie zum Frühstück abholen wollte.
Marie, die neben Kim im Himmelbett lag, brummte ärgerlich und vergrub ihren Kopf in den Kissen. Franzi schlief im Einzelbett an der Wand und rührte sich nicht. Der Lärm schien sie völlig kaltzulassen.
Seufzend schwang Kim die Beine über den Bettrand und fuhr sich mit beiden Händen durch die Haare. Sie warf einen Blick auf ihren Wecker. Es war halb acht. Nachdem sie gestern erst gegen zwei Uhr ins Bett gekommen waren, hatten die drei !!! eigentlich vorgehabt, heute auszuschlafen. Aber daraus würde wohl nichts werden. Inzwischen trommelte irgendwer mit beiden Fäusten gegen die Tür. Das war bestimmt nicht Maries Vater.
»Ich komm ja schon«, murmelte Kim und schlurfte gähnend ins Wohnzimmer.
Kaum hatte sie die Tür geöffnet, stürzte eine zierliche Person herein. Kim starrte sie verblüfft an. Zaras Tante! Sie trug einen bestickten Morgenmantel und war noch ungeschminkt.

»Wo ist Zara?«, rief sie. In ihrer Stimme schwang Panik mit. Kim wurde blass. »Ich … ich weiß nicht …«, stammelte sie. »Ist sie nicht bei Ihnen?«

Selma schüttelte den Kopf. »Ich wollte sie gerade wecken, aber ihr Bett war leer. Wir haben schon die ganze Suite nach ihr abgesucht. Ist sie hier?«

Kim schüttelte den Kopf. »Nein, leider nicht …« Ihr Magen zog sich zusammen. Irgendetwas Schlimmes musste passiert sein.

Marie und Franzi erschienen mit zerzausten Haaren in der Schlafzimmertür. »Was ist denn los?« Marie warf Zaras Tante einen vorwurfsvollen Blick zu. »Müssen Sie um diese Uhrzeit so einen Lärm veranstalten?«

»Zara ist weg«, sagte Kim tonlos.

»Was?« Franzi riss entsetzt die Augen auf.

»Ihr Bett ist unbenutzt«, berichtete Selma. »Ich gehe davon aus, dass sie bereits gestern Abend verschwunden ist. Wann habt ihr sie das letzte Mal gesehen?«

Die drei !!! wechselten einen schnellen Blick. Wie viel sollten sie Zaras Tante verraten?

»Ich glaube … das war gestern Nachmittag am Pool«, sagte Marie zögernd.

»Danach hattet ihr keinen Kontakt mehr?« Selma sah Marie scharf an. »Ganz sicher?«

Marie wurde rot. »Nein, ich glaube nicht.«

In diesem Moment tauchten zwei Männer neben Zaras Tante auf. Sie waren so leise hereingekommen, dass es schien, als wären sie direkt aus dem Boden gewachsen. Kim starrte sie ungläubig an. Es waren die Männer, die Zara beobachtet

hatten. Drohend bauten sie sich vor den drei !!! auf. Ihre Gesichter waren zur Hälfte von großen Sonnenbrillen verdeckt, sodass ihre Augen nicht zu sehen waren. Hatten sie etwas mit Zaras Verschwinden zu tun?
»W…was wollen Sie hier?«, stammelte Kim. »Keinen Schritt näher, sonst schreie ich das ganze Hotel zusammen.«
»Passt auf, dass die Mädchen nicht abhauen«, befahl Selma. »Sie wissen mehr, als sie zugeben.«
»Sie kennen diese Männer?«, fragte Kim verblüfft.
Tante Selma nickte. »Es sind Zaras persönliche Leibwächter. Sie bewachen sie inkognito.«
»Diese Männer gehören zur Leibgarde des Sultans?« Plötzlich fügte sich in Kims Kopf alles zusammen. Natürlich! Darum waren sie ständig in Zaras Nähe gewesen und hatten sie beobachtet. Und darum hatte Ali ihnen am Pool freundschaftlich zugenickt. Sie waren Kollegen! Kim hätte sich vor Ärger in den Hintern beißen können. Warum war sie nicht schon eher darauf gekommen? Diesmal hatte ihre berühmte Kombinationsgabe sie leider im Stich gelassen.
Selma lächelte zufrieden. »Ihr wisst also, wer Zara wirklich ist. Das habe ich mir bereits gedacht. Wann hat sie es euch gesagt?«
Kim seufzte und sah zu Franzi und Marie. »Ich finde, wir sollten ihr alles erzählen. Es hat keinen Zweck, länger zu leugnen. Außerdem befindet sich Zara vielleicht in ernster Gefahr.«
Marie nickte. »Du hast recht.« Sie berichtete von dem Treffen in der Sauna, der gestrigen Befreiungsaktion und dem Rendezvous mit Farid am Strand.

Zaras Tante wurde blass. »Zara hat sich letzte Nacht heimlich aus dem Hotel geschlichen? Und ihr habt ihr dabei geholfen?«

Kim biss sich auf die Unterlippe. »Sie wollte Farid unbedingt treffen. Und das hätten Sie nie erlaubt.«

»Natürlich nicht!« Selma stemmte die Hände in die Hüften. »Farid ist Achmeds Sohn! Die beiden stecken unter einer Decke. Er hat sie bestimmt in eine Falle gelockt, damit Achmeds Männer sie entführen können.«

Franzi schüttelte den Kopf. »Außer Farid war niemand am Strand. Er war allein.«

»Was weißt du schon?« Selma sah Franzi von oben herab an. »Achmeds Männer sieht man nur, wenn sie gesehen werden wollen. Sie sind sehr gut ausgebildet. Achmed hat Zara mit Farids Hilfe entführt, das ist so klar wie der Nachthimmel über Dorisien. Der Sultan wird außer sich sein, wenn er davon erfährt.«

Kim schluckte. »Und was passiert jetzt?«

»Der Sultan wird seinem Cousin nun endlich offen den Krieg erklären.« In Selmas Stimme schwang Zufriedenheit mit. »Diesmal ist Achmed zu weit gegangen. Der Sultan wird nicht eher ruhen, bis er Zara gefunden und ihre Entführer aus dem Land gejagt hat.«

»Wenn wir irgendetwas tun können, um zu helfen …«, begann Marie, aber Selma schnitt ihr das Wort ab.

»Ihr habt bereits genug getan.« Sie winkte den beiden Leibwächtern zu, die daraufhin kehrtmachten und sie zur Tür eskortieren. Bevor sie die Suite verließ, drehte sie sich noch einmal um. »Ohne eure Einmischung wäre Zara jetzt in Si-

cherheit und nicht in den Händen eines machtgierigen Verrückten. Ich hoffe, ihr seid zufrieden mit euch.«
Die Worte trafen Kim wie Dolchstöße. Augenblicklich wurde sie von heftigen Schuldgefühlen überwältigt. Waren sie tatsächlich für Zaras Verschwinden verantwortlich? Hatten sie sie im Stich gelassen? Wäre alles anders gekommen, wenn sie Zara nicht geholfen hätten?
»So ein Mist!«, schimpfte Franzi, als Selma mit ihrer Leibgarde verschwunden war. »Dieses Mal haben wir es total verbockt!«
Kim stolperte zum Sofa und ließ sich darauffallen. Sie vergrub das Gesicht in den Händen. »Es ist unsere Schuld, dass Zara entführt worden ist. Wenn ihr etwas zustößt, werde ich mir das nie verzeihen.«
Marie setzte sich neben Kim und legte ihr den Arm um die Schultern. »Vielleicht haben wir tatsächlich etwas falsch gemacht, aber es ist noch nicht zu spät, den Fehler zu korrigieren.« Ihre Stimme klang überraschend klar. Kim hob den Kopf. Maries Gesicht war sehr blass, aber ihre Augen strahlten eine wilde Entschlossenheit aus.
»Und wie soll das gehen?«, fragte Franzi.
»Ganz einfach: Wir müssen Zara finden und sie befreien. Wir dürfen sie jetzt nicht im Stich lassen!«
Franzi nickte. »Du hast recht. Wir müssen aktiv werden, statt uns selbst Vorwürfe zu machen. Aber dafür brauchen wir jede Menge Power.« Sie streckte den Arm aus. Automatisch legten Kim und Marie ihre Hände auf Franzis Hand. Inzwischen hatten sie den Schwur so oft ausgeführt, dass sie ihn im Schlaf beherrschten. Kim spürte, wie ihr das vertrau-

te Ritual Kraft gab und die Energie durch ihre Handfläche in ihren Körper floss.
Im Chor sagten sie: »Die drei !!!.«
Franzi rief »Eins!« und Marie »Zwei!«. Kim holte tief Luft und sagte mit fester Stimme: »Drei!« Zum Schluss hoben sie gleichzeitig die Hände und riefen: »Power!!!«

Schwierige Suche

Detektivtagebuch von Kim Jülich
Mittwoch, 9:25 Uhr

Etwas Schreckliches ist passiert: Zara ist verschwunden! Vermutlich wurde sie entführt – und das ist unsere Schuld! Hätten wir ihr doch bloß nicht bei der Flucht geholfen! Allein hätte sie sich niemals mit Farid treffen können. Wenn wir wenigstens am Strand bei ihr geblieben wären. Wie konnten wir sie nur allein lassen? Aber Selbstvorwürfe bringen Zara jetzt auch nichts. Darum haben wir beschlossen, sie zu finden – und zwar so schnell wie möglich. Unsere erste Spur ist Farid. Auch wenn Franzi, Marie und ich nicht glauben, dass er Zara entführt hat. Ihre Tante liegt mit diesem Verdacht garantiert falsch. Sie hat schließlich nicht gesehen, wie sich die beiden geküsst haben. Und dann dieser zärtliche Blick, mit dem Farid Zara angeschaut hat – so etwas kann man einfach nicht spielen!

Trotzdem ist Farid vermutlich derjenige, der Zara als Letzter gesehen hat. Deshalb müssen wir unbedingt mit ihm sprechen. Gleich machen wir uns auf die Suche nach der Fischerhütte, in der er sich verstecken soll. Marie hat den Portier ein bisschen ausgehorcht und er hat ihr erzählt, dass es einige Kilometer von hier eine alte, verfallene Fischerhütte gibt, die seit Jahrzehnten leer steht. Die Chancen stehen eins zu hundert, dass diese Hütte Farids Versteck ist, aber vielleicht haben wir ja Glück. Außerdem ist es unsere einzige Spur.

Liebe Zara, ich wünschte, du könntest mich hören. Wir werden alles tun, um dich zu finden. Wir lassen dich nicht im Stich!!!

Nach dem Frühstück brachen die drei !!! sofort auf. Kim hatte entgegen ihren sonstigen Gewohnheiten so gut wie nichts gegessen. Zaras Verschwinden hatte ihr gründlich den Appetit verdorben. Sie hatte ihr Müsli kaum angerührt und beim Anblick der dampfenden Waffeln und der duftenden Heidelbeer-Pfannkuchen hatte sich ihr fast der Magen umgedreht.
Als sie das Hotel verließen, strahlte die Sonne von einem wolkenlosen Himmel. Am Pool herrschte bereits reger Betrieb und auch die meisten Liegen am Strand waren schon von Hotelgästen besetzt. Kim schob sich ihre Sonnenbrille auf die Nase, als sie zwischen den ordentlich aufgereihten Liegestühlen zum Wasser gingen. Das Meer glitzerte in der Sonne. Es war fast windstill und die Wellen schwappten träge an den Strand. Ein perfekter Tag zum Baden, Lesen und Entspannen. Es hätte alles so schön sein können …
»Am besten laufen wir immer am Meer entlang«, schlug Marie vor. »Die Hütte soll direkt am Wasser liegen, wir können sie also eigentlich gar nicht verfehlen.«
»Prima.« Franzis Augen blitzten unternehmungslustig. »Auf geht's!« Munter marschierte sie los.
Kim folgte ihr seufzend. »Hat der Portier zufälligerweise auch gesagt, wie weit es bis zu dieser Hütte ist?«
»So genau wusste er das nicht.« Marie zuckte mit den Schultern. »Wahrscheinlich ungefähr zehn oder zwölf Kilometer.«
»Was?« Kim blieb wie angewurzelt stehen. »So weit? Da sind wir ja morgen früh noch unterwegs!«
»Quatsch!« Franzi schüttelte den Kopf. »Das schaffen wir locker in ein paar Stunden.« Sie warf Kim einen strengen Blick

zu. »Zumindest, wenn wir zügig laufen und nicht alle fünf Minuten anhalten.«

Kim setzte sich wieder in Bewegung. »Na prima!«, murmelte sie. »Genauso hab ich mir unseren Urlaub vorgestellt. Schweißtreibende Gewaltmärsche mit zwei unbarmherzigen Sklaventreiberinnen – womit habe ich das nur verdient?«

Zwei Stunden später war Kims Stimmung auf dem absoluten Nullpunkt angelangt. Die Mittagssonne brannte heiß auf ihren Kopf, ihre Beine fühlten sich so schwer an, als hätte sie Bleigewichte an den Füßen, und an ihrer rechten Ferse schmerzte eine dicke Blase.

»Jetzt reicht's!« Sie blieb stehen und wischte sich den Schweiß von der Stirn. »Ich gehe keinen Schritt weiter. Wenn ihr mich fragt, sind wir inzwischen schon mindestens zwölf Kilometer gelaufen, und von einer Fischerhütte ist weit und breit nichts zu sehen. Das bringt doch nichts!«

»Vielleicht sind wir aus Versehen in die falsche Richtung gegangen«, überlegte Marie. Sie hatte sich ein knallrotes Piratentuch um den Kopf geschlungen und sah noch beneidenswert frisch aus. Im Gegensatz zu Kim schien sie der Marsch kaum angestrengt zu haben. Kein Wunder – Marie machte regelmäßig Sport und hielt sich mit Laufen, Schwimmen und Aerobic fit.

»Lasst uns noch um die nächste Kurve gehen«, schlug Franzi vor. »Jetzt sind wir so weit gekommen – es wäre schade, wenn wir kurz vor dem Ziel aufgeben.«

Kim stöhnte. »Muss das sein? Ich fühle mich wie durch den Fleischwolf gedreht und wir haben noch den ganzen Rückweg vor uns.«

Franzi zuckte mit den Schultern. »Wenn ihr nicht wollt, gehe ich eben alleine.« Sie marschierte los.

»Warte, ich komme mit!«, rief Marie.

Kim zögerte einen Moment, dann folgte sie seufzend ihren Freundinnen. Der Strand war schon seit geraumer Zeit menschenleer. Hier gab es weder schicke Strandclubs oder Nobelrestaurants noch coole Bars mit dröhnender Musik. Der Strand war auch nicht so sauber und gepflegt wie beim Hotel, sondern mit Muscheln, Steinen und Seetang übersät. Er ging in einen dichten Pinienwald über. Abgesehen vom Geräusch der Wellen und dem Zirpen der Zikaden war nichts zu hören. Kim kam es fast so vor, als wären sie auf einem anderen Planeten gelandet.

Plötzlich blieb Franzi so abrupt stehen, dass Kim beinahe in sie hineingelaufen wäre. »He, was soll das?«, schimpfte Kim.

»Pssst!«, zischte Franzi. »Ich glaube, wir sind am Ziel.«

Vor ihnen lag in einiger Entfernung eine kleine Holzhütte. Sie war kaum größer als der Gartenschuppen von Kims Vater und schien ziemlich baufällig zu sein. Das Dach war windschief und nur notdürftig geflickt und die Holzwände sahen morsch und verwittert aus. Kims Hände wurden feucht vor Aufregung.

»Wir müssen näher heran!«, flüsterte Marie.

Die drei !!! huschten über den Strand und suchten hinter einigen Pinien Schutz. Dann arbeiteten sie sich so geräuschlos wie möglich bis zur Hütte vor. Sie lag genau dort, wo der Strand in den Pinienwald überging, und wirkte auf den ersten Blick völlig verlassen. Kims Hoffnung sank. Hier hatte bestimmt seit ewigen Zeiten niemand mehr gewohnt. Au-

ßerdem konnte sie sich nicht vorstellen, dass sich der Sohn eines unvorstellbar reichen Scheichs ausgerechnet in so einer Bruchbude verstecken sollte.
Auf einmal ertönte ein Geräusch aus dem Inneren der Hütte. Kim erstarrte. Marie und Franzi hatten es auch gehört.
»Es ist jemand drin!«, hauchte Franzi beinahe lautlos.
Kims Kehle war wie zugeschnürt. Hatten sie Farid tatsächlich aufgespürt? Plötzlich kam ihr ein wunderbarer Gedanke: Was, wenn Zara ebenfalls in der Hütte war? Vielleicht war sie ja gar nicht entführt worden, sondern spontan mit Farid durchgebrannt! Kims Füße setzten sich ganz von allein in Bewegung. So leise wie möglich schlich sie zu einem der beiden Fenster hinüber. Die Scheibe war schon lange kaputt, stattdessen hatten fleißige Spinnen ihre Netze im Fensterrahmen gesponnen. Die Spinnweben bewegten sich leicht im Luftzug. Vorsichtig schob Kim ihren Kopf vor das Fenster. Bestimmt würde sie gleich Farid und Zara sehen, die eng umschlungen in der Hütte saßen und sich verliebt in die Augen schauten. Zara würde aufspringen und den drei !!! lachend um den Hals fallen. Den restlichen Tag würden sie gemeinsam am Strand verbringen und jede Menge Spaß haben …
Plötzlich erschien ein Gesicht im Fenster. Es gehörte weder Zara noch Farid. Es war einer von Zaras Leibwächtern. Er hatte sich seine Sonnenbrille auf den Kopf geschoben und starrte Kim aus zusammengekniffenen Augen an. Sein Gesicht war Kims so nah, dass sich ihre Nasenspitzen beinahe berührten. Kim konnte den Atem des Mannes auf ihrer Wange spüren. Nur die Spinnweben trennten sie von diesem Muskelpaket. Nur ein Hauch von Nichts.

Ein paar Herzschläge lang war Kim wie erstarrt. Dann passierte alles gleichzeitig. Ein markerschütternder Schrei ertönte und Kim merkte erst nach einer Weile, dass er aus ihrer eigenen Kehle kam. Der Leibwächter stieß einen unverständlichen Fluch aus und griff durch das Fenster nach Kim. Die Spinnweben zerbarsten. Eine riesige Hand schoss auf Kim zu. Sie wollte fliehen, aber sie konnte sich nicht bewegen. Plötzlich waren Marie und Franzi hinter ihr und rissen sie zurück. Die Hand griff ins Leere. Der Leibwächter fluchte noch einmal, dann verschwand sein Gesicht.
»Weg hier!«, zischte Franzi.
Die Tür zur Fischerhütte flog auf und der Leibwächter stürmte heraus. Sein Kollege war ihm dicht auf den Fersen.
»LAUFT!«, brüllte Marie.
Kim stolperte los. Ihre Füße versanken im weichen Sand. Es war wie in einem dieser Albträume, in denen man läuft und läuft, ohne voranzukommen. Dann hatten sie den Wald erreicht und das Laufen wurde einfacher. Kim rannte, so schnell sie konnte. Hinter ihr trommelten die Füße ihrer Verfolger über den Waldboden. Sie waren schnell. Und sie würden nicht aufgeben, bevor sie ihre Beute gestellt hatten. Kims Atem ging keuchend und sie bekam Seitenstechen. Die Blase an ihrem Fuß brannte wie Feuer und jeder einzelne Muskel in ihren Beinen schmerzte, aber sie blieb nicht stehen. Franzi und Marie waren direkt vor ihr. Die Pinien wuchsen immer dichter, sodass sie etwas langsamer laufen mussten. Der Untergrund wurde felsig. Kim fragte sich, wie lange sie das Tempo noch durchhalten würde. Verflixt, warum war sie nur so unfit?

Plötzlich schlug Franzi einen Haken und zog Kim in eine Felsspalte, die sich direkt neben ihnen auftat. Sie war so schmal, dass sich die drei !!! gerade so hineinquetschen konnten. Kim drückte sich gegen die kühle Felswand und versuchte, so leise wie möglich zu atmen. Ein paar Sekunden später hörte sie, wie ihre Verfolger an ihrem Versteck vorbeirannten. Kim hielt die Luft an. Sie blieben nicht stehen. Die drei !!! warteten noch eine Weile, aber alles blieb still.
Kim atmete auf. »Ich glaube, sie sind weg«, flüsterte sie und schob sich aus der Felsspalte.
»Puh, das war knapp.« Franzi trat hinter Kim ins Freie. Auf ihrer Stirn glitzerten Schweißtropfen. »Diese Typen sind echt gut im Training, das muss man ihnen lassen.«
»Sie hätten uns bestimmt liebend gern einen Denkzettel verpasst.« Kim schauderte bei dem Gedanken daran, was passiert wäre, wenn die zwei Muskelpakete sie erwischt hätten.
»Was haben Zaras Leibwächter eigentlich in der Fischerhütte gemacht?«, fragte Marie.
»Ich glaube, sie haben sie durchsucht«, sagte Kim. »Sie wollen bestimmt Farid finden, genau wie wir.«
»Nur dass sie die Fischerhütte leider vor uns entdeckt haben.« Franzi schüttelte ärgerlich den Kopf. »So ein Mist! Vielleicht hätten wir in der Hütte einen Hinweis darauf gefunden, wo Farid sich jetzt aufhält.«
»Hier ist er jedenfalls nicht mehr.« Kim seufzte. »Die ganze Aktion war völlig sinnlos.« Sie fühlte sich auf einmal kraftlos und ausgelaugt. Ihre Beine zitterten. Kim ließ sich auf den Waldboden fallen und zog ihren Turnschuh aus, um ihren

Fuß zu begutachten. Die Blase an ihrer Ferse war riesengroß und knallrot.
Marie hockte sich neben sie. »Autsch! Das sieht gar nicht gut aus. Willst du ein Pflaster haben?« Als Kim nickte, begann sie, in ihrer Handtasche zu wühlen, und zog schließlich ein Mäppchen mit Pflastern in verschiedenen Größen heraus.
»Danke«, sagte Kim. Nachdem Marie ihren Fuß verarztet hatte, fühlte sie sich schon etwas besser.
»Wir sollten jetzt erst mal was essen und dann den Rückweg antreten«, schlug Franzi vor. »Am besten gehen wir etwas tiefer in den Wald hinein, damit uns die beiden Typen nicht noch einmal über den Weg laufen.«
»Du hast Proviant dabei?«, fragte Kim überrascht.
Franzi nickte. »Ich hab ein paar Brötchen und etwas Obst vom Frühstücksbuffet gemopst, als der Oberkellner gerade nicht hingeschaut hat.«
Kim merkte, wie ihre Lebensgeister beim Gedanken an ein saftiges Rosinenbrötchen oder ein leckeres Schokocroissant wieder erwachten. Sie rappelte sich auf. »Franzi, du hast mir soeben das Leben gerettet.«
»Kein Problem.« Franzi grinste. »Eine meiner leichtesten Übungen.«

Reporter-Alarm!

Gestärkt traten die drei !!! eine halbe Stunde später den Rückweg an. Sie wanderten schweigend am Strand entlang, jede in ihre eigenen Gedanken versunken. Kim versuchte, ihre schmerzende Ferse zu ignorieren. Sie fragte sich, wie es Zara wohl gerade ging. War sie irgendwo eingesperrt? Vielleicht sogar gefesselt? Dagegen war eine Blase am Fuß geradezu lächerlich …

Die Sonne ging bereits unter, als sie den Hotelstrand erreichten. Alle Sonnenschirme waren eingeklappt und die Liegestühle verwaist. Der Badespaß war für heute beendet.

»Geschafft!«, seufzte Kim. »Gleich lege ich mich erst mal in die heiße Badewanne, bevor ich mich fürs Abendessen umziehe. Wahrscheinlich kann ich mich morgen vor lauter Muskelkater nicht mehr rühren.«

»Hör auf zu jammern«, sagte Franzi ungerührt. »Du wolltest dich doch unbedingt mehr bewegen. Sieh es positiv: Heute hast du so viele Kalorien verbrannt wie sonst in einem ganzen Monat.«

»Stimmt!« Daran hatte Kim noch gar nicht gedacht. »Das heißt, ich kann nachher beim Abendessen ordentlich reinhauen. Was gibt es heute eigentlich?«

Ehe Franzi oder Marie antworten konnten, sprang ein Schatten hinter der Strandbar hervor und verstellte den drei !!! den Weg. Kim sog scharf die Luft ein, als sich die vermummte Gestalt die Kapuze vom Kopf zog.

»Farid!«, rief sie überrascht.

»Wo ist Zara?«, fragte er, ohne sich mit einer Begrüßung aufzuhalten.
Kim schluckte. »Du weißt noch gar nicht, was passiert ist?«
»Ich weiß, dass Zara verschwunden ist«, sagte Farid. »Ist sie bei euch? Bitte sagt mir, dass sie bei euch ist!« Angst spiegelte sich auf seinem Gesicht.
»Nein.« Marie schüttelte den Kopf. »Wir wissen leider auch nicht, wo sie ist. Ihre Spur verliert sich letzte Nacht.«
Farid wurde blass. Seine Augen flackerten. Kim konnte sehen, wie viel Anstrengung es ihn kostete, ruhig zu bleiben. »Letzte Nacht?«, fragte er mit rauer Stimme. »Aber wie kann das sein? Letzte Nacht war Zara mit mir zusammen. Ich hab sie noch zum Hintereingang des Hotels gebracht. Alles war ruhig. Es war niemand in der Nähe.«
»Um wie viel Uhr war das?«, hakte Franzi nach.
»So gegen halb drei«, antwortete Farid. »Ich wollte sie bis zu ihrer Suite bringen, aber Zara hat nur den Kopf geschüttelt. ›Mir passiert schon nichts‹, hat sie gesagt und gelacht.« Er stöhnte und fuhr sich verzweifelt durch seine schwarzen, leicht zerzausten Haare. »Ich Idiot! Warum hab ich nur auf sie gehört? Es ist alles meine Schuld!«
Kims Herz zog sich vor Mitleid zusammen. Sie wusste genau, wie Farid sich fühlte. Sie machte sich seit heute früh ja selbst die schlimmsten Vorwürfe. Seine Verzweiflung war hundertprozentig echt. Jetzt war sich Kim ganz sicher, dass Farid nichts mit Zaras Verschwinden zu tun hatte.
»Die Entführer müssen ihr im Hotel aufgelauert haben«, folgerte Marie. »Vielleicht haben sie vor ihrer Suite gewartet.«
»Aber woher wussten sie, dass Zara von einem heimlichen

Rendezvous kommen würde?«, überlegte Franzi. Darauf hatte niemand eine Antwort.

»Wer könnte Zara entführt haben?«, fragte Kim an Farid gewandt.

Farids Miene wurde grimmig. »Eigentlich kommt nur einer in Frage: mein Vater.«

»Bist du sicher?« Franzi sah Farid scharf an. »Hat er mit dir über seine Pläne gesprochen?«

Farid schüttelte den Kopf. »Wir reden nicht mehr miteinander, seit er sich gegen meine Beziehung zu Zara gestellt hat. Wir hatten einen furchtbaren Streit und danach bin ich abgehauen, um Zara nachzureisen. Ich konnte es einfach nicht ertragen, von ihr getrennt zu sein. Ich habe mich in einer Fischerhütte versteckt, aber heute Vormittag sind Zaras Leibwächter dort aufgetaucht. Da wusste ich, dass etwas nicht stimmt. Ich konnte gerade noch rechtzeitig fliehen und bin zum Hotel gefahren. Hier habe ich von Zaras Verschwinden gehört. Ich hoffte, sie wäre bei euch, darum habe ich überall nach euch gesucht.«

»Und wir nach dir.« Kim grinste schief. »Den langen Marsch hätten wir uns sparen können.«

»Kannst du deinen Vater nicht einfach bitten, Zara wieder freizulassen?«, schlug Franzi vor.

Farid seufzte. »Ihr kennt meinen Vater nicht. Er ist total verblendet von seiner Gier nach Macht. Genauso wie Zaras Vater. Die beiden sind sich eigentlich ziemlich ähnlich. Nein, ich muss Zara selbst finden.«

»Du solltest dich lieber nicht in der Öffentlichkeit blicken lassen«, riet Kim. »Wenn dich Zaras Leibwächter in die Fin-

ger kriegen, sieht es schlecht für dich aus. Sie glauben, du hättest Zara in eine Falle gelockt und deinem Vater ausgeliefert.«
Farid seufzte. »Das habe ich befürchtet. Zaras Tante konnte mich noch nie leiden. Die Frau ist so kalt wie ein Fisch.«
Kim musste grinsen. Der Vergleich war nicht schlecht. »Aber was soll ich denn jetzt machen?«, fragte Farid verzweifelt. »Ich kann doch nicht einfach die Hände in den Schoß legen und nichts tun. Ich habe Zara geschworen, immer für sie da zu sein. Ich würde sie mit meinem Leben verteidigen, wenn es sein muss!«
»Das glauben wir dir ja«, beruhigte ihn Franzi. »Aber es bringt niemandem etwas, wenn du auch noch in Schwierigkeiten gerätst. Am besten tauchst du für eine Weile unter. Wir werden alles tun, um Zara zu finden.«
»Du kannst dich auf uns verlassen«, fügte Kim hinzu. »Okay?«
Farid nickte widerstrebend. Dann lächelte er. Kim konnte gut verstehen, warum Zara sich in ihn verliebt hatte. Sein Lächeln war supersympathisch. »Danke! Ihr seid genauso nett, wie Zara euch beschrieben hat. Sie hat mir letzte Nacht viel von euch erzählt. Sie mag euch wirklich gern.«
»Wir sie auch«, sagte Kim.
»Wie können wir dich erreichen, falls wir auf eine heiße Spur stoßen?«, fragte Franzi.
»Ich werde euch erreichen, wenn es nötig ist«, antwortete Farid. »Ich habe zwei Augen und zwei Ohren im Hotel. Bis bald!«
Kim sah ratlos zu Franzi und Marie. Was sollte das bedeu-

ten? Doch ehe sie Farid fragen konnte, war er auch schon verschwunden. Eben hatte er noch vor ihnen gestanden und jetzt war er weg, so als hätte ihn der weiche Sand einfach verschluckt.
Marie blinzelte. »Wo ist er denn hin?«
Franzi grinste. »Vielleicht hat er sich in Luft aufgelöst.«
Die Sonne war inzwischen untergegangen und Kims Magen knurrte vorwurfsvoll. Kein Wunder, das Picknick im Pinienwald war schließlich schon wieder Stunden her. »Wenn wir das Abendessen nicht verpassen wollen, sollten wir jetzt los«, sagte sie. »Maries Vater fragt sich bestimmt schon, wo wir bleiben.«

Als die drei !!! die große Eingangshalle betraten, trauten sie ihren Augen kaum.
»Was ist denn hier los?«, fragte Franzi.
In der Halle, die sonst luxuriöse Ruhe und gediegene Gelassenheit ausstrahlte, wimmelte es nur so von Menschen. Fotografen mit großen Kameras knipsten alles, was sich bewegte, vor allem die Männer in schwarzen Anzügen, die ab und zu in der Halle auftauchten. Offenbar wurden sie von Ali dirigiert, der oben auf der Freitreppe stand und den anderen Leibwächtern über ein Headset Befehle erteilte.
Mehrere Reporter hielten dem Portier Mikros unter die Nase und bombardierten ihn mit Fragen. Andere sprachen aufgeregt in ihre Handys. Sogar ein Fernsehteam war da! Der Kameramann machte gerade einen Schwenk durch die Halle. Kim duckte sich schnell, um nicht ins Bild zu geraten. Das fehlte gerade noch, dass sie mit völlig verschwitzten Kla-

motten, zerzausten Haaren und von der Sonne verbranntem Gesicht ins Fernsehen kam!

»Offenbar ist die Presse auf den Fall aufmerksam geworden«, stellte Franzi trocken fest.

Marie nickte. »Eigentlich war es ja nur eine Frage der Zeit.« Sie runzelte die Stirn. »Seht mal, dahinten ist Hubertus. Was macht der denn hier?«

Kim reckte den Hals. Tatsächlich! Hubertus hatte sich unter die Reporter gemischt und schoss ein Foto von Ali, der gerade etwas in das Mikro seines Headsets brüllte. »Irgendwie kommt mir dieser Hubertus komisch vor …«, begann Kim, aber Franzi unterbrach sie.

»Pssst!«, zischte sie. »Hört mal zu!«

Das Fernsehteam hatte sich neben den drei !!! in Position gebracht. Die Kamera war jetzt auf einen seriös wirkenden Mann in dunkler Jeans und gestreiftem Hemd gerichtet. Er hielt ein Mikrofon in der Hand und räusperte sich umständlich. Als der Kameramann ihm ein Zeichen gab, knipste er ein Lächeln auf seinem Gesicht an und begann zu sprechen. »Guten Abend, meine Damen und Herren. Heute melde ich mich live für Sie aus dem *Hôtel d'Azur* an der französischen Riviera, wo heute etwas Außergewöhnliches passiert ist: Prinzessin Zara Yasmin von Dorisien, die sich seit einigen Tagen inkognito im Hotel aufhielt, ist verschwunden. Ihr Vater, der Sultan von Dorisien, hat vor einer Stunde in einer offiziellen Stellungnahme seinen Cousin, Scheich Achmed, beschuldigt, seine Tochter entführt zu haben. In Dorisien herrscht seit längerer Zeit ein Machtkampf zwischen dem Sultan und Scheich Achmed, der jetzt einen dramatischen

Höhepunkt erreicht hat. Nach der leidenschaftlichen Ansprache des Sultans und dem Appell an seinen Cousin, Prinzessin Zara unverzüglich freizulassen, haben sich in der dorisischen Hauptstadt spontan mehrere hundert Menschen zu einer Demonstration versammelt. Die Bürger fordern die Freiheit für die Tochter des Sultans. Prinzessin Zara ist in ihrem Land sehr beliebt und die Anschuldigungen des Sultans haben Scheich Achmeds Ansehen schwer geschadet. Angeblich sollen ihm seine Anhänger in Scharen davonlaufen, obwohl er beteuert, nichts mit dem Verschwinden der Prinzessin zu tun zu haben. Währenddessen sucht die Leibgarde des Sultans, die dieser unverzüglich als Verstärkung nach Frankreich geschickt hat, das Hotel und die gesamte Umgebung nach der Prinzessin ab – bisher jedoch ohne Erfolg. Niemand weiß, welche Qualen die junge Monarchin gerade aussteht, aber hier wünschen sich alle, dass die sympathische Prinzessin gesund und munter zu ihrer Familie zurückkehrt. Sobald es neue Erkenntnisse gibt, erfahren Sie es natürlich sofort hier im News-Kanal. In der Zwischenzeit zeigen wir Ihnen eine Dokumentation über das dorisische Königshaus, eine der ältesten Monarchien Asiens. Ich wünsche Ihnen gute Unterhaltung!«
Nachdem die Live-Schaltung beendet war, knipste der Sprecher sein Lächeln wieder aus und ließ das Mikro sinken. »So, Leute, ich brauch jetzt erst mal was zu trinken. Kommt ihr mit?«
Der Kameramann und der Tonassistent nickten und das Team verschwand in Richtung Hotelbar.
»Du meine Güte!« Kim schüttelte ungläubig den Kopf. »Ich

hätte nicht gedacht, dass Zaras Entführung so einen Wirbel auslöst.«

»Wahnsinn, dass die Leute in Dorisien sogar für sie auf die Straße gehen«, sagte Marie.

»Aber von dem Rendezvous mit Farid hat der Reporter nichts gesagt«, stellte Franzi fest. »Dabei wäre das doch ein gefundenes Fressen für die Presse. Offenbar ist diese Information noch nicht durchgesickert.«

Hubertus tauchte neben den drei !!! auf. Um seinen Hals baumelte die unvermeidliche Kamera. Seine Augen glänzten und seine Wangen leuchteten knallrot. »Wovon sprecht ihr?«, fragte er. »Was wäre ein gefundenes Fressen für die Presse?« Er schien in Hochstimmung zu sein und wirkte total aufgedreht.

»Nichts«, sagte Kim schnell. »Wir haben nur laut gedacht.«

»Habt ihr Zara eigentlich näher gekannt?«, erkundigte sich Hubertus. »Ihr habt euch doch am Pool mit ihr unterhalten, oder? Wusstet ihr, wer sie wirklich war?«

Franzi schüttelte den Kopf. »Nein, wir haben nur ein paar Worte mit ihr gewechselt, bevor ihre Tante sie weggezerrt hat.«

»Und? Was hat sie gesagt?«, fragte Hubertus neugierig.

»Nichts Besonderes.« Franzi runzelte die Stirn. »Warum interessiert dich das eigentlich?«

Hubertus zuckte mit den Schultern. »Ach, nur so. Wirklich furchtbar, dass sie entführt wurde. Habt ihr eine Ahnung, wo sie sein könnte?«

Bei Kim begannen sämtliche Alarmglocken zu läuten. Versuchte Hubertus etwa, sie auszuhorchen? Und wenn ja, warum? »Wir wissen auch nicht mehr als alle anderen«, sagte sie bestimmt.

Hubertus schien zu merken, dass er so nicht weiterkam, und wechselte plötzlich das Thema. »Was habt ihr drei Hübschen denn heute Abend noch vor?«, fragte er. »Darf ich euch nach dem Abendessen zu einem Drink an die Hotelbar einladen? Oder erlaubt das dein Papa nicht?« Er sah Marie herausfordernd an.

»Mein Vater lässt mir sämtliche Freiheiten«, stellte Marie würdevoll klar. »Außerdem mache ich sowieso nur, was ich will.«

»Gute Einstellung.« Hubertus lächelte anerkennend.

»Also, ich gehe gleich nach dem Abendessen ins Bett«, sagte Kim. »Ich bin völlig fertig.«

»Ich auch.« Franzi gähnte demonstrativ.

»Und was ist mit dir?« Hubertus zog eine Augenbraue hoch. »Musst du auch früh ins Bettchen?«

Marie betrachtete Hubertus kühl. »Keineswegs. Aber ich finde Hotelbars schrecklich langweilig. Vielleicht mache ich nachher noch ein kleines Work-out im Fitnessraum. Bist du dabei?«

Hubertus grinste. »Abgemacht! Dann bis später.« Er drehte sich um und verschwand fröhlich pfeifend in Richtung Aufzug.

Kim sah Marie kopfschüttelnd an. »Willst du nach der langen Wanderung heute tatsächlich noch in den Fitnessraum gehen?«

Marie zuckte mit den Schultern. »Warum nicht? Dann kann Hubertus mir gleich mal zeigen, was er so draufhat.«

Franzi zog eine Grimasse. »Ich weiß wirklich nicht, was du an dem findest. Mein Typ ist er jedenfalls nicht.«
»Umso besser.« Marie grinste.
»Pass bloß auf«, sagte Kim warnend. »Hubertus will dich bestimmt nur aushorchen. Findet ihr es nicht merkwürdig, dass er uns lauter Fragen über Zara gestellt hat?«
»Nein«, sagte Marie. »Er ist eben neugierig, mehr nicht.«
»Aber Hubertus war schon vor der Entführung an Zara interessiert«, fiel Franzi plötzlich ein. »Erinnert ihr euch noch an den ersten Nachmittag am Pool? Er hat Fotos von ihr gemacht. Und er war total sauer, als Ali die Bilder gelöscht hat.«
»Stimmt!« Kim nickte eifrig. »Das kann eigentlich nur eins bedeuten: Er wusste von Zaras wahrer Identität. Warum hätte er sie sonst fotografieren sollen?«
»Vielleicht hat er ja sogar etwas mit ihrer Entführung zu tun!« Franzi fuchtelte aufgeregt mit den Händen. »Und jetzt versucht er herauszufinden, wie viel wir wissen.«
»Welches Motiv sollte er denn haben?«, fragte Marie.
»Lösegelderpressung vielleicht?«, schlug Franzi vor. »Oder er arbeitet für Scheich Achmed. Irgendwer muss Zara ja in die Falle gelockt haben.«
»Ich weiß nicht ...« Marie machte ein skeptisches Gesicht. »Das klingt alles ziemlich weit hergeholt.«
»Du solltest auf jeden Fall vorsichtig sein«, warnte Kim noch einmal. »Und ganz genau aufpassen, was du sagst.«
Marie zog einen Schmollmund. »Haltet ihr mich etwa für eine Tratschtante, die ihren Mund nicht halten kann?«
Kim und Franzi sahen sich an. Sie wussten besser als jeder

andere, dass Marie viel und gern redete. Dann schüttelten sie heftig die Köpfe. »Nein, natürlich nicht!«, behaupteten sie im Brustton der Überzeugung.
Kim und Franzi prusteten los und nach einer Weile musste auch Marie mitlachen.

Nachts am Strand

Eigentlich hatte Kim vorgehabt, nach dem abendlichen Fünf-Gänge-Menü sofort ins Bett zu gehen. Ihre Glieder waren von der ungewohnten körperlichen Anstrengung des Tages und dem heißen Bad, das sie vor dem Essen im Whirlpool genommen hatte, träge und schwer. Aber ihr Kopf wollte einfach keine Ruhe geben. Die Gedanken drehten sich wie ein Karussell, das man nicht abstellen kann. Kim beschloss, vor dem Schlafengehen noch schnell ein bisschen frische Luft zu schnappen. Während Marie in ihrem hautengen Aerobic-Outfit zum Fitness-Raum eilte und Franzi es sich vor dem Fernseher bequem machte, um zu sehen, ob die Nachrichten etwas Neues über Zaras Entführung brachten, zog sich Kim ihre Jeansjacke über und machte sich auf den Weg zum Strand.

Die Nacht war wieder sternenklar. Nur hin und wieder zogen einzelne Wolken über den Himmel und ließen die Sterne für kurze Zeit verschwinden. Als Kim den gewundenen Pfad zum Meer hinunterging, frischte der Wind auf und zerzauste ihre Haare. Am Strand zog Kim die Schuhe aus und stapfte barfuß durch den nachtkalten Sand. Es tat gut, die kühle Brise auf dem Gesicht zu spüren und sich den Kopf frei pusten zu lassen. Kim beschloss, heute nicht mehr an den Fall, die Ermittlungen, den Sultan oder Scheich Achmed zu denken. Morgen früh würden sie als Erstes eine Clubsitzung abhalten und die nächsten Schritte besprechen. Bis dahin musste Kim unbedingt neue Kraft schöpfen, um genug Energie für die weiteren Ermittlungen zu haben. Sie hatte das Gefühl, dass die Lösung des Falls zum Greifen nah war. Vielleicht sogar zu nah. Sie brauchte dringend etwas Abstand, wenn sie die entscheidenden Verbindungen herstellen und Zaras Entführer fassen wollte.

Kim trat ans Meer und betrachtete die dunkle Wasseroberfläche. Sie versuchte, an nichts zu denken, aber das war gar nicht so einfach. Ihr fiel ein, dass sie Michi heute die versprochene SMS nicht geschickt hatte, und sie bekam sofort ein schlechtes Gewissen. Warum war Michi so weit weg? Warum konnte er jetzt nicht bei ihr sein? Sie hätte so gerne ihren Kopf an seine Schulter gelehnt und seine Nähe gespürt …

»Hallo, Kim.«

Kim fuhr herum. Hinter ihr stand Sandro. Diesmal trug er keine Uniform, sondern eine verwaschene Jeans und ein Kapuzen-Sweatshirt. Der legere Freizeitdress stand ihm aber mindestens genauso gut. Er lächelte Kim an. »Sorry, ich wollte dich nicht erschrecken.«

Kim schluckte. »Kein Problem.« Ihr Herz klopfte wie verrückt und ihr Hals war plötzlich ganz trocken.

»Möchtest du lieber allein sein?«, fragte Sandro.

Kim schüttelte schnell den Kopf. »Nein. Ist schon okay. Ich … ich wollte nur ein bisschen frische Luft schnappen.«

»Ich auch. Lust auf einen Spaziergang?«

»Gerne.« Wie ein ferngesteuerter Automat setzte sich Kim in Bewegung. Sie spürte das Kribbeln in ihrem Bauch und die magische Anziehungskraft, die von Sandro ausging. Warum hatte er so eine starke Wirkung auf sie? Kim konnte sich einfach nicht dagegen wehren.

»Ist das nicht eine tolle Nacht?«, fragte Sandro. »Ich finde das Meer nachts fast schöner als tagsüber.«
Kim nickte. »Ich weiß, was du meinst. Es ist so still und friedlich. Als würde einem das Meer ganz allein gehören.«
»Genau.« Sandro sah Kim von der Seite an. »Es ist schön, dich wiederzusehen.«
Kim lächelte verlegen. »Ich freue mich auch.« Dann fragte sie so beiläufig wie möglich: »Wo hast du eigentlich gesteckt? In den letzten Tagen warst du wie vom Erdboden verschluckt.«
Sandros Gesicht verschloss sich und er wandte den Blick ab. »Ich hatte zu tun.«
Schweigend gingen sie weiter. Kim biss sich auf die Unterlippe. Hatte sie etwas Falsches gesagt? Oder war sie Sandro mit ihrer Frage zu nahe getreten? Eigentlich ging es sie ja nichts an, womit er seine Zeit verbrachte. Hoffentlich dachte er jetzt nicht, sie würde ihm nachlaufen. Vielleicht sollte sie sich einfach verabschieden und umkehren. Noch war es nicht zu spät. Aber ihre Füße liefen immer weiter und ihr Mund blieb stumm.
Kim wusste nicht, wie viel Zeit vergangen war, als Sandro plötzlich stehen blieb und sich zu ihr umdrehte. »Wollen wir uns ein bisschen hinsetzen?«
Kim nickte und ließ sich neben Sandro in den Sand fallen. Das Hotel war hinter ihnen in der Dunkelheit verschwunden. Sie waren allein mit dem Meer, dem Mond und den Sternen.
Sandro starrte nachdenklich aufs Wasser. »Meinst du, es war Zufall, dass wir uns vorhin am Strand getroffen haben?«

Kim zögerte. »Ich weiß nicht …«
»Ich glaube, es war Schicksal.« Sandros dunkle Augen funkelten, als er Kim ansah. »Weißt du eigentlich, wie sehr du mich durcheinanderbringst?« Sein Blick war so intensiv, dass Kim eine Gänsehaut bekam.
»Ist dir kalt?« Sandro rückte etwas näher an sie heran und nahm ihre Hand. Sofort wurde Kim von einer angenehmen Wärme durchströmt und ihr ganzer Körper begann zu prickeln. Sie wollte ihre Hand wegziehen, aber sie war wie hypnotisiert von Sandros Blick, der sie nicht mehr losließ.
»Ich … ich muss dir etwas sagen«, stammelte sie. »Ich habe einen …«
Aber Sandro legte einen Finger auf Kims Lippen, ehe sie den Satz beenden konnte, und Kim bekam keinen Ton mehr heraus. Sandro beugte sich zu ihr hinüber. Sein Gesicht kam immer näher. Kim wollte aufspringen und wegrennen, gleichzeitig hätte sie am liebsten ihre Arme um Sandros Hals geschlungen und ihn nie mehr losgelassen. Gleich würden ihre Lippen sich berühren …
Plötzlich wurde die nächtliche Stille von einem immer lauter werdenden Knattern unterbrochen. Kim zuckte zusammen und Sandro zog seinen Kopf zurück. Der magische Moment war vorüber. Kim wusste sie nicht, ob sie erleichtert oder enttäuscht sein sollte. Wahrscheinlich beides.
Sie räusperte sich. »Was ist das?«
»Klingt wie ein Motorboot.« Sandro starrte mit zusammengekniffenen Augen aufs Meer. Tatsächlich tauchte nach kurzer Zeit ein kleines Boot aus der Dunkelheit auf. Es steuerte auf einen Anleger zu, der sich rechts von ihnen befand und

den Kim bisher nicht bemerkt hatte. Das Boot legte an und das Brummen des Motors verstummte.

Kim runzelte die Stirn. Warum verirrte sich mitten in der Nacht ein Boot in diese Einöde? Hier war doch nichts! Sie wollte gerade eine Bemerkung deswegen machen, als ihr eine Gestalt auffiel, die in einiger Entfernung über den Strand huschte. Zum Glück saßen Kim und Sandro in einer kleinen Mulde und der Mond war gerade hinter einer vorbeiziehenden Wolke verschwunden, sodass sie unbemerkt blieben. Kim drückte Sandros Hand und zeigte stumm auf die Gestalt. Sie war inzwischen beim Bootssteg angelangt und lief leichtfüßig über die Planken. Kim war sich ziemlich sicher, dass es eine Frau war. Sie trug einen dunklen Mantel mit Kapuze, der Kim irgendwie bekannt vorkam. In diesem Moment tauchte der Mond wieder hinter der Wolke auf. In seinem silbrigen Licht sah Kim, wie sich die Gestalt die Kapuze vom Kopf zog. Sie sog scharf die Luft ein. Es war Zaras Tante! Und sie hatte sich in Zaras dunkelbraunen Mantel gehüllt.

Wie gebannt starrte Kim zum Bootssteg hinüber. Der Mond ließ sie nicht im Stich, sondern leuchtete so hell, dass Kim auch ohne Fernglas ziemlich genau mitbekam, was vor sich ging. Zaras Tante sprach kurz mit dem Mann, der das Boot gesteuert hatte. Dann überreichte sie ihm ein großes Bündel. Kim kniff die Augen zusammen, konnte aber nicht so richtig erkennen, was sich in dem Bündel befand. War es Wäsche? Oder eine Decke? Was hatte das zu bedeuten? Da löste sich etwas aus dem Bündel und fiel polternd zu Boden. Im Mondschein blitzte etwas Goldenes auf. Der Mann bückte sich sofort und hob den Gegenstand auf. Kim riss ungläubig die Augen auf und schlug sich die Hand vor den Mund. Vor Überraschung hätte sie beinahe aufgeschrien, aber sie konnte sich im letzten Moment zurückhalten. Der Mann hielt einen schokobraunen Ballerina mit auffälligem Goldbesatz in der Hand. Zaras Schuh!

»Was ist los?«, flüsterte Sandro. Seine Lippen kitzelten an Kims Ohr.

Kim schüttelte stumm den Kopf. Zaras Tante durfte sie auf keinen Fall entdecken. Nachdem der Mann das Bündel im Boot verstaut hatte, verabschiedete er sich mit einer tiefen Verbeugung von Selma. Sie nickte ihm kurz zu, zog sich die Kapuze wieder über den Kopf und überquerte eilig den Strand, bis die Dunkelheit sie verschluckt hatte. Kurze Zeit später sprang irgendwo hinter Kim und Sandro ein Wagen an. Fast gleichzeitig startete der Mann seinen Außenbordmotor und das Boot entfernte sich knatternd.

Kim sprang auf. Sie atmete so heftig, als hätte sie soeben einen Tausendmeterlauf hinter sich gebracht. »Das war Zaras Tante!«

Sandro nickte nachdenklich. »Ja, ich hab sie auch erkannt. Ich frage mich, was sie mitten in der Nacht hier macht ...«

»Sie hat dem Mann im Boot Klamotten von Zara gebracht!«, rief Kim.

»Was?« Nun erhob sich Sandro ebenfalls. »Bist du sicher?«

Kim nickte. »Ganz sicher. Ich hab Zaras Schuh wiedererkannt. Ich muss unbedingt wissen, wo das Boot hinfährt.«

»Schnell!« Sandro griff nach Kims Hand und zog sie über den Strand zum Bootssteg. Sie rannten bis zum Ende des

Stegs. Die Lichter des Bootes waren in einiger Entfernung immer noch zu sehen. Kim war viel zu aufgeregt, um sich darüber zu wundern, dass Sandro über Zara bestens im Bilde zu sein schien. Er stellte keine einzige Frage, sondern konzentrierte sich voll und ganz darauf, das Boot nicht aus den Augen zu verlieren. Die Lichter beschrieben eine Kurve, bevor sie plötzlich verschwanden.

»Nanu!« Kim blinzelte verdutzt. »Wo ist das Boot denn plötzlich hin?«

»Ich glaube, ich weiß, wo es ist«, sagte Sandro. »Es kann eigentlich nur ein Ziel angesteuert haben: die *île des Rochers*, die Felseninsel.«

»Felseninsel?« Kim runzelte die Stirn. »Nie gehört.«

»Das ist eine kleine Insel ein Stück vor der Küste«, erklärte Sandro. »Sie besteht hauptsächlich aus kargen Felsen und verbrannter Erde, darum verirren sich auch nie Touristen dorthin. Es gibt einfach nichts zu sehen. Außerdem ist die Strömung vor der Insel sehr tückisch, sodass man nur schwer mit dem Boot anlegen kann.«

Kim sah in die Dunkelheit. Irgendwo in dieser nachtschwarzen Finsternis befand sich die Felseninsel. Konnte es sein, dass Zara dort gefangen gehalten wurde? Warum sonst brachte der Mann im Boot ihre Klamotten dorthin? Aber was hatte Tante Selma damit zu tun?

Kim straffte die Schultern und sah Sandro fest an. »Ich brauche deine Hilfe. Ich muss auf die Felseninsel. Sofort!«

Sandro erwiderte schweigend Kims Blick. Dann nickte er. »Okay, ich helfe dir. Aber vorher solltest du etwas wissen …«

Kim schüttelte heftig den Kopf. »Wir haben jetzt keine Zeit

für lange Erklärungen! Ich weiß, dass die Aktion nicht ungefährlich ist, das brauchst du mir nicht extra zu sagen.«
»Nein, nein, darum geht es nicht, es ist etwas anderes …«, versuchte Sandro es noch einmal.
»Wir müssen uns beeilen!«, unterbrach ihn Kim. »Wir brauchen ein Boot und ich muss Franzi und Marie Bescheid sagen.« Sie zückte ihr Handy und rief Franzis Nummer auf. Dass Sandro leise seufzte, bemerkte Kim nicht. Alles, woran sie im Moment denken konnte, war Zara. Sie mussten es einfach schaffen, sie zu retten!

Die Felseninsel

Eine halbe Stunde später hockten die drei !!! dicht gedrängt in einem kleinen Motorboot, das über die Wasseroberfläche jagte. Sandro saß am Steuer und hielt Kurs auf ein massiges, schwarzes Gebilde, das allmählich vor ihnen aus der Dunkelheit auftauchte.
»Das ist die Felseninsel!«, rief er über den Motorlärm hinweg.
»Sieht irgendwie unheimlich aus«, murmelte Marie, die immer noch ihren Aerobicdress und Turnschuhe trug. Kims Notruf hatte sie während des Work-outs mit Hubertus erreicht und sie hatte sich nur schnell einen Mantel übergeworfen, bevor sie gemeinsam mit Franzi zum Bootsanleger des Hotels geeilt war. Dort hatten Kim und Sandro bereits neben dem Motorboot gewartet.
»Gehört das Boot dir?«, fragte Franzi.
Sandro nickte stolz. »Es hat 115 PS. Damit bekommt man richtig Speed. Ist ziemlich praktisch, wenn man es eilig hat oder die Küstenstraße verstopft ist.«
Kim runzelte die Stirn. Warum konnte sich Sandro so ein schickes Boot leisten? Auch wenn sie sich nicht besonders gut auskannte, wusste sie, dass man ein Motorboot eigentlich nicht vom Gehalt eines Hotelboys bezahlen konnte. Irgendetwas stimmte da nicht …
»Echt nett von dir, dass du uns hilfst, Sandro.« Marie lächelte. Dann sah sie zu Kim. »Habt ihr euch eigentlich zufällig am Strand getroffen?«

Kim schreckte aus ihren Grübeleien auf und wurde rot. »Äh ... ja ... das war reiner Zufall. Sandro und ich sind ein bisschen spazieren gegangen und dann tauchte plötzlich dieses Boot auf ...«

»Spazieren gegangen, aha.« Franzi grinste vielsagend.

Marie zwinkerte ihr zu. »So nennt man das also heute.«

Kim schaute die beiden wütend an. »Es war nicht so, wie ihr denkt.«

»Ach nein?« Marie machte ein unschuldiges Gesicht. »Wie war es dann?«

»Wir sind gleich da!«, rief Sandro, der so tat, als hätte er von dem kleinen Geplänkel nichts mitbekommen. Kim war ihm unendlich dankbar dafür. Manchmal waren ihre Freundinnen echte Ober-Nervensägen!

Sandro steuerte eine schmale Bucht an. Plötzlich begann das Boot gefährlich zu schwanken.

»Festhalten!«, rief Sandro. Er machte ein konzentriertes Gesicht und lenkte das Boot geschickt durch die gefährliche Strömung. Kim krallte sich an der Reling fest und schloss die Augen. Sie war sich ganz sicher, dass sie jeden Moment kentern würden. Die Strömung würde sie unbarmherzig nach unten ziehen und sie müsste bis in alle Ewigkeit als Wasserleiche auf dem Meeresgrund treiben ...

»Geschafft!« Sandros Stimme holte sie in die Wirklichkeit zurück. »Wir sind da.«

Ein heftiger Ruck erschütterte das Boot und Kim wäre beinahe von der Sitzbank gekippt. Sie riss die Augen auf und sah, dass sie auf einer schmalen Sandbank gelandet waren. Rechts und links von ihnen ragten hohe Felsen auf. Mit zitternden Knien stieg Kim aus. Neben ihnen lag noch ein Boot.

»Habt ihr dieses Boot am Strand gesehen?«, fragte Franzi. Sandro nickte. »Das ist es. Ich schätze, wir sind hier richtig. Und was machen wir jetzt?«

»Wir suchen die Insel ab.« Kim versuchte, ihrer Stimme einen festen Klang zu geben. Die anderen – vor allem Sandro – sollten auf keinen Fall merken, wie mulmig ihr zumute war. Mitten in der Nacht auf einer verlassenen Insel herumzulaufen war einfach nicht ihr Ding. »Zara muss hier irgendwo sein, da bin ich ganz sicher«, fügte Kim hinzu, um sich selbst Mut zu machen. »Wir müssen sie finden – und zwar so schnell wie möglich.«

Auf leisen Sohlen schlichen die drei !!! und Sandro den Pfad entlang, der zwischen den Felsen von der Bucht ins Innere der Insel führte. Sandro hatte recht gehabt: Die Insel war weder besonders groß noch besonders schön. Die kargen Felsen, die sie umschlossen wie ein steinerner Ring, ließen sie wie eine Festung wirken. Das Innere der Insel bestand hauptsächlich aus harter, staubiger Erde, auf der nur ein paar kümmerliche Grasbüschel und dornige, halb vertrocknete Büsche wuchsen. Hier gab es wirklich nichts zu sehen. Kim schluckte. Hatte sie sich getäuscht? War Zara doch nicht hier? Doch dann erreichten sie eine Hügelkuppe, von der aus sie zum anderen Ende der Insel sehen konnten. Kim hielt den Atem an. Dort stand ein Leuchtturm! Direkt auf den Klippen! Er musste sehr alt sein und hatte bestimmt schon vielen Stürmen getrotzt. Obwohl er vermutlich lange außer Betrieb war und der Zahn der Zeit unerbittlich an seiner steinigen

Fassade nagte, thronte er immer noch stolz auf den Felsen, als wäre er jederzeit bereit, vorbeifahrende Schiffe vor der tückischen Strömung zu warnen.

»Da oben brennt Licht!«, flüsterte Franzi. Sie zeigte auf die Spitze des Leuchtturms, in der sich früher vermutlich das Leuchtfeuer befunden hatte. Ein schwaches Licht, das beinahe von der Dunkelheit verschluckt wurde, flackerte dort geisterhaft in der Nacht.

Kim schluckte. »Wir müssen nachsehen, ob Zara im Leuchtturm ist. Und zwar jetzt gleich, solange es noch dunkel ist.« Sie wollte losrennen, aber Sandro hielt sie fest. »Das ist viel zu gefährlich«, sagte er eindringlich. »Wenn Zara wirklich dort ist, wird sie bestimmt bewacht. Und gegen Scheich Achmeds Leibgarde habt ihr keine Chance.«

»Für einen Hotelboy bist du ziemlich gut informiert.« Kim sah Sandro scharf an. Er wich ihrem Blick aus und schaute zu Boden.

»Was ist jetzt?«, fragte Franzi ungeduldig. »Wollen wir Zara retten oder nicht?«

Kim nickte. »Auf zum Leuchtturm – aber so leise wie möglich!«

Wie lautlose Schatten huschten die drei !!! über das staubige Gras. Zwischendurch suchten sie immer wieder Deckung hinter den mickrigen Dornenbüschen. Jetzt verfluchte Kim den Mond. In seinem hellen Licht waren sie für einen Späher im Leuchtturm vermutlich kaum zu übersehen. Aber sie hatten keine andere Wahl. Es kam nicht infrage, so kurz vor dem Ziel einen Rückzieher zu machen. Jede Minute, die Zara in Gefangenschaft verbrachte, war eine Minute zu viel.

Als sie den Leuchtturm ohne Zwischenfälle erreicht hatten, atmete Kim auf. Vielleicht hatten sie ja Glück und die Wache war eingeschlafen oder durch irgendetwas abgelenkt. Kim wollte gerade die schwere Holztür öffnen, als sich von hinten eine Hand auf ihre Schulter legte. Sie fuhr herum und schrie auf. Sie schaute in ein komplett vermummtes Gesicht. Nur zwei stechende Augen waren hinter einer schwarzen Wollmaske zu sehen. Sie blickten Kim so kalt an, dass sie das Gefühl hatte, von innen zu erfrieren. Ein zweiter, ebenfalls maskierter Mann hielt Marie und Franzi in Schach.
»Lassen Sie uns sofort los!«, rief Franzi ärgerlich. Sie war blass, aber ihre Wut schien ihr Kraft zu geben. »Sie haben kein Recht, uns festzuhalten!«
Die beiden Männer sahen sich kurz an. Dann packten sie die Mädchen und stießen sie in den Leuchtturm, ohne ein einziges Wort zu verlieren. Kim warf einen letzten Blick ins Freie, doch Sandro war nirgendwo zu sehen. Die Nacht schien ihn verschluckt zu haben. Dann schlug die Tür hinter ihnen zu. Sie waren gefangen.

Die Wendeltreppe nahm einfach kein Ende. Sie schraubte sich immer höher. Kim hatte das Gefühl, sie würden schon seit Stunden im Kreis gehen. Stufe für Stufe für Stufe. Ihr war schwindelig und ihre Waden brannten wie Feuer. Sie musste an ihren guten Vorsatz denken, sich etwas mehr zu bewegen. Was für eine Ironie des Schicksals, dass sie jetzt gezwungen wurde, sich eine ellenlange Treppe hinaufzuquälen. Kim schwor sich, ab sofort immer den Fahrstuhl zu benutzen, wenn es einen gab. Und wenn sie hier jemals wieder

herauskam. Der maskierte Mann hinter Kim stieß ihr unbarmherzig in den Rücken. Weiter, immer weiter.
Endlich erreichten sie den obersten Treppenabsatz und blieben stehen.
»Was soll das alles?«, schimpfte Franzi. »Lassen Sie uns gehen, und zwar sofort!«
»Können Sie mich verstehen?«, fragte Marie. Sie sprach laut und besonders deutlich, als hätte sie zwei Schwerhörige vor sich. »Wer sind Sie?«
Doch die Männer reagierten nicht. Ihr Schweigen war fast noch unheimlicher als irgendwelche Drohungen. Kim wünschte, sie hätte auf Sandro gehört. Es war wirklich sehr leichtsinnig gewesen, sich ohne Verstärkung in die Höhle des Löwen zu wagen. Und diesmal konnten sie nicht einmal auf die Hilfe von Kommissar Peters hoffen, ihrem guten Freund zu Hause im Polizeikommissariat, der ihnen schon öfter aus der Patsche geholfen hatte. Er saß weit weg in Deutschland und konnte absolut nichts für sie tun. Ganz davon abgesehen, dass die beiden Maskierten ihnen unten die Handys abgenommen hatten, damit sie keine Hilfe rufen konnten. Sie waren auf sich allein gestellt.
Einer der maskierten Männer schloss die schwere Tür auf und der andere schob die drei !!! blitzschnell in den dahinter liegenden Raum. Bevor sie auch nur die geringste Chance hatten, sich zu wehren, wurde die Tür wieder zugeschlagen und der Schlüssel drehte sich herum.
»He!« Franzi trommelte mit beiden Fäusten gegen die Tür. »Was soll der Mist? Machen Sie sofort wieder auf! Das gibt riesengroßen Ärger, ist Ihnen das eigentlich klar?«

Franzis Schimpftirade wurde von einem spitzen Schrei unterbrochen. Die drei !!! fuhren herum und erstarrten – aber diesmal vor Freude.
»Zara!«, rief Kim, nachdem sie die Prinzessin erkannt hatte, und fiel ihr um den Hals.
»Was macht ihr denn hier?« Zara drückte Kim an sich, danach umarmte sie auch Franzi und Marie. »Mensch, tut das gut, euch zu sehen!«
»Wir haben nach dir gesucht«, sagte Franzi.
»Was?« Zara riss die Augen auf. »Ihr müsst mir alles erzählen!«
Die Mädchen setzten sich nebeneinander auf Zaras Bett und Kim berichtete, wie sie auf die Insel gekommen waren. »Deine Tante muss irgendetwas mit der Entführung zu tun haben«, schloss sie.
»Vielleicht hat Scheich Achmed sie bestochen, damit sie Zara ausliefert«, überlegte Franzi.
Zara runzelte die Stirn. »Das glaube ich nicht. Tante Selma ist meinem Vater treu ergeben. Sie würde ihn niemals hintergehen.« Sie sah die drei !!! verwirrt an. »Ich verstehe das alles nicht!«
»Wir kriegen schon noch heraus, was hier los ist.« Marie legte ihr beruhigend den Arm um die Schulter. »Wie ist deine Entführung abgelaufen? Hast du die Männer erkannt?«
Zara schüttelte den Kopf. »Leider nicht. Sie waren die ganze Zeit maskiert. Und sie reden kein Wort, als wären sie stumm. Das ist echt unheimlich.« Sie schauderte, dann fuhr sie mit leiser Stimme fort. »Die Entführer haben mir vor der Hotelsuite aufgelauert, als ich vom Treffen mit Farid kam. Sie wa-

ren zu viert, ich hatte keine Chance. Sie haben mir ein Stück Stoff in den Mund gestopft, damit ich nicht schreien kann, und mir einen Sack über den Kopf gezogen. Dann wurde ich mit einem Boot auf die Insel gebracht.«

Kim schluckte. »Das muss furchtbar für dich gewesen sein.«

»Ja.« Zaras Stimme begann zu zittern. »Ich konnte nichts sehen und habe kaum Luft gekriegt. Ich hatte schreckliche Angst zu ersticken ...« Sie verstummte.

»Diese Schweine!« Franzi ballte wütend die Fäuste. »Wie konnten sie dir das nur antun? Aber denen werden wir es schon noch zeigen!«

»Erst mal müssen wir hier rauskommen«, stellte Kim pragmatisch fest. »Hat irgendjemand eine Idee?«

Zara seufzte. »Vergiss es. Ich hab schon alles ausprobiert. Die Tür ist abgeschlossen. Das Holz ist so dick, dass wir sie nicht mal zu dritt eintreten können. Außerdem steht draußen eine Wache. Einen anderen Ausgang gibt es nicht. Abgesehen von den Fenstern natürlich. Aber da müsste man schon ein Vogel sein ...«

Kim schaute sich in dem kleinen, kreisrunden Raum um, der für eine Gefängniszelle relativ behaglich eingerichtet war. Das Bett nahm den meisten Raum ein. Daneben stapelten sich Bücher und auf einem Tischchen stand ein Tablett mit einer Teekanne und einer halb leeren Packung Kekse. Von der Decke baumelte eine Gaslampe, deren Schein die Mädchen von draußen gesehen hatten. Der Raum war rundherum von einer Fensterfront umgeben, durch die man bei Tageslicht einen phänomenalen Blick über die Insel und das Meer haben musste. Jetzt sah Kim allerdings nur nacht-

schwarze Dunkelheit, die gegen die Scheiben drückte. Weit, weit unten schlugen die Wellen gegen die Felsen, die das Fundament des Leuchtturms bildeten.
Kim seufzte. Zara hatte recht. Ihre Entführer hatten den Ort perfekt gewählt. Aus diesem Gefängnis gab es kein Entkommen. Sie saßen fest.

Rettendes Feuer

»Verflixt!« Franzi seufzte. »Wir müssen uns etwas einfallen lassen. Ich hab keine Lust, hier oben zu versauern.«
»Spätestens wenn wir nicht zum Frühstück erscheinen, wird mein Vater Alarm schlagen«, sagte Marie. »Dann schicken sie bestimmt einen Suchtrupp los.«
»Das dauert mir zu lange!« Franzi lief unruhig in dem engen Gefängnis auf und ab. Sie hasste es, eingesperrt zu sein. »Außerdem kommen die garantiert nicht auf die Idee, hier auf der Insel zu suchen.«
»Seht mal, da!« Kim, die immer noch aus dem Fenster starrte, zeigte auf einen hellen Punkt am anderen Ende der Insel. »Was ist das?«
Zara, Franzi und Marie stürzten zum Fenster. »Feuer!«, rief Zara.
Fasziniert beobachteten die Mädchen, wie die Flammen immer höher in den Nachthimmel schlugen. Jetzt war das Feuer nicht mehr zu übersehen.
»Da! Noch eins!«, rief Franzi aufgeregt.
Tatsächlich! In einiger Entfernung vom ersten Feuer loderte ein zweites auf. Und kurze Zeit später ein drittes und ein viertes. Es sah gespenstisch aus, wie die Flammen in der Dunkelheit tanzten.
»Was geht da vor sich?«, murmelte Kim.
»Das fragen sich unsere Bewacher offenbar auch«, stellte Marie fest.
Im Leuchtturm war Unruhe ausgebrochen. Ein schriller Pfiff

ertönte, dann hörten die Mädchen leise Stimmen vor ihrer Tür und anschließend polternde Schritte. Jemand lief die Treppe hinunter. Kurze Zeit später schwärmten mehrere leuchtende Punkte in die Nacht hinaus. Sie steuerten auf die Feuer zu, die sich alle auf der linken Seite der Insel befanden.
»Das müssen die Maskierten sein«, sagte Franzi. »Sie haben Taschenlampen dabei. Wahrscheinlich wollen sie nachsehen, wer ihre Insel in Brand steckt.«
Marie ging zur Tür und lauschte, aber es war nichts zu hören. Sie trommelte gegen das schwere Holz und rief: »He! Ist da jemand?« Alles blieb still. Grinsend drehte sie sich zu den anderen um. »Unser Aufpasser ist weg! Diese Idioten lassen uns doch tatsächlich unbewacht hier oben zurück!«
Franzi zuckte mit den Schultern. »Na und? Wir können doch sowieso nicht abhauen. Die Tür ist abgeschlossen, schon vergessen?«
»Keineswegs.« Maries Augen funkelten verschmitzt. »Fragt sich nur, wie lange noch.« Sie sah sich um. »Gibt's hier irgendwo Papier?«
Zara griff nach einem Schreibblock, der auf dem Tischchen neben ihrem Bett lag, und riss ein Blatt heraus.
Kim runzelte die Stirn. »Was willst du damit? Einen Hilferuf schreiben und per Flaschenpost abschicken?«
»Wart's ab«, sagte Marie geheimnisvoll. Sie faltete das Blatt in der Mitte und schob es unter der Tür hindurch, bis nur noch ein schmaler Streifen hervorschaute. Dann kramte sie eine Haarnadel aus ihrer Manteltasche und begann, damit im Schloss herumzustochern. Nach einer Weile fiel auf der anderen Seite der Tür etwas polternd zu Boden. »Na bitte!«

Marie machte ein zufriedenes Gesicht. »So, jetzt wird's spannend …« Vorsichtig zog sie das Papier durch den Spalt unter der Tür zurück. Auf dem Blatt lag der Schlüssel! Marie drehte sich triumphierend zu ihren Freundinnen um. »Was sagt ihr jetzt?«

Erst einmal sagte niemand etwas. Die anderen starrten sprachlos auf den Schlüssel.

»Wahnsinn!«, hauchte Franzi schließlich. Sie warf Marie einen anerkennenden Blick zu. »Du überraschst mich immer wieder. Woher wusstest du, dass der Schlüssel im Schloss steckt? Er hätte ja auch abgezogen sein können.«

»Wusste ich gar nicht«, sagte Marie. »Das war reines Glück.«

»Irre!« In Zaras Stimme schwang Bewunderung mit. »So was hab ich noch nie gesehen! Ihr habt echt tolle Tricks drauf.«

»Eigentlich ist der Trick uralt«, gab Marie zu. Sie hob den Schlüssel auf und steckte ihn ins Schloss. »Ich hab ihn aus einem Kinderbuch, das ich früher total toll fand. Nachdem ich das Buch gelesen hatte, hab ich wochenlang auf dem Dachboden Ausbrechen geübt. Dort war die einzige Tür, bei der der Spalt zwischen Tür und Boden breit genug war. Sonst funktioniert es nämlich nicht.« Marie drehte den Schlüssel herum und öffnete die Tür. »*Voilà!* Die Freiheit hat uns wieder.«

»Nichts wie weg hier!« Franzi verließ das Gefängnis als Erste. Die anderen folgten ihr. Marie schloss schnell von außen wieder ab und ließ den Schlüssel stecken, damit die Entführer nicht gleich merkten, dass sie geflohen waren.

So schnell wie möglich rannten die Mädchen die steile Wendeltreppe hinunter. Unten spähte Franzi vorsichtig um die

Ecke, aber offenbar hatten die Entführer keine Wache am Leuchtturm zurückgelassen.

»Ganz schön leichtsinnig«, murmelte Franzi. »Die halten uns offenbar für ängstliche Hühner, die brav in ihrem Gefängnis hocken bleiben. Aber da haben sie sich geschnitten!«

Zara kicherte. »Ich würde zu gern die Gesichter der Entführer sehen, wenn sie merken, dass wir nicht mehr da sind.«

»Ich nicht.« Kim schauderte. »Bis dahin sind wir hoffentlich schon weit weg. Auf zum Boot!«

Wie lautlose Schatten huschten die Mädchen über die Insel. Der Mond war mittlerweile hinter einer dichten Wolkendecke verschwunden und die Dunkelheit bot ihnen Schutz. Trotzdem hämmerte Kims Herz wie verrückt. Sie erwartete, jeden Moment einem der Entführer gegenüberzustehen. Was, wenn sie eine Wache in der Bucht postiert hatten? Oder wenn ihr Boot nicht mehr da war? Ein Glück, dass die Feuer auf der anderen Seite der Insel brannten. So hatten sie eine realistische Chance, ungesehen zur Bucht zu gelangen. Und wenn sie erst mal im Boot saßen, waren sie schon fast in Sicherheit …

Als sie die rettende Bucht beinahe erreicht hatten, sprang plötzlich eine dunkle Gestalt aus dem Gebüsch und stellte sich ihnen in den Weg. Es war einer der maskierten Männer. Kim starrte ihn entsetzt an. Sie war vor Schreck wie versteinert. Das war's. Es war aus und vorbei, ihre Flucht war zu Ende. Gegen diesen Kleiderschrank hatten sie nicht die geringste Chance.

Der Mann kam drohend näher. Die Mädchen wichen zurück. Zara war sehr bleich, doch auf ihrem Gesicht lag eine

wilde Entschlossenheit. »Ich lasse mich nicht noch einmal einsperren«, zischte sie. »Niemals! Lieber sterbe ich!« Mit einem Schrei, der Kim das Blut in den Adern gefrieren ließ, stürzte sie sich auf den Mann. Sie schwang ein Bein hoch in die Luft und verpasste ihm einen kräftigen Tritt gegen das Kinn. Der Maskierte war so überrascht, dass er nicht einmal versuchte auszuweichen. Zaras Fuß traf ihn mit voller Wucht und er taumelte zurück. In seinen Augen lag ein so verdutzter Ausdruck, dass Kim beinahe lachen musste.
»Auf ihn mit Gebrüll!«, rief Franzi und stürzte sich ebenfalls auf den Mann. Sie trat ihm gegen das Schienbein, bevor er sich von seiner Überraschung erholen konnte. Der Mann stieß einen Fluch in einer fremden Sprache aus. Seine Stimme kam Kim irgendwie bekannt vor, aber sie hatte keine Zeit, länger darüber nachzudenken. Gemeinsam mit Marie schubste sie den Entführer zur Seite, sodass er in einem Dornengestrüpp landete. Dabei rutschte seine Maske nach oben und für den Bruchteil einer Sekunde konnte Kim sein Gesicht sehen. Ihr stockte der Atem. Es war Ali, der persönliche Leibwächter des Sultans!
»Lauft!«, rief Franzi. »Zum Boot! Schnell!«
Automatisch rannte Kim los, während sich in ihrem Kopf die Gedanken überschlugen. Was machte Ali hier? Steckte er mit dem Scheich unter einer Decke? Oder arbeitete er auf eigene Rechnung und wollte vom Sultan Lösegeld erpressen? Hinter ihr rappelte sich Ali wieder auf und folgte ihnen. Kim konnte seine schweren Schritte hören. Er hinkte leicht, aber es würde trotzdem nicht lange dauern, bis er sie eingeholt hatte. Sie mussten sich beeilen.

Zum Glück war es nicht mehr weit bis zur Bucht. Sie rannten den schmalen Weg zwischen den Felsen entlang. Kim schickte ein Stoßgebet zum Himmel. Hoffentlich war das Boot noch da! Was, wenn Sandro sich damit längst aus dem Staub gemacht hatte? Dann gab es keine Rettung mehr.
Das Boot lag bereits im Wasser, bereit zur Abfahrt. Sandro saß am Steuer. Als die Mädchen in die Bucht stürmten, warf er sofort den Motor an. Nacheinander sprangen sie ins Boot. Kim hing noch halb über der Reling, als Ali die Bucht erreichte. Er rannte über den Strand, machte einen Hechtsprung ins flache Wasser und griff nach Kims Beinen. Kim spürte seine Hand an ihrem Knöchel und stieß einen Schrei aus. In diesem Moment heulte der Motor auf und Sandro gab Gas. Das Boot machte einen Satz nach vorn und Ali blieb fluchend zurück. Franzi und Marie zogen Kim ins Boot. Ihre Hose war klitschnass und sie zitterte am ganzen Körper. Trotzdem war sie wahnsinnig erleichtert. Endlich waren sie in Sicherheit. Sie hatten es geschafft!
»Alles in Ordnung?«, fragte Sandro.
Kim strich sich eine feuchte Haarsträhne aus der Stirn und nickte. »Du hast die Feuer auf der Insel angezündet, stimmt's? Um die Wachen abzulenken.«
Sandro nickte. »Zum Glück haben die Dornenbüsche gebrannt wie Zunder.«
Kim lächelte ihm zu. »Danke, Sandro.«
Plötzlich schrie Zara auf. »Sandro? Bist du's wirklich?«
Sandro zog sich die Kapuze vom Kopf, die sein Gesicht bisher größtenteils verdeckt hatte. »Allerdings. Hallo, Prinzessin. Wie geht's denn so?«

Zara sprang auf und fiel Sandro mit einem Freudenschrei um den Hals. Kim schluckte und ihr Herz zog sich zusammen. Es tat weh, Sandro in den Armen eines anderen Mädchens zu sehen. War sie etwa eifersüchtig?

»Ihr kennt euch?«, fragte Franzi verdutzt.

»Allerdings.« Zara ließ Sandro wieder los. In ihren Augen glitzerten Freudentränen. »Sandro ist Farids bester Freund – und meiner auch.«

»Farid wartet schon am Strand auf uns«, berichtete Sandro. »Ich hab ihn angerufen, als ich in der Bucht auf euch gewartet habe.«

»Dann bist du also gar kein Hotelboy?« Jetzt gingen Kim einige Lichter auf. »Du hast dich undercover ins Hotel geschmuggelt, stimmt's?«

Sandro nickte. »Das war Farids Idee. Ich sollte ein Auge auf Zara haben, ohne dass sie und ihre Bewacher es merken.«

»Darum bist du also am Pool so schnell abgehauen!«, rief Kim.

»Stimmt.« Sandro machte ein bedauerndes Gesicht. »Dabei hätte ich mich viel lieber noch etwas mit dir unterhalten. Aber wenn Zaras Tante oder Ali mich gesehen hätten, wäre meine Tarnung aufgeflogen.«

Plötzlich fiel Kim etwas ein. »Ich hab Ali gerade auf der Insel gesehen.«

»Was?«, riefen Zara, Franzi und Marie gleichzeitig.

»Er war es, der uns vor der Bucht aufgelauert hat«, berichtete Kim. »Als er nach dem Kampf seine Maske verloren hat, habe ich ihn erkannt.«

»Was hat das zu bedeuten?«, fragte Zara verwirrt. »Ali ist der treuste Diener meines Vaters. Er würde ihn nie hintergehen.«

»Genau.« Kim nickte langsam. In ihrem Kopf fügte sich blitzschnell alles zusammen. Das Bild, das dabei entstand, war alles andere als schön. Kim hätte Zara die bittere Wahrheit gerne erspart, aber sie wusste, dass das unmöglich war. Sie nahm Zaras Hand und drückte sie. »Dein Vater hat dich entführt, Zara. Es gibt keine andere Möglichkeit. Ali und deine Tante haben ihm geholfen. Die anderen Männer auf der Insel müssen ebenfalls zur Leibgarde deines Vaters gehören.«

Zara sah Kim entsetzt an. Ihre Augen füllten sich mit Tränen, aber sie weinte nicht. Ihr Gesicht war so starr wie eine Maske. »Darum waren sie also vermummt und haben kein Wort gesprochen.«

Kim nickte. »Sie wollten nicht, dass du sie erkennst. Vielleicht solltest du in ein paar Tagen wieder freigelassen werden – in dem Glauben, der Scheich hätte dich entführt.«

»Aber warum das Ganze?«, fragte Franzi. »Das ergibt doch keinen Sinn!«

»Und ob das einen Sinn ergibt.« Zaras Stimme klang bitter. »Mein Vater weiß genau, dass Achmeds Ansehen in unserem Land sehr leiden wird, wenn er ihm die Schuld für meine Entführung in die Schuhe schiebt.«

»Sein Plan ist aufgegangen«, stellte Marie fest. »Denkt doch nur an die Demonstrationen in Dorisien. Die Stimmung ist umgeschlagen, Scheich Achmed laufen seine Anhänger in Scharen davon.«

»Und um sich die Macht zu sichern, hat mein Vater in Kauf

genommen, dass ich Todesängste ausstehe.« Zaras Augen verengten sich zu schmalen Schlitzen. »Das werde ich ihm nie verzeihen!«

Vor ihnen tauchte der Bootssteg des Hotels aus der Dunkelheit auf. »Wir sind da«, verkündete Sandro und drosselte das Tempo. Das Boot glitt sanft an den Steg. Sandro vertäute es und half den Mädchen beim Aussteigen. Als sie über den Steg zum Strand gingen, rannte eine Gestalt auf sie zu.

»Farid!«, rief Zara und warf sich in seine Arme. Sie vergrub ihren Kopf an seinem Hals und begann zu schluchzen. Endlich ließ sie ihren Tränen freien Lauf.

Farid drückte sie fest an sich und streichelte ihr sanft über die schwarzen Haare. »Ganz ruhig«, murmelte er. »Alles wird gut. Jetzt kann uns nichts mehr trennen.«

Wahre Liebe

Als die drei !!! mit Zara, Farid und Sandro zum Hotel zurückkehrten, verfärbte sich der Himmel über dem Meer bereits rosa. Die Nacht war vorüber, bald würde die Sonne aufgehen. Kim war völlig fertig. Sie schlotterte vor Kälte in ihren feuchten Klamotten, ihr tat jeder einzelne Knochen weh und die Müdigkeit legte sich wie eine schwere Decke auf ihr Gehirn. Es fiel ihr schwer, einen klaren Gedanken zu fassen. Selbst dass Sandro sanft den Arm um sie legte, als sie vor Schwäche anfing zu schwanken, bemerkte sie kaum. Sie wollte jetzt nur noch eins: sich in ihr weiches Himmelbett kuscheln und schlafen, schlafen, schlafen.

Doch kaum hatten sie das Hotel betreten, wurde Kim aus ihrer bleischweren Müdigkeit gerissen. Eine Meute von Reportern stürzte auf sie zu und unzählige Blitzlichter leuchteten auf, sodass Kim und die anderen geblendet die Augen schließen mussten. Verdutzt blieben sie stehen, während die Reporter ihnen Mikrofone unter die Nase hielten und sie mit Fragen bestürmten. Alle redeten gleichzeitig.

»Wie geht es Ihnen, Prinzessin Zara?«

»Wer hat Sie entführt? Und wer hat Sie befreit?«

»Stimmt es, dass Scheich Achmed hinter der Entführung steckt?«

»Wo wurden Sie gefangen gehalten?«

»Werden Sie jetzt nach Dorisien zurückkehren und das Land an der Seite Ihres Vaters regieren?«

»Lassen Sie die Prinzessin in Frieden!« Farid legte schützend

den Arm um Zara. »Sie hat eine Menge durchgemacht und muss sich jetzt ausruhen.«
Doch Zara schüttelte den Kopf. »Lass nur, ist schon okay. Die Öffentlichkeit hat ein Recht auf die Wahrheit.« Sie stellte sich vor die Reporter und wartete, bis alle Kameras auf sie gerichtet waren. Dann begann sie ruhig und gefasst zu sprechen. »Wie Sie ja alle wissen, bin ich Zara Yasmin, Prinzessin von Dorisien. Letzte Nacht wurde ich von Unbekannten entführt. Mit Hilfe dieser drei großartigen Mädchen konnte ich mich befreien.« Zara lächelte den drei !!! zu. Sofort flammten die Blitzlichter wieder auf, als die Reporter massenweise Fotos von ihnen schossen. Marie warf schwungvoll ihre Haare zurück und lächelte strahlend in die Kameras. Franzi grinste verlegen und Kim wäre am liebsten im Erdboden versunken. Sie hasste es, im Mittelpunkt zu stehen.
»Aber es war nicht Scheich Achmed, der mich entführen ließ«, fuhr Zara fort. Augenblicklich wurde es mucksmäuschenstill. Sämtliche Journalisten hingen an Zaras Lippen. Man hätte hören können, wie eine Stecknadel auf den Marmorboden fällt. Zara holte tief Luft und verkündete mit klarer Stimme: »Es war mein Vater, der Sultan selbst, der meine Entführung veranlasst hat. Er wollte sich durch diesen unmenschlichen Akt die Macht in Dorisien sichern. Ich verurteile sein Verhalten aufs Schärfste. Er hat die Menschen in unserem Land belogen und für seine Zwecke missbraucht – genauso wie mich. Ich hoffe, die Bürger von Dorisien können ihm dieses Verhalten irgendwann verzeihen. Ob ich es jemals kann, weiß ich nicht.« Sie nickte den Reportern zu. »Ich danke Ihnen für Ihre Aufmerksamkeit.« Ohne auf die

Journalisten zu achten, die sie mit Fragen bestürmten, schritt Zara erhobenen Hauptes durch die Halle zum Aufzug. Farid und Sandro folgten ihr.
Marie sah ihnen nach. »Man merkt, dass Zara öffentliches Auftreten von klein auf gewohnt ist«, stellte sie fest. »Sie ist ein echter Profi.«
Plötzlich erschien Hubertus neben den drei !!!. Er zückte seine Kamera und schoss mehrere Fotos von ihnen. »Herzlichen Dank!« Er grinste in die Runde. »Na, das ist ja vielleicht ein Ding! Ihr habt letzte Nacht tatsächlich die Prinzessin befreit?«
Marie nickte. »Allerdings. Wir sind Detektivinnen, wenn du es genau wissen willst.«
Hubertus machte große Augen. »Tatsächlich? Wie spannend! Davon hast du mir gestern Abend bei unserem Date im Fitnessraum ja gar nichts erzählt. Aber jetzt weiß ich wenigstens, warum du so plötzlich abgehauen bist. Ich dachte schon, du hättest auf einmal genug von mir.« Er lachte so laut, als wäre diese Möglichkeit für ihn völlig undenkbar.
Kim sah zu Franzi und verdrehte die Augen. Dieser Typ entwickelte sich allmählich zu einer echten Nervensäge.
»Wir hatten gestern kein Date«, stellte Marie etwas ungnädig klar. »Wir haben nur zusammen trainiert, okay?«
Hubertus ignorierte diesen Einwand. »Hey, wir sollten uns unbedingt heute Abend in der Hotelbar treffen. Dann kannst du mir alle Einzelheiten der Rettungsaktion erzählen. Sag mal, hat euer Detektivclub eigentlich auch einen Namen?« Er zückte einen Block und einen Stift und sah Marie erwartungsvoll an.

Marie runzelte die Stirn. »Was soll das denn jetzt? Warum spielst du dich plötzlich als Reporter vom Dienst auf?«

»Also, ehrlich gesagt – ich bin tatsächlich Journalist.« Hubertus räusperte sich. »Ich arbeite für eine kleine Tageszeitung in Süddeutschland.«

»Wie bitte?« Marie starrte Hubertus ungläubig an. »Und was ist mit der Geschichte von deiner Firma in der Nähe von München?«

»Das war ein bisschen geflunkert.« Hubertus grinste verlegen. »Ich hatte einen Tipp bekommen, dass Prinzessin Zara in diesem Hotel absteigen würde. Das war die ideale Gelegenheit für mich, ganz nah an sie heranzukommen. Aber dazu musste ich natürlich undercover arbeiten.«

Marie stützte die Hände in die Hüften. Ihre Augen blitzten wütend. »Ich fass es nicht! Du hast mich die ganze Zeit angelogen! Und du hast dich nur mit mir getroffen, um mich auszuhorchen!«

»Nein, nein!« Hubertus hob abwehrend die Hände. »So war es nicht. Ich finde dich wirklich ganz süß. Heute Abend mache ich alles wieder gut, okay? Du kannst auf meine Kosten so viele Cocktails schlürfen, wie du willst, und nebenbei machen wir ein kleines Interview. Ich sehe die Schlagzeile schon vor mir: *Prinzessin Zaras Befreiung – alle Details exklusiv von Hubertus Hammerschmidt …*«

»Ganz süß? Du findest mich nur *ganz süß*?« Marie sah jetzt so sauer aus, dass Kim befürchtete, sie würde Hubertus gleich an die Gurgel springen. »Vergiss es! Ich rede kein einziges Wort mehr mit dir. Du bist echt das Letzte!«

»Aber …«, wandte Hubertus ein, doch Kim unterbrach ihn.

»Du solltest jetzt lieber gehen«, sagte sie sanft. »Sonst kann ich für nichts garantieren.«
»Marie kann ziemlich rabiat werden, wenn sie wütend ist«, fügte Franzi hinzu. »Also sieh lieber zu, dass du wegkommst.«
Hubertus sah etwas verunsichert von Franzi zu Kim, die sich rechts und links von Marie aufgebaut hatten. Dann schüttelte er den Kopf und murmelte irgendetwas, bevor er in der Menge der anderen Journalisten verschwand.
»Alles okay, Marie?«, fragte Kim. »Du bist ganz blass.«
Marie nickte. »Es geht schon wieder. Von so einem Idioten lasse ich mich bestimmt nicht unterkriegen.«
»Das ist die richtige Einstellung.« Franzi klopfte Marie aufmunternd auf den Rücken.
»Ich kann einfach nicht glauben, dass ich auf ihn hereingefallen bin.« Marie seufzte. »Ich hätte sein blödes Getue sofort durchschauen müssen.«
Kim nickte, sagte aber nichts. Als gute Freundin verzichtete sie darauf, Marie daran zu erinnern, dass sie sie mehrmals vor Hubertus gewarnt hatte. »Adrian sieht sowieso tausendmal besser aus«, bemerkte sie stattdessen tröstend.
»Stimmt. Und er ist viel netter. Adrian spielt in einer ganz anderen Liga als dieser blöde Hubertus.« Marie lächelte verträumt.
In diesem Moment kam Herr Grevenbroich auf die drei !!! zu. Er sah erschöpft aus und hatte dunkle Ringe unter den Augen. »Ein Glück, dass euch nichts passiert ist!« Mit einem Seufzer der Erleichterung schloss er Marie in die Arme. Dann betrachtete er die drei !!! kopfschüttelnd. »Mädchen, euretwegen kriege ich noch graue Haare! Wo habt ihr denn

gesteckt? Ich wollte euch gestern Abend noch schnell Gute Nacht sagen, aber ihr wart nicht in eurer Suite. Ich habe stundenlang gewartet und mir furchtbare Sorgen gemacht. Schließlich habe ich sogar die Polizei gerufen. Wir wollten gerade eine groß angelegte Suchaktion starten, als ihr hier hereinmarschiert seid.« Er zeigte auf zwei französische Polizeibeamte, die mit Sandro sprachen. Farid und Zara waren bereits im Fahrstuhl verschwunden.

Kim und Franzi starrten verlegen auf ihre Schuhe. Marie grinste schief. »Seit wann bist du denn so ängstlich, Papa? Du weißt doch, dass du dich auf uns verlassen kannst. Mir passiert schon nichts.«

Herr Grevenbroich zerzauste seiner Tochter liebevoll die Haare, was Marie mit einer Grimasse über sich ergehen ließ. »Manchmal bist du mir etwas zu selbstständig, mein Fräulein.«

»Dafür kann ich nichts, *du* hast mich schließlich so erzogen«, stellte Marie klar.

Herr Grevenbroich seufzte. »Stimmt. Allmählich frage ich mich, ob das nicht ein Fehler war. Etwas mehr Zurückhaltung würde dir manchmal ganz guttun. Außerdem bin ich hier nicht nur für dich, sondern auch für Franzi und Kim verantwortlich. Was hätte ich denn ihren Eltern sagen sollen, wenn ihr nicht wieder aufgetaucht wärt? Entschuldigen Sie bitte, aber Ihre Töchter sind mir leider abhandengekommen? Frau Jülich hätte mich glatt gesteinigt, und das zu Recht. Ich hätte einfach besser auf euch aufpassen müssen.«

»Unsinn.« Marie gab ihrem Vater einen Kuss auf seine stoppelige Wange. »Du kannst nichts dafür. Zara war in Not und wir mussten ihr helfen. Es tut mir leid, dass du dir solche Sorgen gemacht hast. Das wollte ich nicht. Kannst du mir noch einmal verzeihen?«

Herr Grevenbroich lächelte etwas gequält. »Natürlich, Prinzessin. Du weißt doch, dass ich dir nicht lange böse sein kann. Aber versprich mir, dass ihr bis zum Ende des Urlaubs keine gefährlichen Rettungsaktionen mehr unternehmt, okay?«

Die drei !!! grinsten. »Kein Problem«, sagte Franzi.

»Ab sofort liegen wir nur noch faul am Pool und relaxen«, versprach Marie.

»Sie können sich auf uns verlassen«, fügte Kim hinzu. Plötzlich musste sie furchtbar gähnen.

»Ab ins Bett mit euch«, befahl Herr Grevenbroich. »Alles Weitere könnt ihr mir morgen erzählen. Ihr schlaft ja gleich im Stehen ein.«

Dieser Anweisung leisteten die drei !!! nur zu gern Folge.

<u>*Detektivtagebuch von Kim Jülich*</u>
<u>*Donnerstag, 18:25 Uhr*</u>

Nach der anstrengenden Rettungsaktion haben wir heute fast den ganzen Tag geschlafen. Ich kann immer noch nicht glauben, dass wir es tatsächlich geschafft haben, Zara zu befreien. Es ging alles so schnell!

Gerade waren wir nebenan in Zaras Suite und haben die gestrigen Ereignisse noch einmal ausführlich besprochen. Die Polizei hat die Entführer auf der Felseninsel heute früh festgenommen. Sandro hatte ihr Boot unschädlich gemacht, sodass sie nicht fliehen konnten. Ganz schön schlau! Ihm haben wir über-

haupt viel zu verdanken. Wenn er die Entführer nicht abgelenkt hätte ... Aber daran mag ich gar nicht denken.
Zaras Tante hat sich aus dem Staub gemacht. Wahrscheinlich versucht sie, sich nach Dorisien durchzuschlagen, aber die Fahndung läuft. Es ist nur eine Frage der Zeit, bis sie an irgendeiner Grenze erwischt wird.
Zara, Farid und Sandro wollen leider morgen schon abreisen. Das finde ich total schade, aber ich kann Zara auch verstehen. Sie verbindet natürlich keine guten Erinnerungen mit diesem Ort. Außerdem wird das Hotel jetzt Tag und Nacht von Reportern belagert. Die sind vielleicht aufdringlich! Vorhin hat sogar einer versucht, auf Zaras Balkon zu steigen, um durchs Fenster Fotos von ihr zu machen. Verrückt, oder? Das Wachpersonal hat ihn zum Glück sofort heruntergeholt und vom Gelände geworfen.
Ich muss jetzt aufhören, gleich treffen wir uns alle zu einem großen Abschieds-Abendessen. Und ab morgen ist dann Urlaub angesagt. Endlich kann ich in aller Ruhe meinen Krimi lesen – juchhu!!!

»Einfach unglaublich, was ihr letzte Nacht alles erlebt habt!« Herr Grevenbroich schüttelte den Kopf. »Das ist tausendmal spannender als der Krimi, den ich gerade drehe.«
Die drei !!! hatten während des Abendessens noch einmal ausführlich von der gelungenen Rettungsaktion erzählt. Sie saßen gemeinsam mit Zara, Farid und Sandro am besten Tisch im Goldenen Saal und ließen sich Kims Lieblingsgang, das Dessert, schmecken.
»Wenn wir wieder zu Hause sind, müssen wir unbedingt

Kommissar Peters besuchen und ihm von unserem neuesten Ermittlungserfolg berichten.« Franzi grinste. »Der fällt glatt vom Stuhl, wenn er hört, dass wir es waren, die Prinzessin Zara befreit haben.«
»Ach, übrigens, ich hab noch was für euch.« Herr Grevenbroich zog drei Handys aus der Tasche seines Jacketts. »Die hat ein französischer Polizist vorbeigebracht, als ihr geschlafen habt. Sie wurden bei einem der Verhafteten gefunden.«
»Super!« Marie nahm ihr Handy in die Hand und betrachtete es liebevoll. Ohne ihr Handy fühlte sie sich immer wie ein halber Mensch. Sie nahm es sogar mit ins Bett!
»Ich weiß wirklich nicht, was ich ohne euch gemacht hätte.« Zara lächelte den drei !!! zu. »Vielen, vielen Dank noch einmal für eure Hilfe. Ich stehe tief in eurer Schuld.«
»Ach was«, wehrte Kim ab. »Das haben wir doch gern gemacht.« Sie kratzte ihr Dessert-Schüsselchen aus. Heute gab es *Crème brulée*, eine Art französischer Vanillepudding, der ausgesprochen lecker schmeckte. Kim hatte nachgerechnet, dass sie in den letzten Tagen genug Kalorien für ein halbes Jahr verbraucht hatte, und deshalb beschlossen, das nervige Kalorienzählen endlich aufzugeben und das köstliche Essen im Hotel in vollen Zügen zu genießen. Wenn sie hinterher nicht mehr in ihre Jeans passte, würde sie sich eben eine neue kaufen.
»Was hast du denn jetzt vor, Zara?«, fragte Marie. »Willst du nach Dorisien zurückkehren?«
Zara schüttelte den Kopf. »Nein, vorläufig nicht. Ich brauche erst mal etwas Abstand von meinem Vater. Außerdem geht in Dorisien gerade alles drunter und drüber. Es würde

mich nicht wundern, wenn mein Vater gestürzt wird und Farids Vater die Macht übernimmt. Ich fahre morgen nach Paris zu meiner Tante. Sie hat versprochen, mich aufzunehmen, bis ich weiß, was ich will.«

»Du hast eine Tante in Paris?«, fragte Franzi. »Das ist ja toll!«
Zara nickte. »Sie ist die jüngere Schwester meiner Mutter. Seit meine Mutter gestorben und Tante Leila nach Paris gegangen ist, haben wir nicht mehr viel Kontakt gehabt. Aber das wird sich jetzt ändern.«

»Ich begleite Zara«, sagte Farid. Er sah Zara verliebt von der Seite an. »Es war schon immer mein Traum, in Paris zu leben. Und ich will mich nie wieder von Zara trennen. Wir gehören einfach zusammen.«

»Wie schön!«, seufzte Marie. »Und so romantisch.«

»Darauf trinken wir.« Herr Grevenbroich hob sein Glas. »Auf Zara und Farid und auf Paris, die Stadt der Liebe!«

Nach dem Essen wurde es Zeit fürs Abschiednehmen. Während Franzi und Marie Zara und Farid umarmten, nahm Sandro Kim beiseite.

Er sah sie ernst an. »Werden wir uns wiedersehen?«

»Ich weiß nicht.« Kim schluckte. »Was hast du denn jetzt vor? Gehst du auch nach Paris?«

Sandro nickte. »Erst mal, ja. Aber dann werde ich nach Dorisien zurückkehren. Ich will meine Familie nicht im Stich lassen. Es sei denn ...«

»Was?«, fragte Kim.

Sandro griff nach ihrer Hand. »Es sei denn, du bittest mich hierzubleiben.«

Kim biss sich auf die Lippe. »Ich mag dich wirklich sehr gern, Sandro, aber …« Sie zögerte, dann gab sie sich einen Ruck. »Ich habe zu Hause in Deutschland einen Freund. Das wollte ich dir letztens am Strand schon sagen. Er heißt Michi und ich liebe ihn über alles.«
In dem Moment, als sie die Worte aussprach, wusste Kim, dass sie hundertprozentig zutrafen. Wie hatte sie jemals an ihrer Liebe zu Michi zweifeln können?
Sandro nickte langsam. Dann hob er Kims Hand an seine Lippen und küsste sie sanft. »Ich hätte wissen müssen, dass so ein tolles Mädchen wie du schon vergeben ist.« Er lächelte traurig. »Dein Freund kann sich glücklich schätzen, dass er dich hat. Ich hoffe, er weiß das.«
»Ja, das tut er.« Kim umarmte Sandro. »Ich wünsche dir alles Gute. Auf Wiedersehen, Sandro.«
»Adieu.« Sandro drehte sich um und ging davon.
Kim sah ihm nach und seufzte. Der Abschied von Sandro fiel ihr nicht leicht. Wenn sie nicht schon mit Michi zusammen gewesen wäre, hätte sie sich glatt in ihn verlieben können.
Michi! Plötzlich hatte Kim wahnsinnige Sehnsucht nach ihm. Es kam ihr vor, als hätten sie sich monatelang nicht gesehen. Warum war er so weit weg? Warum konnte er jetzt nicht hier bei ihr sein?
Kims Handy klingelte und sie zuckte zusammen. Doch als sie aufs Display sah, erschien ein Lächeln auf ihrem Gesicht. »Hallo, Michi!« Kim drückte das Handy fest an ihr Ohr. »Ich hab gerade an dich gedacht!«
»Und ich an dich«, sagte Michi. »Du fehlst mir!«

Kim wurde warm ums Herz. »Du mir auch«, murmelte sie. Das konnte einfach kein Zufall sein. Das war die echte, die große, die wahre Liebe. Und die hatte nur einen einzigen Namen: Michi!

Die drei !!!
Clevere Girls knacken jeden Fall!

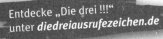

Entdecke „Die drei !!!" unter *diedreiausrufezeichen.de*

- ☐ Die Handy-Falle
- ☐ Betrug beim Casting
- ☐ Gefährlicher Chat
- ☐ Gefahr im Fitness-Studio[e]
- ☐ Tatort Paris[e]
- ☐ Skandal auf Sendung[e]
- ☐ Skaterfieber
- ☐ Vorsicht, Strandhaie![e]
- ☐ Tanz der Hexen
- ☐ Kuss-Alarm[e]
- ☐ Popstar in Not
- ☐ Gefahr im Reitstall
- ☐ Spuk am See[e]
- ☐ Duell der Topmodels
- ☐ Total verknallt![e]
- ☐ Gefährliche Fracht[e]
- ☐ VIP-Alarm
- ☐ Teuflisches Handy
- ☐ Beutejagd am Geistersee
- ☐ Skandal auf der Rennbahn
- ☐ Jagd im Untergrund
- ☐ Undercover im Netz
- ☐ Fußballstar in Gefahr
- ☐ Herzklopfen![e]
- ☐ Tatort Filmset
- ☐ Vampire in der Nacht
- ☐ Achtung, Promihochzeit!
- ☐ Panik im Freizeitpark
- ☐ Falsches Spiel im Internat
- ☐ Betrug in den Charts
- ☐ Party des Grauens
- ☐ Küsse im Schnee[e]
- ☐ Brandgefährlich!
- ☐ Diebe in der Lagune
- ☐ SOS per GPS
- ☐ Mission Pferdeshow
- ☐ Stylist in Gefahr
- ☐ Verliebte Weihnachten
- ☐ Achtung, Spionage!
- ☐ Im Bann des Flamenco
- ☐ Geheimnis der alten Villa
- ☐ Nixensommer
- ☐ Skandal im Café Lomo!
- ☐ Tatort Geisterhaus
- ☐ Filmstar in Gefahr
- ☐ Unter Verdacht
- ☐ Die Maske der Königin
- ☐ Skandal auf dem Laufsteg
- ☐ Freundinnen in Gefahr
- ☐ Krimi-Dinner
- ☐ Das rote Phantom
- ☐ Hochzeitsfieber!
- ☐ Klappe und Action!

Die neue Detektiv-Spiel App

€/D 3,59 (iOS)
€/D 2,99 (Android)

kosmos.de Alle Bücher auch als E-Book erhältlich   [e] nur als E-Book erhältlich

Dein Style!

€/D 14,99

Wenn die Detektivinnen Kim, Franzi und Marie gerade keine Verbrechen aufdecken, jagen sie den neuesten Trends hinterher. Begleite sie auf ihrem wilden Mode-Abenteuer!

Werde selbst zur Modedesignerin und entwirf mit Stickern, Schablonen und Stoffmustern coole Stlyes für die drei !!!.

kosmos.de   Alle Bücher auch als E-Book erhältlich   **diedreiausrufezeichen.de**

Cool und stylisch – das Freundebuch

96 Seiten, €/D 9,99

Endlich gibt es ein Freundebuch mit Kim, Franzi und Marie. Klar, dass die Girls mit ihrem Sinn für Style dir nicht nur die Standardfragen stellen, sondern auch dein Lieblingsoutfit und Lieblingstier wissen wollen und immer einen abgefahrenen Spruch haben, der das Leben leichter macht.

Kim lässt sogar Türschilder mit Geheimbotschaften entwerfen. So bekommst du ein ganz persönliches Buch über dich und deine Freunde. Ein echter Schatz – für viele geheime, kuschelige Stunden.

kosmos.de   Preisänderungen vorbehalten   **diedreiausrufezeichen.de**

Der ~~längste~~ peinlichste Liebesbrief der Welt

Leistenschneider • Göntgen
Band 1: Liebe ist ein Nashorn
256 Seiten, illustriert, €/D 12,99

Leistenschneider • Göntgen
Band 2: Nashörner haben auch Gefühle
256 Seiten, illustriert, €/D 12,99

Wieso reden eigentlich immer alle von Schmetterlingen im Bauch? Bei mir fühlt es sich eher so an, als würde ein Nashorn, oder nein, eine ganze Herde Nashörner durch meinen Körper jagen. Ihr Getrampel ist nicht gerade angenehm – sie hinterlassen einen Haufen zerwühlter Gefühle und machen mich unfähig, an etwas anderes zu denken als an dich.

Lea ist zum ersten Mal verliebt – in Jan. Aber wie soll man nur mit seiner ersten Liebe reden? Sie beginnt, den längsten und definitiv peinlichsten Liebesbrief der Welt zu schreiben. Er darf nur NIE, NIE, NIEMALS in Jans Hände geraten ...

kosmos.de